BASTEI
LÜBBE

Ulrike und Klaus Beckmann haben es geschafft: Sie sind Inhaber einer erfolgreichen Computerfirma und führen mit ihrem vierjährigen Sohn Jonas ein glückliches Vorzeige-Familienleben.
Doch von einem Tag auf den anderen fallen Schatten auf ihr Glück: In die Firma schleicht sich ein Hacker ein, Aufträge werden ihnen entzogen, zu Hause belästigt sie nachts ein anonymer Anrufer. Und dann kommt Jonas aus dem Kindergarten nicht nach Hause ... Geht es den Entführern wirklich nur um Geld? Hauptkommissarin Susanne Breugel zweifelt daran. Und während sie um das Leben des Kindes kämpft, stößt sie auf eine sorgsam verschüttete Spur in die Vergangenheit. Eine Spur aus Herzblut ...

Von Egbert Osterwald sind als Bastei Lübbe Taschenbücher erschienen:

19603 Eisvogel, flieg!
19611 Tod eines Schweins
19614 Sieben Frauen und ein Mord
14575 Schneeschmelze

Egbert Osterwald

Herzblut

Thriller

BASTEI LÜBBE

BASTEI LÜBBE TASCHENBUCH
Band 14636

Erste Auflage: November 2001

Vollständige Taschenbuchausgabe

Bastei Lübbe Taschenbücher ist ein Imprint der
Verlagsgruppe Lübbe

Originalausgabe

Umschlaggestaltung: Guido Klutsch, Köln
Satz: hanseatenSatz-bremen, Bremen
Druck und Verarbeitung: Elsnerdruck, Berlin
Printed in Germany
ISBN 3-404-14636-0

Sie finden uns im Internet unter
http://www.luebbe.de

Der Preis dieses Bandes versteht sich einschließlich
der gesetzlichen Mehrwertsteuer.

Das Brett war leer. Neunzehn mal neunzehn sich kreuzende Linien. Er wog den ersten Stein in der Hand, schwarz. Schwarz fing immer an.

Der erste Stein war wichtig. Nicht entscheidend, aber wichtig. Doch als geübter Spieler konnte man nicht viel falsch machen, die Eröffnungen standen fest. *Fuseki* – die Lehre der ersten Züge. Nur Anfänger setzten ohne Kenntnis und wunderten sich dann, warum sie geschlagen wurden. Später war es die Kunst, seine Absicht so lange zu verheimlichen, wie es irgend ging. Dort zu kämpfen, wo es unerheblich war, und schließlich den entscheidenden Schlag zu führen. Aber noch stand er am Anfang.

Er wog den Stein und setzte ihn mit einem leichten »Plopp« auf das Brett. Es gehörte jahrelange Übung dazu, einen solchen Stein zu setzen. Wie bei allen japanischen Brettern war unten ein Resonanzboden eingebaut, der den Ton des polierten Schiefersteines zu jener Perfektion abrundete, die als der Inbegriff der Vollkommenheit galt. Aber es war eine Kunst, dieses Instrument in Vollendung zu spielen.

Der Ton klang nach, und für einen flüchtigen Moment erreichte er die Harmonie, die er in Gedanken vorweggenommen hatte.

Der erste Stein war gesetzt.

Das Spiel hatte begonnen.

Noch im Nachhinein konnte sich Ulrike Beckmann an diesem Tag, an dem alles anders wurde, an den Zauberer erinnern. Er war etwas über einsachtzig groß und hatte sich für diesen Anlass in ein dunkles, wallendes Gewand gehüllt. Ein mit Sternen besetzter, spitz zulaufender Hut, ebenfalls in Schwarz, unterstrich die düstere Erscheinung. Seine Augen wirkten stechend, und wenn er sprach, dann geschah dies mit einer so tönenden, ja vielleicht sogar unheimlichen Stimme, dass sie selbst eine Gänsehaut bekam.

Sie hatte ihn von einer Agentur bezogen, deren Adresse und Telefonnummer sie von einer Bekannten bekommen hatte. Und obwohl die junge Dame in der Vermittlung Stein und Bein geschworen hatte, er sei für ihren Zweck genau das Richtige, waren ihre Zweifel geblieben.

Wirkte er nicht zu düster? War er nicht eher etwas für Erwachsene?

Ein richtiger Zauberer. Jonas bekam runde Augen. Ein richtiger Zauberer auf seinem Geburtstag? Obwohl er mit seinen nunmehr vier Jahren nicht mehr an solchen Kinderkram wie Weihnachtsmann und Osterhase glaubte (allerdings schon an den Nikolaus, denn erst im vergangenen Jahr war er leibhaftig mit einem Sack voller Geschenke in sein Kinderzimmer gekommen), beschlichen ihn leise Zweifel, ob der Zauberer ihn nicht verwandeln könnte, in ein Spanferkel zum Beispiel oder einen Teddybären. Auch die anderen Kinder der Feier waren sich nicht ganz sicher. Sogar Julia, die Nachbarstochter, die sonst immer mit dem Mund die Erste war, war merklich stiller geworden.

Ein richtiger Zauberer.

Sicherlich kein böser. Obwohl er so streng guckte.

Richtig unheimlich. Aber einen bösen Zauberer hätte seine Mutter nie eingeladen. Doch vielleicht ging etwas schief, und er konnte nur ein bisschen zaubern. Und dann war die Bescherung da ...

Dass das Kaninchen verschwand, hatte er schon erwartet, obwohl es ein flauschiges Fell gehabt hatte, das er gern angefasst hätte. Die Karten in der Hand waren ein Grund zum Staunen. Auf einmal waren sie da, dann weg, dabei hatte er doch genau zugeschaut. Und als er dann als Geburtstagskind nach vorne treten musste und der Zauberer ihm, ja, tatsächlich ihm, einen Ring aus der Nase zog und aus den Ohren noch einen Kaugummi, der sogar schmeckte, war er restlos begeistert.

Auch Ulrike Beckmann war sich während der Vorführung sicher, einen guten Griff getan zu haben. Der Mann war ein Profi. Und die Kinder wollten ihn gar nicht mehr weglassen. Es war auf diese Weise eine runde Geburtstagsfeier geworden. Auch wenn sie allein dastand und Klaus sie diesmal sitzen gelassen hatte. Gegen fünf erhielten alle Kinder noch ihr Abschiedsgeschenk, und dann erfolgte die »Fütterung der Raubtiere«, wie Ulrike das Abendessen scherzhaft nannte, und so gegen halb sechs war dann hoffentlich alles vorbei. Während Frau Masanke den Kindern noch etwas Essen aufnötigte, wandte Ulrike sich an den Hauptakteur des Nachmittags.

»Ich wollte mich bei Ihnen noch bedanken«, sagte sie zu dem Zauberer.

Dieser hatte seinen Hut abgesetzt und wirkte auf einmal weniger düster. Er hatte ein gut geschnittenes, sympathisches Gesicht, nur der tiefschwarze, längliche Bart passte nicht ganz in das Bild des netten Jungen von nebenan.

»Es freut mich«, erwiderte er. »Und wenn es Ihnen gefallen hat, empfehlen Sie mich weiter.«

Fast hätte sie das Klingeln an der Tür überhört.

Es war ein Paketbote von United Parcel Service. Ein junger Mann in graubrauner Uniform mit schmutzigen Fingernägeln, wie ihr sofort auffiel.

»Bitte unterschreiben«, brummte er und stellte ein offenbar schweres Paket mit seiner Sackkarre in den Eingang.

Misstrauisch musterte Ulrike Beckmann den Absender: *Polar Feinkost-Import-Export.*

»Und was soll das sein?«, fragte sie.

»Woher soll ich das wissen?«, fragte der Paketbote zurück. »Ich liefere die Sachen nur aus.«

Ulrike Beckmann war versucht, eine Bemerkung über Kundenfreundlichkeit zu machen, aber der Zauberer wartete auf sein Honorar, zwischen Jonas und Julia schien es gerade zu einer Auseinandersetzung zu kommen, was ein Einschreiten in den nächsten Augenblicken erforderlich machen würde, und so schwieg sie. Trotzdem war die Paketsendung merkwürdig. Normalerweise wurden Pakete in die Firma geliefert, und die wenigen privaten, die sie bekamen, hatte sie meistens selbst bestellt.

»Bekommen Sie etwas?«, fragte sie noch.

Der Paketbote schüttelte den Kopf. »Die Rechnung liegt drin«, sagte er nur.

»Würden Sie es mir bitte in die Küche tragen?«, bat sie.

Der Bote griff mürrisch unter das Paket, schleppte es in die Küche und stellte es auf den Tisch. »Sie müssen noch unterschreiben«, wiederholte er und verschwand nach der Unterschrift in seinem Lieferwagen.

In dem Trubel der sich verabschiedenden Kinderschar, der Entlohnung des Zauberers und der anhaltenden Schwierigkeiten, ein völlig überdrehtes Kind ins Bett zu bugsieren, geriet das Paket zunächst in Vergessenheit. Erst nach fast eineinhalb Stunden kam Ulrike dazu, sich näher damit zu beschäftigen.

Polar Feinkost – diesen Namen hatte sie noch nie gehört. Der Aufschrift nach zu urteilen, schienen es Lebensmittel zu sein. Die Rechnung war nur in einer Plastikhülle aufgeklebt. Ulrike nahm sie heraus und überflog sie.

Dreißig Kilo Beluga-Kaviar? Das durfte doch wohl nicht wahr sein!

Mit Sicherheit hatte sie nichts bestellt. Ob Klaus ihr eine Überraschung bereiten wollte? Aber gleich dreißig Kilo? Und bei dem Preis konnte ihr nur schwindelig werden.

67.856,24 DM einschließlich Mehrwertsteuer.

Wer um alles in der Welt gab eine solch immense Summe für Lebensmittel aus? Trotz ihres Reichtums war sie im Grunde noch die sparsame Tochter eines kleinen Einzelhandelskaufmannes geblieben. Sogar die extravaganten Ausgaben anlässlich ihrer Empfänge reuten sie zuweilen, obwohl sie sich innerlich kleinlich schalt. Doch das Denken in kleinen Beträgen steckte noch in ihr. Aber ein Vermögen für Kaviar auszugeben, an dem man ein Jahrzehnt essen würde, war alles andere als kleinlich.

Es beruhigte sie auch nicht, als sie sah, dass unter der Rechnung der Vermerk stand: *Rechnung beglichen/Betrag dankend erhalten.* Ob Klaus ihr eine Freude machen wollte oder ein neues Fest plante?

Aber siebenundsechzigtausend Mark für Kaviar?

Auch Klaus warf normalerweise nicht das Geld mit vollen Händen zum Fenster hinaus. Bankirrtum zu deinen Gunsten?

Schließlich siegte der Pragmatismus. Sie nahm zwei Dosen heraus, stellte sie in den Kühlschrank, bemerkte zufrieden, dass noch Weißbrot vom Abendessen der Kinder übrig geblieben war, und legte noch eine Flasche Sancerre dazu. Vielleicht mochte es ja ein schöner Abend werden. Klaus war wohl in der Firma aufgehalten worden, denn eigentlich hatte er versprochen, pünktlich zum Kindergeburtstag zu Hause zu sein.

Trotzdem: Kaviar für siebenundsechzigtausend Mark. Ob man das Paket zurückschicken konnte? Aber wenn es bereits bezahlt war?

Klaus kam spät. Unerwartet spät. Normalerweise richtete er es so ein, dass er Jonas wenigstens am Abend noch Gute Nacht sagen konnte, doch heute, ausgerechnet am Geburtstag des Jungen, war es bereits fast einundzwanzig Uhr, als sie endlich das Klappen der Haustür hörte. Unwillkürlich war sie verärgert.

»Schön, dass du jetzt schon kommst«, sagte sie schnippisch.

»Tut mir Leid, ich hatte noch in der Firma zu tun«, entschuldigte er sich matt. »Wie war der Geburtstag?«

»Wie Geburtstage eben so sind. Volles Programm rund um die Uhr. Aber sonst ganz gut. Ein fantastischer Zauberer. Du hast wirklich etwas verpasst.«

Klaus Beckmann nickte nur. Er schien gar nicht richtig zuzuhören. »Jonas schläft schon?«, erkundigte er sich mechanisch.

Ulrike blickte ihn an. »War etwas in der Firma?«, fragte sie plötzlich.

Klaus erwiderte nichts, sondern ging nur zum Schrank,

öffnete die Tür und schenkte sich ein Glas Whiskey ein. Es war selten, dass er harte Sachen trank. Normalerweise verabscheute er das Zeug. Dann drehte er sich um. Der Anflug eines Lächelns spielte um seine Lippen.

»Das Europäische Automobilwerk hat Schwierigkeiten gemacht. Zierten sich mal wieder«, berichtete er plötzlich. »Ich wollte gerade nach Hause, heute früher, wegen Jonas, und dann kam der Anruf aus Fallersleben. Klinkhake selbst, du weißt, der Abteilungsleiter EDV. Vielen Dank für Ihr Angebot, aber wir möchten gern noch andere einholen, ohnehin sei die Ertragslage des Konzerns im Moment ... bla, bla, bla ...« Er machte eine Pause, spannte sie auf die Folter.

Komm schon, dachte sie, sag, dass wir Erfolg gehabt haben. Haben wir doch, oder nicht? »Gab es einen Grund?«

Klaus zuckte die Schultern. Er schwenkte den Whiskey im Glas und betrachtete genussvoll die braunen öligen Schlieren. Dann grinste er jungenhaft. »Was weiß ich. Ich habe jedenfalls wie wild telefoniert, rauf und runter. Und zum Schluss ging es ihnen wohl wieder mal nur ums Geld. Jedenfalls ...«, er blickte triumphierend auf und machte eine Pause.

Ulrike schaute ihn gespannt an. »Und?«

»Wir haben ihn!« Klaus' Stimme sprang eine Tonlage nach oben. »Wir haben den Auftrag. Das gesamte Sicherheitssystem! Mit allem Pipapo! Firewall, Intranetsicherung, alles. Und als ich dann noch mal fünfhunderttausend nachließ, war's gelaufen. Handschlag durchs Telefon!«

Nach der Geburt ihres Kindes hatte Ulrike Beckmann sich zwar langsam aus der aktiven Mitarbeit in der Firma zurückgezogen, doch waren ihr die einzelnen

Probleme und Geschäftsabläufe weiterhin vertraut. Das Europäische Automobilwerk war der erste der ganz, ganz großen Kunden.

»Das ist ja fantastisch«, murmelte sie.

Klaus nickte, lächelte glücklich, aber gleichzeitig sah sie ihm an, dass er völlig erledigt war. Er hatte zu lange und zu viel gearbeitet.

»Morgen kommen die Verträge«, sagte er nur. »Dann haben nur noch die Rechtsverdreher das Wort.« Ein glückliches Lächeln huschte über sein Gesicht.

Ulrike schaute ihn an. Gut aussehend, Mitte dreißig, und immer noch hatte er seinen jungenhaften Charme und seine Begeisterungsfähigkeit nicht verloren. In solchen Augenblicken wusste sie, warum sie ihn liebte.

»Jetzt aber genug«, meinte er in einem anderen Ton. »Wir sollten feiern. Außerdem habe ich noch ziemlichen Hunger. Wollen wir essen gehen?«

Ulrike schüttelte den Kopf. »Ich habe etwas Besseres«, erklärte sie geheimnisvoll. Sie verschwand in der Küche, holte Weißbrot, den Sancerre und eine größere Kaviar-Dose aus dem Kühlschrank und stellte sie auf den Tisch.

»Kaviar?«, fragte Klaus erstaunt. »Willst du mir erzählen, dass du alles gewusst hast oder dass ich unseren Hochzeitstag vergessen habe? Oder dass du etwa ...?«

»Nein«, lachte Ulrike. »Noch nicht, wenn du Nachwuchs meinst. Aber der Kaviar kam heute per Post. Du hast ihn nicht zufällig bestellt?«

»Ich?«

»Wir haben heute mit der Post dreißig Kilo Beluga bekommen.«

»Wie bitte?«

»Du hast richtig gehört. Heute Nachmittag brachte uns ein Bote ein Paket mit dreißig Kilo.«

»Du hast ihn doch wohl nicht bezahlt?«, fragte Klaus entsetzt. »Ich weiß zwar nicht, wie teuer das Zeug ist, aber es ist doch ein Vermögen wert, oder nicht?«

»Siebenundsechzigtausend Mark«, antwortete Ulrike trocken. »Jemand hat uns für siebenundsechzigtausend Mark Kaviar geschickt. Er war schon bezahlt.«

»Ich habe keinen Kaviar gekauft. Und schon gar nicht dreißig Kilo. Ich bin zwar etwas verrückt, aber so verrückt nun doch nicht.«

Trotzdem häufte er sich mit einem Hornlöffel eine Portion der grauschwarz schimmernden Masse auf den Teller und griff nach dem Weißbrot. »An das Zeug könnte ich mich tatsächlich gewöhnen«, meinte er nach dem ersten Bissen grinsend.

Auch Ulrike probierte. »Stimmt«, pflichtete sie ihm bei. »Und wenn man bedenkt, dass wir vor fünf Jahren gefärbte Seelachseier als das kulinarische Nonplusultra ansahen ...«

»Nun übertreib mal nicht«, lachte Klaus. »Eine Pizza war immer drin. Oder auch mal ein Essen beim Griechen. Wir haben heute einen Millionenauftrag an Land gezogen, da kommt es jetzt auf ein-, zweitausend Mark für einen Beluga auch nicht mehr an. Zumal wir ihn ja nicht einmal bezahlt haben.«

Sie fielen über die Dose her, als hätten sie seit Tagen nichts gegessen.

»Schmeckt prima«, sagte Klaus und häufte sich noch einen großen Löffel auf. »So richtig angemessen für Neu-Yuppies. Wie teuer ist denn die Kilo-Dose? Tausend?«

»Ich glaube, eher zweitausend«, antwortete Ulrike.

»Siebenundsechzig geteilt durch dreißig, das müsste etwas über zwei sein.«

»Und welcher freundliche Zeitgenosse hat uns diesen kulinarischen Hochgenuss beschert?«, spottete Klaus und genehmigte sich einen weiteren Schluck Sancerre.

»Keine Ahnung«, gestand Ulrike und nahm noch einen Löffel. Dann trank sie rasch einen Sancerre hinterher. Köstlich, wie sich der leichte Fischgeschmack mit dem würzigen Wein verband.

»Noch eine Dose?«, fragte Klaus nach einer Weile.

»Wir können doch kein ganzes Kilo ...?«

»Warum nicht? Ist doch schon bezahlt, oder nicht?«

Diese schwarzgraue Paste schmeckte wirklich verführerisch. Ulrike wagte nicht daran zu denken, wie viele Millionen sie heute durch den Abschluss des Auftrages gewonnen hatten, aber Klaus hatte wohl Recht. Auf die paar tausend Mark kam es jetzt auch nicht mehr an. Wenn sie sie überhaupt bezahlen mussten.

Bei der einen Flasche Sancerre blieb es allerdings nicht. Fisch wollte schwimmen, und gesalzene Fischeier machten da keine Ausnahme.

So war es schon spät, als Klaus endlich listig, aber reichlich plump vorschlug, den Abend an anderer Stelle zu beschließen.

Als Ulrike später neben ihrem Mann einschlief, war ihr auf einmal bewusst, dass heute ein ganz besonders glücklicher Tag gewesen war.

Klaus Beckmann hatte es sich angewöhnt, einer der Ersten in der Firma zu sein. Von wegen Vorbildcharakter ... In einem unübersichtlichen, sich rasch ändernden Markt war es unerlässlich, dass jeder sein Bestes gab, auch wenn dies nicht immer kontrolliert werden konnte. Das Gebäude der Firma SecuCom, war in einem großen Bürokomplex an der Ernst-Wiechert-Allee untergebracht, den Beckmann vor zwei Jahren von einem angeschlagenen holländischen Computerkonzern zu günstigen Konditionen gemietet hatte. Er teilte sich zwar das Gebäude mit einem kleineren Unternehmen, MediCom, das medizinische Diagnosesoftware herstellte, doch keiner der beiden Nachbarn empfand die Gegenwart des anderen als störend, nur die Namensähnlichkeit verwirrte manchmal die Postboten. Die Nähe zur Medizinischen Hochschule sowie die Nachbarschaft einiger großer Telekommunikationsunternehmen hatten hier einen Technologiepark entstehen lassen, der trotz der ehemals großen unbebauten Grundstücksflächen fast schon an Platzmangel litt. Es war eine erstklassige Adresse.

Als Klaus Beckmann das Firmengebäude mit der postmodernen, glitzernden Fassade betrat und der Portier ihn freundlich und mit der nötigen Ehrerbietung, die ihm als Chef und Inhaber des Unternehmens nun einmal zustand, begrüßte, schweifte sein Blick in die Höhe der gläsernen Empfangshalle. Höhe, ohne zu erschlagen, spielerisch genug, um jene Leichtigkeit zu vermitteln, die heute in der Welt der Bits und Bytes gefragt war. Klaus mochte das Gebäude, hatte es von Anfang an gemocht. Die Aktienkurse der Holländer waren vor einer Woche von einem ohnehin schon jammervollen Kurs noch weiter abgesackt. Die Besitzer steckten in ernsthaften Schwierigkeiten. Der Konzern trudelte. Ob er das Gebäude kaufen sollte?

Klaus bemerkte, dass Knollinger vor dem Aufzug stand und wartete. Er kannte Matthias Knollinger noch aus Studientagen, auf einer Verbindungsfeier der Teutorenania hatten sie sich kennen gelernt, Knollinger war Jurist. Nach seinem glanzvollen Eintritt in eine renommierte Wirtschaftskanzlei hatte Beckmann ihn kurzerhand abgeworben. Knollinger war jetzt ihr Syndikus. Und obwohl Klaus Beckmann manchmal argwöhnte, dass diese Stelle für ihr Unternehmen, das nach wie vor in den Anfängen steckte, vielleicht eine Nummer zu groß war, war er froh, in seinem Umfeld Leute zu haben, die er lange kannte und denen er freundschaftlich verbunden war.

»Glückwunsch«, sagte Knollinger nur.

»Danke«, erwiderte Beckmann.

»Zum Schluss gab es Probleme?«

»Ich glaube, die Amerikaner hatten ihnen noch einmal eingeheizt. Es gab jedenfalls noch ein paar Kleinigkeiten, vielleicht ging es ihnen auch nur wieder ums Geld.«

»Du bist um fünfhunderttausend runtergegangen?«

Es war erstaunlich, wie absolute Betriebsgeheimnisse innerhalb einer einzigen Nacht weitergegeben werden konnten. Knollinger war gestern früher gegangen. Irgendetwas Privates war der Grund gewesen, wie sich Klaus Beckmann erinnerte. Er hatte den Abschluss der Verhandlungen gar nicht mehr mitbekommen. Ob die Kleinhäuser geplaudert hatte? Nadine Kleinhäuser war die Chefsekretärin, und Beckmann argwöhnte seit einiger Zeit, dass die beiden sich näher standen, als es die ohnehin schon engen beruflichen Kontakte vermuten ließen.

Der Fahrstuhl kam und unterbrach das Gespräch.

Die drei Männer, die ausstiegen, kannte Beckmann nur vom Sehen. Es waren Mitarbeiter der MediCom.

»Heute kommen zwei vom Europäischen Automobilwerk«, berichtete Beckmann, »und regeln die Einzelheiten. Den juristischen Kram.«

Knollinger nickte. Jetzt lag die Sache bei ihm. Wie wichtig solche kleinen juristischen Fußangeln waren, war in der Branche seit den Tagen von Bill Gates bekannt. Dieser hatte bekanntlich sein Riesenvermögen dem Umstand zuzuschreiben, dass IBM keine Rechte an seinem Betriebssystem DOS geltend gemacht hatte, ein Fehler, der bei IBM später einige den Kopf kosten sollte. Was die Forschungs- und Entwicklungsabteilung erfand, mussten die Kaufleute zu Geld machen und die Juristen sichern. So lief das nun einmal.

»Die wollten doch tatsächlich den Quellcode ...«, meinte Beckmann, als der Fahrstuhl nach oben fuhr. »Noch ganz zum Schluss wollten die den Quellcode.«

Knollinger lachte. »Kann ich mir vorstellen. Und du warst die Empörung in Person?«

»Ganz cool. ›Wenn Sie den Quellcode haben wollen‹, habe ich gesagt – immerhin kamen die ja bei jeder zweiten Verhandlungsrunde damit an – ›dann müssen Sie schon meine Firma ganz kaufen!‹, das war meine Antwort.«

»Schlagfertig warst du ja schon immer ...«

Geschichten dieser Art gab es viele. Sie wuchsen nach jedem neuen Geschäftsabschluss, kleine Anekdoten. Wie bei den Indianern, wenn sie am Lagerfeuer saßen. Aus jedem Sieg wurde ein Triumph, und jede noch so herbe Niederlage wandelte sich zu einem lässlichen Missgeschick.

»Guten Morgen, Herr Beckmann, guten Morgen, Herr Knollinger.«

Die Kleinhäuser im Büro tat natürlich wieder so, als

begrüße sie Knollinger erst jetzt, dabei hatten die beiden bestimmt heute schon miteinander gefrühstückt, ging es Klaus Beckmann durch den Kopf.

Na, und wenn schon. Schließlich waren sie alle noch jung.

Die Post lag schon auf seinem Schreibtisch, da konnte man sich auf Nadine Kleinhäuser immer verlassen.

Briefe, das Übliche. Anfragen, Anfragen, hinter denen das ganz große Geschäft stehen konnte. So wie bei dem Europäischen Automobilwerk.

Das Logo der Pneu-Max-Reifenwerke erregte seine Aufmerksamkeit. Wollten die sie auch?

Sie wollten ...

Die Fensterfront seines Büros ging nach Osten. Die Sonne war schon längst aufgegangen, stand bereits hinter dem Fernsehturm. Ein futuristisches Bild. Beckmann genoss die Aussicht. Sie hatte ihn schon beim ersten Mal fasziniert. Hochhäuser, Fernsehtürme, Architektur vom Feinsten – dazwischen er.

Lift-off, dieser Begriff aus der Luft- und Raumfahrt kam ihm in den Sinn. Sie hatten beschleunigt, und jetzt hoben sie ab. Nach fünf Jahren hatten sie es endlich geschafft. Microsoft hatte so angefangen, Netscape, Sun, Star Division, HP – irgendwann war der Punkt erreicht, wo es kein Garagenunternehmen mehr war, und an diesem einen Punkt war *Lift-off*.

Seine Kreditkartenrechnung nahm er zunächst nur beiläufig wahr. Eurocard.

83.826,26 DM.

Wir bitten Sie ...

Er stutzte. Das war doch wohl ein schlechter Scherz! Wo um alles in der Welt hatte er so viel Geld ausgegeben?

Die Rechnung war lang. Die Hotelkosten, o.k., das Geschäftsessen mit den Verhandlungspartnern aus Fallersleben ... Nun gut, es war nicht beim Essen im Lokal geblieben, man war ja schließlich unter Männern, es war schon ganz gut, dass seine Kreditkartenrechnung in die Firma geschickt wurde, aber diese siebenundsechzigtausend? Polar Feinkost?

Die Buchung lag schon eine Woche zurück.

Der Kaviar? Dreißig Kilo Kaviar, die er nie bestellt hatte?

»Frau Kleinhäuser, könnten Sie kurz einmal kommen?«, fragte er durch die Sprechanlage.

Es dauerte nur einen Augenblick, dann öffnete Frau Kleinhäuser die Tür. Bereits beim ersten Vorstellungsgespräch war Klaus Beckmann von ihr fasziniert gewesen. Sie war etwas über einsachtzig, schlank, die dicken blonden Haare zu einem Zopf gebunden und sorgfältig zu einer Schnecke auf dem Hinterkopf geformt. Jeder Zoll Eleganz.

Ein junges, erfolgreiches Unternehmen brauchte ausdrucksstarke Mitarbeiter. Und auch noch nach fast zwei Jahren war Klaus Beckmann sicher, mit Nadine Kleinhäuser einen exzellenten Griff getan zu haben.

Sie blickte ihn fragend an und lächelte abwartend.

»Ich habe ein Problem mit meiner Kreditkartenabrechnung«, erklärte Klaus Beckmann. »Eine Firma namens Polar Feinkost hat mir siebenundsechzigtausend Mark in Rechnung gestellt. Könnten Sie das klären?«

Frau Kleinhäuser verzog keine Miene. »Könnten Sie mir die Abrechnung geben?«, bat sie nur.

Klaus Beckmann griff auf den Schreibtisch und reichte ihr das Schreiben. »Eine Adresse ist natürlich nicht vermerkt«, fügte er hinzu, »aber es dürfte wohl nicht allzu schwierig sein, sie herauszubekommen.«

»Ich glaube nicht«, erwiderte Frau Kleinhäuser.

Der Stapel Papier, der vor ihm lag, war nach wie vor hoch, er hatte es sich angewöhnt, die wichtigsten Vorgänge selbst vorab zu begutachten, bevor er sie an die Sachbearbeiter weitergab. Bisher war das Verfahren erfolgreich gewesen, aber möglicherweise würde er es bei dem rasanten Wachstum der Firma aufgeben müssen. Den Kopf für strategische Entscheidungen freihalten, lautete die neue Devise.

Den Kopf hatte er jetzt allerdings nicht frei.

Siebenundsechzigtausend Mark. Entweder war es ein Irrtum oder aber ein schlechter Scherz. Doch bei einer solchen Summe hörten die Scherze eigentlich auf.

Irgendwie konnte er sich nicht konzentrieren.

Vor ihm lagen Millionenaufträge, und jetzt ärgerte er sich über Peanuts.

Das ist nicht professionell, sagte er sich. Mach weiter, das wird sich alles klären. Außerdem ist es nur ärgerlich, nicht mehr.

Trotzdem wartete er ungeduldig auf Nadine Kleinhäuser.

Schließlich klopfte es.

»Ja?« Die Aufforderung zum Eintreten stieß er so rasch hervor, dass er sich ärgerte. Cool bleiben, ermahnte er sich. »Nun? Was haben Sie herausgefunden?«

Frau Kleinhäuser hielt einen kleinen Zettel in der Hand. Sie hatte die Angewohnheit, alle Einzelheiten sofort zu notieren, und vermittelte so den Eindruck eines glänzenden Gedächtnisses. »Polar Feinkost, Sitz Hamburg, ist ein Import-Unternehmen für nordische und russische Spezialitäten. Sie haben vor einer Woche, und zwar am zweiundzwanzigsten März, den Auftrag über dreißig Kilo Beluga, Qualitätsstufe eins erhalten. Eingegangen am zweiundzwanzigsten März, zwölf Uhr sechsunddreißig, per Internet-Auftragsannahme. Auslieferung gestern durch United Parcel Service. Sie fragen nach, ob Sie mit der Qualität zufrieden waren.«

Also doch ein Scherz.

Am zweiundzwanzigsten März war er in Fallersleben gewesen. »Wie kommen die an meine Kreditkartennummer?«

Frau Kleinhäuser zuckte die Schultern. »Die Kreditkartennummer war auf der Bestellung angegeben. Offensichtlich korrekt, einschließlich Gültigkeitsdatum, es wurde gleich überprüft, sonst wäre bei der Auftragssumme nicht ausgeliefert worden.«

Ein Kreditkartenbetrug also.

Klaus hatte bereits vor einigen Jahren damit zu tun gehabt. Damals hatte es so ausgesehen, als hätte er in London eine Perlenkette gekauft. Es war ja auch so einfach: Jedes simple Restaurant konnte sich die Nummer notieren und eine fingierte Bestellung aufgeben. Nur gut, dass die Kreditkarteninstitute in eigenem Interesse bei der Aufklärung solcher Fehler – vielleicht konnte man auch sagen: bei ihrer Vertuschung – recht großzügig waren. Bei der Sache in London hatte ein Anruf genügt. Möglicherweise würde er die beiden Dosen, die sie gestern geleert hatten, bezahlen müssen. Na, und wenn schon!

Auf einmal fühlte er sich erleichtert.

»Rufen Sie die Firma an, erklären Sie, es handele sich um einen schlechten Scherz. Ich habe nicht bestellt, aber die Ware ist angekommen. Ich würde sie gern zurückschicken.«

Nadine Kleinhäuser nickte. »Ist schon erledigt.«

Nach fünf Minuten war die Angelegenheit offensichtlich noch nicht erledigt. Jedenfalls stand Frau Kleinhäuser wieder in seinem Zimmer. »Knochenhart«, sagte sie. »Die sind knochenhart. ›Pacta sunt servanda.‹ Die haben als Abteilungsleiter wohl einen verhinderten Altphilologen oder einen späten Verehrer von Franz Josef Strauß. Wollen Sie mit ihnen reden?«

In etwa einer Viertelstunde wurden die beiden Justiziare aus Fallersleben erwartet. Und obwohl Knollinger die Verhandlungen führen würde, wollte Klaus sie wenigstens begrüßen. Vielleicht bekam er in der Zwischenzeit auch diese lästige Kuh vom Eis. »Stellen Sie mich einfach durch«, meinte er unwirsch.

Herr Müller von Polar Feinkost hatte eine angenehme Stimme, einen leicht süddeutschen Tonfall und erwies sich als wenig kooperativ. »Wir haben einen Auftrag vorliegen«, erklärte er nur. »Und wir haben diesen Auftrag ausgeführt. Ich hoffe, Sie waren mit der Qualität und der Promptheit der Lieferung zufrieden.«

»Wenn Sie meinen, dass der Kaviar gut geschmeckt hat«, versetzte Klaus Beckmann, »dann haben Sie Recht. Aber wir sind ein Software-Unternehmen, und privat habe ich nur eine kleine Familie. Können Sie mir erklären, was ich mit dreißig Kilo Kaviar anfangen soll?«

Herr Müller schien zu lächeln. »Die Bestellung war wohl etwas überdimensioniert.«

»Sehen Sie«, erwiderte Klaus Beckmann. »Im Internet wird jede Menge Unfug getrieben, unter anderem Bestellungen aufgegeben. Und wie man an Kreditkartennummern herankommt, brauche ich Ihnen ja wohl nicht näher auseinander zu setzen. Bei einer so großen Bestellung – immerhin dreißig Kilo einer hochverderblichen Ware – hätte es bereits die Sorgfaltspflicht verlangt«, *Sorgfaltspflicht* war ein juristischer Ausdruck, er wurde von Kaufleuten ähnlich wie *Treu und Glauben* immer dann gern verwendet, wenn etwas schief gelaufen war, »wäre es Ihre Verpflichtung gewesen nachzuprüfen, ob die Bestellung zu Recht erfolgte. Und wenn Sie schon über das Internet Ihre Geschäft abwickeln«, jetzt machte er eine Pause, »dann ist es vor allem Ihr, und zwar ganz allein Ihr Risiko.«

»Verzeihen Sie«, entgegnete Herr Müller auf einmal ganz sachlich. »Unsere Bestellungen erfolgen auf einer kodierten, gesicherten Leitung. Trotzdem erschien uns die Bestellung für einen Neukunden ungewöhnlich hoch. Deswegen haben wir Ihnen zusätzlich eine E-Mail geschickt und Sie um Bestätigung gebeten. Eine E-Mail an Ihre Firma. Und Sie haben bestätigt. Am ...«, er schien in seinen Unterlagen zu suchen, »richtig, am dreiundzwanzigsten März, vierzehn Uhr zwölf ging unsere Mail raus, und fünf Minuten später war die Bestätigung da. Versehen mit Ihrer elektronischen Unterschrift.«

Klaus Beckmann schluckte. »Sie würden mir die entsprechenden Unterlagen zuschicken?«, fragte er.

Herr Müller wollte sie ihm gern zuschicken. »Vielleicht hat sich einer an Ihrem elektronischen Sicherheitssystem zu schaffen gemacht«, vermutete er. »Es gibt Unternehmen, die sind darauf spezialisiert, ihre elektronischen Informationssysteme absolut abzuschotten. Vielleicht verwenden Sie ein veraltetes Verfahren?«

Wir sind selbst einer der Produzenten solcher Systeme, ging es Klaus Beckmann durch den Kopf. Und wir sind die Besten. Aber eine Werbung für die Firma war dies mit Sicherheit nicht. »Möglich«, antwortete er unbestimmt. »Nehmen Sie nun den Kaviar zurück oder nicht?«, fragte er schließlich brüsk.

»Wir können ihn nicht zurücknehmen«, erklärte Müller. »Kaviar wird zwar in Dosen ausgeliefert, darf aber trotzdem nicht über eine bestimmte Temperatur gelagert werden. Wir sind eine Firma, die Spitzenerzeugnisse liefert, und wir müssen für die Qualität unserer Produkte garantieren können. Das verstehen Sie doch? Bei anderen Produkten würden wir Ihnen gern entgegenkommen, aber bei Kaviar? Es tut mir Leid, und ich kann mich gut in Ihre Lage hineinversetzen, aber das ist auch alles. Die Unterlagen gehen Ihnen selbstverständlich gleich noch per E-Mail zu.«

Frostig beendete Klaus Beckmann das Gespräch. Er fuhr seinen Rechner hoch und prüfte seinen privaten E-Mail-Account. In der Tat, die E-Mail von Polar Feinkost war angekommen. Sie war als gelesen markiert, deswegen war sie ihm nicht aufgefallen. Wie zum Hohn prangte in der Liste der ausgegangenen Mails auch noch seine Bestätigung. Jemand war in seinen Rechner eingedrungen.

Irgendein verdammter Hacker.

Schlagartig war ihm klar, dass er die siebenundsechzigtausend Mark zahlen würde. Zähneknirschend. Vielleicht würde er einen Prozess gewinnen, die Rechtsprechung war bei Internetgeschäften immer noch sehr kundenfreundlich, und was Müller über Kühlketten erzählt hatte, erschien ihm an den Haaren herbeigezogen. Schließlich war bereits März, und Polar Feinkost hatte die Ware selbst mit United Parcel Service versandt.

Aber die Publicity ...

Hacker knacken Sicherheitssystem des aufstrebenden Software-Hauses SecuCom. Sicherheitssoftware – offen wie ein Scheunentor.

Spitzenmäßig! Das war eine Story für die Sensationspresse. Und die dreißig Kilo Kaviar rundeten das Bild ab. Lächerlichkeit konnte tödlich sein. Nein, er würde zahlen.

Wichtig war, diesen verdammten Hacker zu finden, bevor er noch weiteren Schaden anrichtete. Zudem mussten jeden Augenblick die Herren vom Europäischen Automobilwerk kommen. Auch das noch.

Wichtige Dinge zuerst. Immer der Reihe nach, ermahnte Klaus sich.

Fast schon automatisch lief ein Krisenbewältigungsprogramm ab, antrainiert.

»Frau Kleinhäuser, bitte benachrichtigten Sie mich sofort, wenn die Herren aus Fallersleben da sind, und schicken Sie mir Müller-Warden. Sofort.«

Müller-Warden war der Leiter der Forschungs- und Entwicklungsabteilung.

»Müller-Warden ist heute nicht im Hause«, erwiderte Kleinhäuser.

»Wie bitte?«

»Er hat sich heute Morgen krankgemeldet. Grippe.«

»Dann Langenscheidt. Ist der wenigstens da?«

Langenscheidt war der stellvertretende Abteilungsleiter. Er gehörte nicht zum Gründungsteam der Firma, sondern war erst vor zwei Jahren zu ihnen gestoßen. Beckmann war auf ihn aufmerksam geworden, als er Sieger bei einem Wettbewerb einer Computerzeitschrift geworden war. Angeblich sollte er früher einmal ein bekannter Hacker in der Szene gewesen sein, aber er schwieg darüber. Langenscheidt war mit seinen zweiundzwanzig Jahren der mit Abstand Jüngste im Team. Er hatte eine Lehre als Bankkaufmann abgeschlossen, in diesem Beruf jedoch nie gearbeitet. Trotzdem wirkte er mit seinen kurz geschorenen Haaren und dem muskulösen Body, den er im Fitness-Studio stylte, eher wie ein Mann aus der Werbung und weniger wie ein Computerfreak, wobei Beckmann auch nach langen Jahren nicht genau sagen konnte, wie denn nun Computerfreaks aussahen.

Langenscheidt galt als schwierig, er war ein Einzelgänger, und vielfach hatte sich Müller-Warden schon darüber beschwert, dass seine Frotzeleien die Grenze des guten Geschmacks meist überschritten. Er machte gern Witze auf Kosten anderer, war aber ziemlich mimosenhaft, was ihn selbst betraf. Beckmann gegenüber war er jedoch von vollendeter Höflichkeit.

»Sie haben mich rufen lassen?«, fragte er.

»Wir haben ein Problem«, erklärte Klaus Beckmann. »Und ich möchte, dass wir es lösen. Und zwar schnell. Jemand ist in unser Netz eingedrungen und hat in meinem Namen eine Bestellung aufgegeben: dreißig Kilo Kaviar. Einschließlich Bestätigung, elektronischer Unterschrift und so weiter. Irgendwo haben wir ein Leck. Und ich möchte, dass wir es beseitigen.«

Bei der Erwähnung der dreißig Kilo Kaviar verzog sich Langenscheidts Mund zu einem kleinen Grinsens. Er hatte sich jedoch sofort wieder in der Gewalt. »Soll ich mich selbst darum kümmern?«, wollte er wissen.

»Mir ist es egal, wer es macht, aber ich möchte, dass wir das Leck beseitigen.«

Leider hatten sie keinen Sicherheitsdienst, der sich darum kümmern konnte, bisher waren derartige Aufgaben – vor einem Jahr hatte ein Hacker ein harmloses Virus eingeschleust – von der Abteilung Forschung und Entwicklung erledigt worden.

»Lassen Sie mal sehen«, bat Langenscheidt, trat, ohne eine Aufforderung abzuwarten, hinter den Schreibtisch und drehte den Monitor so, dass er darauf schauen konnte. Unwillkürlich empfand Klaus Beckmann dieses als Angriff in seine Privatsphäre. Müller-Warden hatte schon Recht. Langenscheidt konnte einem schon auf den Geist gehen.

»Das ist ja Ihr persönlicher Account«, stellte Langenscheidt verblüfft fest. »Der Kerl muss durch alle Passwörter geschlüpft sein. Durch den Firewall, die Passwörter – und dann noch in Ihre ganz persönliche Domäne. Er muss unser Sicherheitssystem vollständig ausgehebelt haben. Ich werde checken, ob unsere Warnmelder angesprochen haben. Er muss Spuren hinterlassen haben, ich werde das sofort verfolgen. Irgendwo wird er hereingekommen sein. Als Sofortmaßnahme sollten wir jedoch sämtliche Passwörter austauschen. Heute noch. Diese Hacker probieren es meistens immer wieder. Wir werden unseren Feuermelder installieren. Warten wir auf das nächste Mal.«

»Ich möchte, dass wir ihn beim nächsten Mal bereits haben«, sagte Beckmann schärfer, als er es eigentlich beabsichtigt hatte. »Wir verkaufen Sicherheit, und dies ist alles andere als eine gute Werbung.«

Langenscheidt nickte nur. Er scrollte durch ein paar Menüs und war im Augenblick von seiner Aufgabe völlig in Beschlag genommen.

»Sehen Sie irgendwelche Spuren?«, fragte Beckmann nach einer Weile.

Langenscheidt zuckte mit den Schultern. »Weiß

nicht«, antwortete er. »Ich mache das am besten von unten, von der Abteilung aus. Da habe ich die besseren Diagnosetools. Aber ich brauche Ihr Passwort. Sonst komme ich selbst nicht rein.«

»Jonas«, erwiderte Klaus Beckmann zögernd.

Langenscheidts Gesicht blieb ausdruckslos. Familiennamen waren die einfallslosesten Passwörter, die man sich vorstellen konnte. Jeder Benutzer wurde dringend davor gewarnt.

»Ich weiß selbst, dass das Passwort bescheuert ist«, fuhr Klaus Beckmann auf. Wenn er jetzt grinst, feuere ich ihn, ging es ihm durch den Kopf, doch Langenscheidt schwieg.

»Ich gehe nun nach unten«, meinte er nur. »Aber wenn Sie das Passwort ändern, teilen Sie es mir mit.«

»Das können wir auch gleich erledigen«, erklärte Klaus Beckmann. »Was halten Sie von *Abfangjäger*?«

Der Kindergarten lag nicht weit entfernt, aber Ulrike Beckmann hatte es sich angewöhnt, Jonas meist hinzufahren. Im Stillen hatte sie zwar den Verdacht, dass sie ihrem Kind damit keinen großen Gefallen tat, Kinder mussten schließlich in die Welt hinaus, aber die Sorge einer jungen Mutter äußerte sich nicht immer in vernünftigen Handlungen.

Das Klingeln an der Tür bedeutete, dass Julia gekommen war. Julia, die Nachbarstochter, war ein Jahr älter als Jonas, aber die beiden waren inzwischen fast unzertrennlich. Wie Geschwister. Meist nahm Ulrike das Mädchen mit.

Sie platzierte die beiden auf den Rücksitz ihres Golf, und öffnete das Garagentor mithilfe der Fernbedienung und wollte gerade selbst einsteigen, als das Telefon im Haus zu läuten begann.

Ob sie abnehmen sollte? Eigentlich war sie ja schon fast unterwegs, aber vielleicht war es Klaus. Nach einem schönen Abend rief er manchmal spontan an. Das war auch so eine liebenswürdige Angewohnheit von ihm. Sie stieg noch einmal aus. »Jonas und Julia, ich gehe eben mal ans Telefon«, erklärte sie. »Ich bin gleich wieder da.«

Die beiden schienen die Verzögerung keineswegs tragisch zu nehmen, sondern plauderten vergnügt über den gestrigen Kindergeburtstag.

Das Telefon klingelte anhaltend. Beim sechsten Klingeln würde sich der automatische Anrufbeantworter einschalten, deshalb beeilte Ulrike sich. Ihr Atem ging heftig, als sie abhob. »Beckmann.«

In der Leitung blieb es still.

Einen Moment dachte Ulrike an eine falsche Verbindung, vermutete, der andere habe längst aufgelegt, aber dann hätte sie das Besetztzeichen hören müssen. »Beckmann«, wiederholte sie.

Auf einmal spürte sie die Gegenwart des anderen ganz deutlich, es war jemand in der Leitung, dies war keine technische Störung. Jemand hielt den Hörer in der Hand und lauschte. Sie spürte, dass sich ihr Herzschlag beschleunigte, und sie konnte im Hörer die Geräusche ihres eigenen Atems vernehmen.

»Ist da jemand?«, erkundigte sie sich. Blöde Frage, natürlich war da jemand. Irgendein Spinner, Spanner oder was auch immer.

Wieder blieb die Antwort aus.

»Ist da jemand?«, wiederholte sie. Fast meinte sie auf der anderen Seite Atemgeräusche zu vernehmen. »Idiot«, schimpfte sie und legte kurz entschlossen auf.

Irgendein Perverser. Ein Spinner.

Sie ging in die Garage zurück und startete den Wagen.

»Die Herren aus Fallersleben sind noch nicht da?«, fragte Klaus Beckmann in die Gegensprechanlage.

»Herr Beckmann, ich gebe Ihnen wirklich sofort Bescheid, sobald sie sich unten beim Pförtner gemeldet haben«, beruhigte ihn Frau Kleinhäuser.

Eine Stunde Verspätung war ungewöhnlich. Meist hielt man vereinbarte Termine ein, und aus dem Stadium, den anderen zappeln zu lassen oder die eigene Wichtigkeit zu unterstreichen, indem man zu spät kam, waren sie längst hinaus. Es war alles geklärt, es ging nur noch um juristische Kleinigkeiten.

Wo blieben sie nur? Ein Stau auf der Autobahn?

Heute war offenbar nicht sein Tag, überlegte Klaus Beckmann. Erst dieser verdammte Hacker, dann dieses untätige Warten. Auf seine Arbeit konnte er sich jedenfalls nicht konzentrieren. Und an dem herrlichen Ausblick durch die Fenster seines Büros fand er im Moment auch keinen allzu großen Gefallen.

Das Klingeln des Telefons erfüllte Klaus mit einer unrealistischen Hoffnung, denn eigentlich erkannte er an der Nummer auf dem Display sofort, dass der Anruf aus dem Hause kam.

Knollinger war am Apparat. »Wann kommen die denn?«, wollte er wissen.

»Ich weiß es nicht«, sagte Klaus Beckmann genervt. Mit einem Anflug von Entschlossenheit bat er Nadine Kleinhäuser, in Fallersleben anzurufen.

Wenig später trat seine Sekretärin ins Zimmer.

»Wann kommen sie?«, fragte er.

»Gar nicht«, antwortete Frau Kleinhäuser ernst. »Ich habe angerufen und nachgefragt. Und man teilte mir mit, die Herren kämen gar nicht. Der Grund sei Ihnen bekannt.«

Klaus Beckmann hatte ein untrügliches Gespür für Krisen, eine Art siebten Sinn. Dies war eine solche. Kurz vor dem Ziel.

Er wunderte sich selbst, dass er ganz ruhig war. Nur eine Spur blasser war er geworden. »Mit wem haben Sie gesprochen?«, hakte er nach.

»Anfangs mit dem Büro, dann mit Klinkhake.«

Klinkhake war der zuständige Prokurist, der in Fallersleben den geschäftlichen Teil absegnete. Er war ein harter Verhandlungspartner, aber er hatte den Ruf, zu einem einmal gegebenen Wort auch dann zu stehen, wenn keine schriftlichen Vereinbarungen getroffen worden waren. In mehreren Verhandlungsrunden hatte Klaus Beckmann ihn schätzen gelernt.

»Und was hat er gesagt?«

»Nichts«, meinte Frau Kleinhäuser.

»Er muss doch etwas gesagt haben«, beharrte Klaus Beckmann.

»Er hat nichts Konkretes gesagt«, wiederholte Nadine Kleinhäuser, »außer dem einen Satz: ›Herr Beckmann kennt den Grund!‹ Er sei für Sie übrigens nicht mehr zu sprechen. Das war alles. Er war höflich, aber sehr entschieden. Ich kenne ihn ja kaum, bin ihm nur einmal bei den Verhandlungen hier im Hause begegnet, aber wenn Sie mich fragen, war er unglaublich wütend.«

Es machte keinen Sinn.

»Ich habe ihn gestern noch am Telefon gehabt«, sagte Beckmann mehr zu sich selbst. »Gestern war er ganz zugänglich. Hatte mich noch einmal heruntergehandelt. Fünfhunderttausend, kein Pappenstiel, aber immerhin, wir haben uns ganz herzlich verabschiedet ...«

»Er war so wütend, dass er schon wieder ruhig war«, bemerkte Frau Kleinhäuser.

»Verbinden Sie mich mit ihm«, bat Klaus Beckmann. »Ich muss wissen, was da los ist.«

»Er wird Sie nicht sprechen wollen«, wandte Nadine Kleinhäuser ein. »Ich rate Ihnen davon ab.«

»Machen Sie, was ich Ihnen sage«, fauchte Klaus Beckmann. »Tut mir Leid«, fügte er hinzu, als er ihr verärgertes Gesicht bemerkte. »Tut mir Leid.«

Die Kleinhäuser ging, ließ aber die Tür zum Vorzimmer offen stehen. Sie machte mehrere Anläufe.

Klaus Beckmann stand in der Tür und beobachtete sie. Nadine Kleinhäuser mühte sich redlich. Sie war gut, aber während er so dastand und ihr zuschaute, kam ihm zu Bewusstsein, dass es vergeblich sein würde, dass sie Recht behalten würde: Keiner seiner Partner würde für ihn zu sprechen sein, heute nicht, morgen nicht, vielleicht sogar niemals mehr. Und für einen winzigen Moment dämmerte ihm, dass so das Ende einer Firma aussehen konnte, der Augenblick vor dem Bankrott: hektische Telefonate, Geschäftspartner, die sich verleugnen ließen, Freunde, die ihn nicht mehr kannten. Und dass die chrom- und glasglitzernde Front des Gebäudes, das er heute Morgen noch hatte kaufen wollen, tatsächlich nur Fassade war.

Dass Frau Kleinhäuser auflegte, nahm er nur am Rande wahr. »Holen Sie mir Knollinger«, bat er.

Jetzt brauchte er einen Freund.

»Und du hast wirklich keine Ahnung, was ihn so verärgert haben könnte?« Matthias Knollinger hatte aufmerksam zugehört.

»Ich weiß es ehrlich nicht«, meinte Klaus Beckmann. »Ich zermartere mir das Hirn, überlege, was ich gesagt habe, was nicht, aber ich komme zu keinem Ergebnis. Gut, das mit den fünfhunderttausend Mark ... Da ging es zum Schluss noch mal ein bisschen hin und her, es war wohl auch mehr ein Sport für ihn, nach dem Motto: mal sehen, was wir den Newcomern zu guter Letzt noch einmal aus dem Kreuz leiern können. Aber dann haben wir uns ganz herzlich verabschiedet. Freundschaftlich, würde ich fast sagen. Und heute das?«

»Spielen wir doch alles einmal durch«, schlug Matthias Knollinger vor. »Ein besseres Angebot. Vielleicht von den Amerikanern. Die hatten doch erst ganz gute Karten?«

»Glaub ich nicht«, versetzte Klaus Beckmann nach einigem Zögern. »Erstens hält Klinkhake sein einmal gegebenes Wort, zweitens würde er mir ganz klar sagen: Junge, tut mir Leid, du bist zu teuer oder zu schlecht oder was auch immer. Er würde sich nicht verleugnen lassen.«

»Er lässt sich ja nicht verleugnen«, korrigierte Knollinger Klaus Beckmann, »er ist für dich nur nicht zu sprechen. Das ist ein Unterschied. Ein schlechtes Gewissen scheint er nicht zu haben. Überlege: Womit kannst du ihn verärgert haben?«

»Mit nichts«, erwiderte Klaus Beckmann. »Mit gar nichts. Und das ist mein völliger Ernst.«

»Eine weitere Möglichkeit: Verleumdung. Jemand hat ihn angerufen und ihm irgendetwas über uns erzählt. Dass du einen Mord auf dem Gewissen hast, dass wir mit Kinderpornos handeln oder die Köpfe eines Callgirl-Rings sind, dass wir unsere Ideen bei Microsoft geklaut haben. Oder so etwas Ähnliches. Wäre doch eine Möglichkeit. Oder nicht?«

»Welcher Geschäftsmann lässt sich auf so etwas ein, ohne selbst nachzufragen? Jedenfalls niemand vom Kaliber Klinkhakes. Nein. Ich hätte gestern noch einen Anruf von ihm bekommen. Umgehend.«

»Eine weitere Möglichkeit sehe ich nicht«, gab Knollinger zu. »Frag ihn einfach. Das ist das Einzige, was du tun kannst. Und du hast wirklich keinen Anruf von ihm bekommen?«

»Nein«, erklärte Klaus Beckmann entschieden. »Ich hatte gegen neunzehn Uhr noch mit ihm telefoniert, du weißt, es stand ja bis zum Schluss noch auf des Messers Schneide. Ja, dann bin ich gegen zwanzig Uhr nach Hause gefahren. Telefoniert habe ich nicht mehr.«

»Du hast auch keine dreißig Kilo Kaviar bestellt«, wandte Knollinger ein. »Du hast keine E-Mail geschickt und deine Kreditkartennummer nicht weitergegeben. Das hast du alles *nicht* getan ...«

»Was willst du damit andeuten?«

»Wir haben einen Hacker im System, das hast du doch vorhin selbst gesagt, oder nicht?«

»Hacker mischen sich nicht in Geschäfte ein«, versetzte Klaus Beckmann.

»Nein«, erwiderte Knollinger spöttisch. »Sie schleusen Viren ein, stehlen Betriebsgeheimnisse, überweisen Geld auf ihr eigenes Konto und klauen Passwörter, fälschen Telefonrechnungen. Aber sie mischen sich nicht in Geschäfte ein. Da hast du Recht.«

»Du meinst ...?«

»Wir sollten es jedenfalls überprüfen«, erklärte Knollinger energisch. »Ich kann Computer nur an- und ausschalten, und von der Telefonanlage verstehe ich gerade so viel, wie mir meine Sekretärin beigebracht hat, aber es muss doch irgendwo eine Liste mit den eingehenden und ausgehenden Telefonaten geben, oder nicht?«

Es dauerte nur wenige Minuten, dann flimmerte die Liste über den Bildschirm. Eine schier endlose Reihe von aus- und eingehenden Telefonaten. Sorgfältig geordnet nach Nummern, Tageszeit.

»Zumindest haben wir jetzt eine Erklärung für unsere hohe Telefonrechnung«, meinte Knollinger sarkastisch.

Dann vertieften sich beide in die Einzelheiten.

»Du hast doch noch telefoniert!«, stellte Knollinger überrascht fest. »Um zwanzig Uhr zweiunddreißig, knapp drei Minuten lang.«

»Das gibt's doch gar nicht«, entfuhr es Klaus Beckmann. Trotzdem, die Liste zeigte um diese Zeit ein Telefonat an. »Wer war um diese Uhrzeit noch im Büro? Der Reinigungsdienst? Die Kleinhäuser? Sie muss nach mir gegangen sein.«

»Die Kleinhäuser kannst du von deiner Liste streichen«, versetzte Knollinger.

Für einen Moment packte Klaus Beckmann die Lust nachzuhaken. Matthias schien sich seiner Sache ja sehr sicher zu sein, was das Alibi der Sekretärin betraf. »Immerhin hatte sie die Möglichkeit ...«, wandte Klaus ein.

»Wir waren um halb neun in einem Restaurant verabredet, ich kam um fünf vor halb und sie um Punkt halb neun. Zufrieden?«, knurrte Knollinger. »Ich weiß es, weil ich ständig auf die Uhr geschaut habe. Und meine Uhr ist eine quarzgesteuerte Funkuhr. Zufrieden mit deinem Detektivspiel?«

Zu jeder anderen Zeit hätte sich Klaus Beckmann über die Enttarnung der Liaison diebisch gefreut – immerhin war Matthias Knollinger seit Jahren mit einer attraktiven Rechtsanwältin verheiratet –, jetzt jedoch verschwand sein Interesse so plötzlich, wie es gekommen war. »*Ich* habe jedenfalls nicht telefoniert«, beharrte er.

»Es ist eine Handynummer«, erklärte Knollinger. »Kennst du sie?«

»Ich kann mir keine Handynummern merken, und zu dieser Zeit war ich längst auf dem Weg nach Hause.«

»Trotzdem ist von deinem Apparat aus telefoniert worden«, beharrte Matthias Knollinger. »Du siehst es ja wohl selbst. Und fünf Minuten später bist du angerufen worden, zwanzig Uhr siebenunddreißig. Ein Dreißig-Sekunden-Telefonat. Das ging schnell.«

Der Kaviar, der Hacker, jetzt dieses Telefonat. War das alles nur Zufall?

»Wem gehört die Nummer?«, fragte Klaus Beckmann.

»Wollen wir einfach dort anrufen?«, schlug Knollinger vor. »Mal sehen, wer sich meldet!«

Doch das Handy schien abgeschaltet zu sein. Es läutete und läutete, nicht einmal eine Mailbox wurde aufgerufen. Schließlich wurde die Verbindung automatisch abgebrochen. Eine Spur, die ins Leere führte.

Aber irgendwo in dieser Firma musste es einen Menschen geben, der sein Büro benutzen konnte, seine Gewohnheiten kannte und der ihm schaden wollte.

»Könnte es das Handy von Klinkhake sein?«, überlegte Knollinger nach einer Weile. »Es würde immerhin Sinn machen.«

Klaus Beckmann holte sein Notizbuch heraus. »Irgendwo muss ich seine Nummer haben«, murmelte er. »Ganz zu Anfang hat er sie mir mal gegeben ...« Es dauerte nicht lange, dann hatte er sie gefunden.

»Die ist es nicht«, stellte er enttäuscht fest. »Ich kenne die Nummer nicht. Aber natürlich kann er mehrere Handy-Nummern haben.«

»Wenn wir diesen Auftrag nicht bekommen«, sagte Knollinger auf einmal, »dann haben wir ein Problem. Nicht wegen dieses Auftrages, sondern wegen der anderen. Alle Kunden werden abspringen, alle. So etwas spricht sich herum.«

Wenn es Ulrike Beckmann vor etwas gegraust hatte, dann war es die Vorstellung, als Berufsbezeichnung *Gattin* angeben zu müssen. Eine Dame der Gesellschaft zu sein, ausgehalten von ihrem Ehemann, tätig allenfalls noch bei Wohltätigkeitsveranstaltungen, irgendwelchen Ehrenämtern und völlig ausgefüllt mit Tennisspielen, Kosmetik und Einkaufen.

Born to shop.

Sie war nicht *born to shop,* und deswegen erledigte sie einen großen Teil der Arbeit im Haus selbst, natürlich nicht das Putzen und Aufräumen, das war klar. Dafür hatte sie ja Frau Masanke, die auch einen Großteil des Kochens besorgte, aber Ulrike brachte Jonas selbst zum Kindergarten und kaufte anschließend ein. Und irgendwann einmal, wenn Jonas zur Schule gehen würde, würde sie wieder zu arbeiten anfangen. Betriebswirtschaft. Das hatte sie schließlich gelernt.

Heute hatte sie ein volles Programm. Da war erst der Besuch beim Friseur, dann wollte sie einkaufen.

Schon beim Friseur hatte es ziemlich lange gedauert,

sie war spät dran und überlegte kurz noch, den Einkauf auf morgen zu verschieben. Dann entschloss sie sich, an ihrem ursprünglichen Plan doch festzuhalten. Natürlich, wie immer an solchen Tagen, war der Parkplatz bei Aldi besetzt, aber schließlich fand sie noch eine Lücke.

Ulrike hielt nichts davon, das Geld zum Fenster hinauszuwerfen. Einkaufen bei Aldi, warum nicht? Der Kundenkreis dieses Aldi-Geschäfts entstammte ohnehin eher dem hannoverschen *Who is Who* als der Kartei des Sozialamtes.

Bei den Fischspezialitäten schauderte sie ein wenig. Die dreißig Kilo Kaviar lagen ihr auf der Seele. Ob sie sie wohl würden bezahlen müssen? Hoffentlich nahm die Firma sie zurück, denn die Aussicht, ein halbes Jahr lang gesalzene Fischeier essen zu müssen, war alles andere als verlockend.

Die Schlange an der Kasse war nicht so lang wie sonst, aber einige Minuten musste Ulrike trotzdem warten. Zeit für einen kleinen Schwatz mit einer Mutter, die sie vom Kindergarten her kannte. Ihren Namen wusste sie nicht, hatte ihn vergessen, aber der anderen erging es wohl ähnlich, denn auch sie vermied die direkte Anrede.

Schließlich hatte Ulrike es geschafft, die Lebensmittel waren im Kofferraum des Wagens verstaut. Ein Blick auf die Uhr: kurz vor eins. Mein Gott, wie die Zeit verging! Jonas musste auch bald abgeholt werden. Sie war als Mutter und Hausfrau ja schon richtig im Stress, vielleicht war *born to shop* doch nicht so schlecht ... Wenn sie Jonas pünktlich abholen wollte, dann musste sie sich jedenfalls beeilen.

Sie legte den Gang ein und gab Gas. Beim Zurücksetzen des Wagens spürte sie einen leichten Widerstand, dann stand der Wagen plötzlich. Abgewürgt. Vermutlich hatte sie doch zu wenig Gas gegeben, denn der Motor ging leicht aus. Irgendetwas stimmte mit der Einstellung der Einspritzpumpe nicht, die Werkstatt hatte das Problem auch beim zweiten Anlauf nicht ganz beseitigen können. Ulrike startete erneut, ließ den Motor aufheulen, sodass einige Besucher des Parkplatzes erstaunt den Kopf wandten. Der Wagen ruckte ein wenig, dann setzte er sich mit einem seltsam schabenden Geräusch in Bewegung. Irgendetwas stimmte nicht.

Sie stieg aus. Hinten war alles in Ordnung, er hatte sich nicht festgefahren, was ja auf dem glatten asphaltierten Untergrund auch kein Wunder war.

Aber da vorne ... Das gab es doch gar nicht!

»So ein Mist«, schimpfte sie. Jonas pünktlich abzuholen, konnte sie vergessen. Ein kleiner weißer Holzklotz mit einem dicken Zimmermannsnagel steckte in dem rechten vorderen Reifen und hatte sich im Radkasten verkantet. Der Reifen war natürlich platt. Eigentlich ein Wunder, dass sie vorhin nicht darübergefahren war! Lustlos zog sie an dem Brett, aber es saß bombenfest.

Reifenwechsel war noch nie ihre Lieblingsbeschäftigung gewesen, aber die meisten der Kunden auf dem Parkplatz schienen Damen der Gesellschaft zu sein, die vermutlich, ähnlich wie Ulrike, nicht daran interessiert waren, sich die Hände schmutzig zu machen.

Sie blickte Hilfe suchend den jungen Mann an, der gerade zusammen mit seiner Freundin aus dem Supermarkt kam. »Können Sie mir helfen?«, fragte sie und lächelte ihn charmant an.

Die Miene des Mannes signalisierte spontane Hilfsbereitschaft. »Wo brennt's denn?«, fragte er. »Streikt der Motor?«

»Nur der Reifen«, meinte sie. »Da steckt ein Nagel drin, sehen Sie?«

Der junge Mann beugte sich hinunter. »Das haben wir gleich«, meinte er eilfertig. »Kein Problem.«

Das Gesicht seiner Begleiterin vereiste zunehmend. »Wir müssen los, Martin«, drängelte sie.

»Es dauert doch nicht ...«, setzte der junge Mann an, aber als er in das abweisende Gesicht seiner Begleiterin blickte, murmelte er nur. »Der ADAC hilft Ihnen sicher gern, wir sind im Augenblick etwas sehr in Eile ...«

Dann zogen sie ab.

Ein älteres Ehepaar schaute interessiert zu. »Da müssen Sie den ADAC anrufen, wenn Sie es nicht allein schaffen«, meinte die Frau. Und setzte dann, offensichtlich um etwas Hilfsbereitschaft zu demonstrieren, hinzu: »An der nächsten Kreuzung finden Sie eine Telefonzelle.«

Man konnte sicher sein, in dieser Stadt ständig gute Ratschläge zu bekommen. »Danke«, erwiderte Ulrike spitz. »Ich habe ein Handy.«

In der »Gau-Leitung« des ADAC fragte man sie sogleich, ob sie Mitglied sei oder es werden wolle.

»Jetzt nicht mehr«, erwiderte sie. Verärgert holte sie das Werkzeug und den Reservereifen aus dem Kofferraum.

Schließlich half ihr ein junger, freundlicher Ausländer, allem Anschein nach ein Türke. »Steckt ganz schön tief«, sagte er und zog das Holzstück mit dem Nagel heraus. »Es sind sogar drei Nägel«, stellte er verblüfft fest. »Ein richtiges Nagelbrett.«

Dass ihr das vorhin nicht aufgefallen war. »Da muss ich das nächste Mal wohl besser aufpassen«, meinte sie, bedankte sich und fuhr los. Jonas und Julia würden sicher schon warten. Natürlich standen wieder alle Ampeln auf Rot.

Ein helles Stück Holz, knapp zwanzig Zentimeter lang, mit drei dicken Nägeln. Ein richtiges Nagelbrett ... Eigentlich unwahrscheinlich, dass sie es beim Einparken nicht gesehen haben sollte. Sehr unwahrscheinlich.

Der Verkehr staute sich. Auf der Querstraße kam ein Lkw nicht voran, ein paar eifrige Autofahrer hatten sich so auf die Kreuzung gestellt, dass nun gar nichts mehr ging. Sie würde zu spät kommen und Jonas nicht pünktlich abholen können ...

Der Kindergarten schloss um eins, es gab keinen angeschlossenen Hort, und die Erzieherinnen würden sicherlich nicht ewig warten.

Noch immer hatte sich der Stau nicht aufgelöst. Dass die es nicht kapierten, die Kreuzung freizuhalten! Da, jetzt begann in ihrer Nachbarschaft das Hupkonzert, auf das Ulrike schon gewartet hatte.

Sie hatte Jonas den Nachhauseweg schon einmal gezeigt. Und Julia ging ihn häufig zu Fuß. Vermutlich waren die beiden bereits losmarschiert, allein.

Die Ampel an der gefährlichen Kreuzung fiel ihr ein.

Bei Rot musst du warten, Jonas.

Ich bin doch kein Baby mehr.

Und wenn ich mal zu spät komme, dann wartest du auf mich, Jonas, ist das klar? Und mit keinem Fremden mitgehen oder in ein Auto einsteigen ...

Du spinnst, schalt sie sich. Typisch überbesorgte Mutter. Nur den Kindern nichts zutrauen.

Trotzdem ...

Der Anruf.

Das Nagelbrett.

Wirklich nur ein Zufall? Eine Unachtsamkeit? Mehr nicht?

Jetzt dieser Stau.

Der Lkw setzte sich in Bewegung, die Kreuzung leerte sich. Dennoch, sie würde zu spät kommen.

Plötzlich, unvermittelt, schlagartig kam die Angst. Wie aus dem Nichts war da das Wissen, dass etwas Schlimmes passieren würde, etwas Entsetzliches. »Jonas«, flüsterte sie. »Jonas, bleib im Kindergarten, bitte!«

Die Nummer des Kindergartens hatte sie im Handy gespeichert, sie tippte, während sie fuhr, die Kurzwahl. Das Freizeichen ertönte, einmal, zweimal, dreimal ... zehnmal, keiner ging ran, natürlich, die Kindergärtnerinnen hatten jetzt Feierabend ...

Die nächste Ampel schaltete auf Gelb, die folgende war bereits rot, aber Ulrike fuhr durch. Es war eine Tempo-dreißig-Zone, aber ihr Tacho zeigte achtzig Stundenkilometer an.

Mach dich nicht verrückt, du spinnst, schalt sie sich erneut, aber sie behielt ihre Geschwindigkeit bei.

Der Kindergarten war ein freundlich anmutender, niedriger Klinkerbau aus den achtziger Jahren, das Gelände abgezäunt, innen unübersichtlich, aber vorne mit einem großen Parkplatz ausgestattet. Gut einsehbar. Die Kinder standen meistens unter dem großen Vordach, das an den Parkplatz grenzte und einen überdachten Weg zum Eingang bildete.

Jonas hatte nicht gewartet.

Ulrike ließ den Golf vor der Überdachung stehen und eilte zur Eingangstür.

Gott sei Dank, die Tür war noch offen. Hinten im Flur erspähte sie auch gleich Frau Weber, die Leiterin.

»Jonas ist schon nach Hause gegangen. Julia war bei ihm. Die beiden haben erst gewartet, dann sind sie gegangen.«

Ulrike bedankte sich flüchtig und raste los. Der Weg, den die Kinder nehmen mussten, führte durch ein kleines Waldgebiet. Es war eine Abkürzung, ein kleiner Trampelpfad, für Autos unpassierbar. Erst auf der Straße würde sie die Kinder wieder sehen können. Doch die Straße war leer. Waren sie schon zu Hause? Es war ein kurzer Weg, aber er erschien ihr unendlich lang.

Sie parkte den Wagen vor der Garage und eilte ins Haus. In der Diele sah sie die kleinen Stiefel, Jonas' Stiefel. Eine Tür wurde aufgerissen.

»Endlich«, sagte Jonas und schaute vorwurfsvoll aus der Wohnzimmertür.

Es duftete nach Essen, Frau Masanke hatte wohl wieder Milchreis gekocht. »Wir wollten schon mit dem Essen anfangen. Wo warst du denn so lange?«

Eine Welle der Erleichterung durchflutete sie und machte sie benommen.

»Wir sind allein gegangen«, erklärte Jonas stolz. »Julia hat mir den Weg gezeigt, und wir sind ganz allein gegangen. Wie die anderen auch. An der Ampel haben wir sogar gewartet.«

»Du bist ja schon richtig groß«, erwiderte sie und zwang sich zu einem Lächeln. »So groß ...«

Nie wieder würde sie sich so aufregen. Kinder mussten langsam die Wirklichkeit kennen lernen. Man musste sie selbstständig werden lassen. Mein Gott, was war sie bloß für eine überängstliche Mutter! Das passte eigentlich gar nicht zu ihr.

»Herr Klinkhake ist nicht zu sprechen, Herr Beckmann«, erklärte die Vorzimmerdame freundlich, aber entschieden. Die Angestellten waren viel zu gut geschult, um auch nur eine Andeutung einer abfälligen Geste oder Bemerkung zu machen.

»Ich glaube, er erwartet mich«, widersprach Klaus Beckmann und schritt entschlossen auf die Tür zu. Eine Dreiviertelstunde hatte er auf der Autobahn verbracht, jetzt war er da. Und er hatte weiß Gott nicht die Absicht, sich hier im Vorzimmer abwimmeln zu lassen.

»Aber Sie können doch nicht ...«, protestierte die junge Dame.

Beckmann beachtete sie nicht, sondern trat ein.

Klinkhake stand neben seinem Schreibtisch, offensichtlich im Gespräch mit einem Mitarbeiter, den Beckmann vom Sehen kannte. Es war ein großes Büro, mit hohen Fenstern. Das Licht fiel auf Klinkhake und blendete Beckmann.

»Hat man Ihnen nicht gesagt, dass ich für Sie nicht zu sprechen bin?«, erkundigte sich Klinkhake schneidend. »Hat man Ihnen das nicht mitgeteilt, Herr Beckmann?«

»Ich möchte von Ihnen eine Erklärung haben«, erwiderte Beckmann. »Ich glaube, Sie sind mir eine schuldig.«

»Ich Ihnen?«, fragte Klinkhake. »Ich bin Ihnen eine Erklärung schuldig? Ist das Ihr Ernst?«

»In der Tat«, sagte Beckmann. Er war zornig. Wenn ihm schon der Auftrag durch die Lappen gegangen war, dann wollte er wenigstens in diesem Büro eine gute Figur machen.

»In der Tat. Gestern habe ich mit Ihnen noch gesprochen und einen mündlichen Vertrag abgeschlossen. Und Sie gelten doch als ein Mann, der sein Wort hält.

Oder hat sich das geändert? Und heute? Alles April, April?«

»Herr Dr. Wolters, lassen Sie uns bitte einen Augenblick allein«, wandte sich Klinkhake an seinen Mitarbeiter. Wolters wollte nach seinen Unterlagen greifen, aber Klinkhake winkte nur ab. »Es dauert nicht lange.«

Du hast dreißig Sekunden, maximal eine Minute, ging es Klaus Beckmann durch den Kopf.

Klaus hatte die Situation im Auto immer wieder durchgespielt, hatte sich Strategien zurechtgelegt und sie im nächsten Augenblick wieder verworfen. Er hatte sich die Situation so vorgestellt, genau so: den Raum, eine formale Herrschaftsarchitektur, die einschüchternd wirkte, Klinkhake abweisend, feindselig. Und doch hatte Klaus Beckmann keinen Plan fassen können, brachte keine Strategie mit, sondern nur den Glauben an sein Improvisationstalent.

Die Tür fiel mit einem leisen Klacken hinter Dr. Wolters ins Schloss. Sie waren allein.

Beckmann straffte die Schultern. »Sie gelten als ein – verzeihen Sie den altertümlichen Ausdruck – Mann von Ehre. Sie stehen zu Ihrem Wort, Herr Klinkhake. Gleiches sagt man von mir. Aber Sie sehen mich ratlos, und ich möchte von Ihnen eine Erklärung für Ihre Verhaltensänderung haben. Einfach nur eine Erklärung.« Er mäßigte seinen Zorn, ließ seine Stimme sachlich klingen. Wenn, dann mochte der Appell an Ehre, Sachlichkeit und Fairness noch am ehesten etwas bewirken.

»Die Erklärung ist ganz einfach«, entgegnete Klinkhake kalt. »Ich habe Sie Ihnen gestern am Telefon schon gegeben: Ich mache keine Geschäfte mit Partnern, die mich bestechen wollen. Korruption überlassen wir den Politikern. Ich mache da nicht mit. Ganz einfach. Und jetzt gehen Sie bitte. Ich habe zu tun.«

»Ich soll versucht haben, Sie zu bestechen?«, fragte Klaus Beckmann. »Ich soll ...?« Etwas wie Fassungslosigkeit schwang in seiner Stimme mit.

»Wir sollten das Spiegelfechten lassen«, bemerkte Klinkhake. »Ich bin dieser Sache überdrüssig.«

»Würden Sie bitte konkreter werden?«, bat Beckmann tonlos. Er musste in seiner Fassungslosigkeit wohl glaubhaft geklungen haben, denn er bemerkte, wie Klinkhake ihn unverwandt anschaute.

»Gestern Abend nach acht, vielleicht war es Viertel nach acht, riefen Sie mich noch einmal an«, meinte Klinkhake sachlich. »Sie boten mir hunderttausend Mark, wenn ich den Auftrag zu dem ursprünglich ins Auge gefassten Preis unterzeichnen würde. Hunderttausend für mich persönlich. Dann legten Sie auf.«

»Und?«, fragte Klaus Beckmann.

»Ich habe Sie postwendend zurückgerufen«, fuhr Klinkhake fort. »Und Ihnen kurz meine Meinung gesagt. Und alle Verträge storniert. Was immer Sie von mir denken: Ich bin nicht käuflich.« Und eine Tonlage verächtlicher fügte er hinzu: »Versuchen Sie Ihr Glück bei anderen. Mit uns nicht.«

»Hören Sie zu«, bat Klaus Beckmann. »Ich habe Sie nicht angerufen. Ich war um diese Zeit zu Hause. Mein Sohn hatte Geburtstag. Mit wem auch immer Sie telefoniert haben mögen, ich war es nicht.«

Klinkhake taxierte ihn. Er schwieg.

»Überlegen Sie bitte«, fuhr Beckmann fort. »Es geht hier um einen mehrstelligen Millionenbetrag. Bitte halten Sie mich nicht für so dämlich, wegen fünfhunderttausend Mark – also Peanuts – eine so hohe Bestechungssumme zu zahlen. Das wäre doch idiotisch. Und habe ich Ihnen im Vorfeld, als der Auftrag noch verhandelt wurde, jemals Anlass gegeben zu glauben, dass ich vorhätte, Sie zu bestechen? Stellen Sie sich bitte diese Frage und beantworten Sie sie ganz ehrlich. Auch bei einem Millionenauftrag habe ich nie Entsprechendes angedeutet. Warum sollte ich dies wegen fünfhunderttausend tun? Sie brauchen mir nicht zu glauben, Herr Klinkhake, aber ich appelliere an Ihren gesunden Menschenverstand und Ihre Menschenkenntnis. Ich wäre einfach nicht so blöd.«

Klinkhake schien nachzudenken. »Setzen Sie sich«, sagte er schließlich und deutete auf die Sitzgruppe.

Beckmann nahm Platz. Als er saß, merkte er, dass ihm die Knie zitterten.

»Sie haben bestimmt eine Erklärung für diese Vorgänge«, meinte Klinkhake. »Also?«

War es klug, alle Karten auf den Tisch zu legen?, fragte sich Klaus Beckmann. Aber unter den prüfenden Blicken von Klinkhake fühlte er, dass ihm keine andere Wahl blieb. »Ich weiß es nicht genau«, gestand er. »Wir haben natürlich heute Morgen sofort recherchiert. In der Tat sind um zwanzig Uhr zweiunddreißig und dann noch einmal fünf Minuten später Telefonate geführt worden. Von meinem Apparat. Die Sekretärin war bereits außer Haus, wer sonst in Frage kommt, weiß ich nicht.«

Klinkhake musterte ihn. Weiter, signalisierte sein Blick.

»Wir vermuten, dass wir einen Hacker im System haben. Gestern wurden an meine Privatadresse dreißig Kilo Kaviar geliefert. Für siebenundsechzigtausend Mark. Eine Nachfrage der Firma per E-Mail wurde positiv beantwortet, Kreditkartennummer, elektronische Unterschrift, alles in Ordnung. Ein ähnliches Vorgehen wie hier.«

Klinkhake schwieg.

»Ich gebe zu«, und zum ersten Mal geriet Beckmann ins Schwimmen, »ich gebe zu, das alles ist für ein Unternehmen, das elektronische Schutzvorrichtungen liefert, etwas peinlich, aber es ist die Wahrheit.«

Klinkhake sagte noch immer nichts.

»Wenn Sie den Vertrag stornieren wollen«, fügte Beckmann hinzu, »dann habe ich dafür Verständnis, wenn der Grund dafür ist, dass andere günstiger oder besser sind. Ich würde es zwar bedauern, aber akzeptieren müssen. Aber meine Kaufmannsehre – die möchte ich mir doch nicht nehmen lassen.« Er stand auf.

»Große Worte«, bemerkte Klinkhake. Er sagte es nicht unfreundlich, eher nachdenklich. »Der Mann am Telefon hat aber wie Sie geklungen«, meinte er. »Haben Sie dafür auch eine Erklärung?«

Ein Stimmenmodulator, ging es Beckmann durch den Kopf. Natürlich, technisch war es möglich, theoretisch jedenfalls. So gut kannte Klinkhake seine Stimme nun auch wieder nicht. Aber sollte er ihm das sagen?

»Ich weiß es nicht«, meinte er. »Doch es wird sich dafür eine Erklärung finden lassen.«

Offenbar schien die Antwort Klinkhake zufrieden gestellt zu haben, denn er wirkte nachdenklich.

Beckmann fühlte Erschöpfung in sich aufsteigen. Es war Zeit zu gehen. »Ich habe Sie lange genug aufgehalten, verzeihen Sie mein Eindringen.«

Auch Klinkhake erhob sich. »Finden Sie Ihren Hacker«, erwiderte er unvermittelt. »Finden Sie ihn und schließen Sie die Sicherheitslöcher in Ihrem System. Wenn Sie das gemacht haben, dann sollten wir uns noch einmal zusammensetzen.«

Dann streckte er ihm die Hand hin.

»Ich wünsche Ihnen eine gute Heimreise.«

Klaus kam heute früh nach Hause. Ulrike hörte den Wagen in der Auffahrt, das Garagentor schloss sich, dann ertönten seine Schritte in der Eingangshalle. Eigentlich hätte sie sich darüber freuen sollen. Das Familienleben war in letzter Zeit etwas kurz gekommen. Doch Vorfreude stellte sich nicht ein. Es ist etwas Schlimmes passiert, ging es ihr durch den Kopf. Irgendetwas Furchtbares. Warum war sie auf einmal so pessimistisch?

Sie legte die Mitteilung der Stadtwerke über die neuen Elektrizitätstarife auf den Schreibtisch, verließ das Arbeitszimmer und eilte nach unten. »Schon da?«, fragte sie fröhlich.

»Hallo«, murmelte er nur, aber es klang abwesend, er sagte es eher aus Gewohnheit, dann ging er zum Schrank und goss sich einen Whiskey ein.

»War etwas?«, wollte Ulrike wissen.

Unvermittelt blickte er sie an. »Ja, es war etwas«, antwortete er gedehnt.

Die Art, wie er das W aussprach, ein wenig genuschelt und undeutlich, verriet ihr, dass der Whiskey in seiner Hand an diesem Tag wohl nicht der erste war. Normalerweise trank Klaus nie. Jedenfalls nicht am Nachmittag. »In der Firma?«

»Das Europäische Automobilwerk hat storniert«, berichtete er tonlos. »Irgendein Scheißkerl hat in meinem

Namen bei ihnen angerufen, einen plumpen Bestechungsversuch unternommen – und das war's dann.«

»Und haben sie das nicht überprüft?«, fragte Ulrike entgeistert. »Die können doch nicht einfach ...«

»Haben sie«, versetzte Klaus trocken und lachte unfroh auf. »Haben sie, alles ganz sorgfältig. Der Anruf kam von meinem Apparat. Stimmt alles. Das habe ich schwarz auf weiß. Es ist alles in Ordnung ... Kein Problem ...« Er goss sich noch einen Whiskey ein. Dann berichtete er in groben Zügen.

Ulrike saß da und hörte zu. Zahlen waren ihr geläufig, und den Schaden, den die Firma genommen hatte, konnte sie ermessen.

»Habt ihr schon etwas herausgefunden? Wer es war, meine ich?«, fragte sie schließlich.

»Langenscheidt arbeitet daran«, meinte Klaus Beckmann einsilbig. »Ergebnisse habe ich noch nicht.«

»Langenscheidt? Warum hast du nicht Müller-Warden damit beauftragt?«

»Norbert ist krank«, versetzte Klaus mürrisch. »Hat Grippe. Und bei ihm zu Hause meldet sich nur der Anrufbeantworter. Sein Handy ist ausgeschaltet. Und hinfahren wollte ich nicht. Den Kaviar müssen wir übrigens auch bezahlen«, fügte er grimmig hinzu. »Das gleiche Spiel. Eine E-Mail. Die Leute schalten auf stur. Und einen Prozess können wir auch nicht führen. Dann können wir gleich einpacken.«

»Klar«, murmelte Ulrike in plötzlichem Begreifen.

»Und bei euch?«, fragte Klaus. »Mit dem Kleinen alles o.k.? Den Geburtstag gut verdaut?«

»Schon ...«, meinte sie gedehnt. »Jonas ist noch ein bisschen aufgedreht, aber glücklich. Er ist heute sogar allein vom Kindergarten zurückgekommen ...«

»Er wird endlich erwachsen«, lachte Klaus. Für einen Moment wirkte er unbeschwert, da war alles andere weit weg. »Du kannst ja nicht ewig auf ihn aufpassen. Irgendwann muss er den Weg allein gehen. Er soll ja auch kein Muttersöhnchen werden, oder?«

»Mir ist heute auch etwas Merkwürdiges passiert«, begann Ulrike. »Zuerst ein Anrufer, der sich nicht meldete, du kennst dieses Gefühl bestimmt: Es ruft jemand an und bleibt in der Leitung. Er hatte sich nicht einfach nur verwählt, weißt du ... Und dann ein Plattfuß am Wagen. Ich bin bei Aldi in einen Nagel gefahren. Ach was, es war ein richtiges Nagelbrett mit drei dicken Nägeln. Und ich habe es nicht einmal beim Rüberfahren bemerkt. Und auf dem Nachhauseweg hatte ich auf einmal solche Angst. Angst, richtige Panik, ich würde Jonas nie wiedersehen, ganz verrückt. Ich dachte, ich spinne, so typisch Mutter, aber ...«

Sie merkte, wie diese Angst um Jonas wieder in ihr hochkroch, sich ausbreitete und Besitz von ihr ergriff.

»Komm schon, Kleines«, sagte Klaus und legte beruhigend den Arm um sie. »Reg dich nicht auf. Es ist doch alles gut. Wir haben ein paar Probleme, aber nicht mit Jonas. Gott sei Dank. Es geht doch nur um Geld, um mehr nicht.«

Sie fühlte seine Hand auf ihrer Schulter, sein Atem streifte sie. Er roch leicht nach Whiskey, war aber wohltuend, und auf einmal kam sie sich beschützt vor, sicher. Mit Klaus an ihrer Seite – was sollte ihr da schon passieren?

»Spinne ich ein bisschen?«, fragte sie.

»Nein«, antwortete er. »Du bist besorgt, und es ist für uns im Augenblick alles ziemlich anstrengend. Das ist alles.«

Das Telefon klingelte.

»Das könnte Langenscheidt sein«, überlegte er und stand auf. »Ich hatte ihn gebeten, mich sofort anzurufen, wenn er etwas hat.«

Das Telefonat dauerte nicht lange.

»Und?«, erkundigte sich Ulrike erwartungsvoll, als Klaus wieder zu ihr trat.

»Nichts«, sagte er. »Langenscheidt hat bisher keinen Anhaltspunkt. Nicht den geringsten. Entweder hat einer wirklich von drinnen telefoniert. Dann könnte es nur einer aus der Firma sein. Oder aber der Hacker hat sich glänzend getarnt.«

»Wenn wir ihn kriegen, bringen wir ihn vor den Kadi. Oder sollten wir ihm eine Stelle anbieten?«, meinte Ulrike.

Klaus lachte bitter auf. »Den Tipp hat mir Langenscheidt gerade auch gegeben.«

»Hast du eine Idee, wer es sein kann?«, fragte sie.

»Nein«, antwortete Klaus.

Irgendetwas hatte sie geweckt.

Sie hörte Klaus' unregelmäßige Atemzüge neben sich.

Er schlief immer unruhig, wenn er zu viel getrunken hatte, und gestern war es reichlich gewesen. Es war der Stress. Und obwohl sie Trinken für eine schlechte Therapie hielt, konnte sie es ihm nachfühlen. Die Enttäuschung kurz vor dem Durchbruch. Und dann sie mit ihren läppischen Ängsten.

Es war still im Haus. Durch die schallisolierten Fenster drang leise das Rauschen des Windes. Von weither schien ein Klappern zu kommen, vielleicht der Fahnenmast der Robert-Koch-Grundschule. Die Flaggleinen schlugen bei Wind immer rhythmisch gegen die Aluminium-Masten. War es das?

Durch das Nachdenken war sie vollends wach geworden. Ein Blick auf die Leuchtziffern des Weckers zeigte ihr, dass es halb zwei war. Wenn sie um diese Zeit aufwachte, würde sie so schnell nicht mehr einschlafen können. Außerdem hatte sie Durst.

Ulrike stand vorsichtig auf. Der Flur in der ersten Etage lag im Dunkeln. Unten in der Küche summte der Kühlschrank. Erstaunlich, dass man ihn noch aus dieser Entfernung hören konnte. Ein leise schepperndes Geräusch, dann war er still. Der Thermostat hatte ihn ausgestellt. Die Stille war greifbar.

War jemand unten?

Warum sollte jemand unten sein?, beruhigte sie sich. Völliger Blödsinn.

Das Haus hatte eine moderne, computergestützte Alarmanlage, wie alle Häuser dieser Gegend. Ein Einbrecher? Ausgeschlossen.

Oder doch?

Du spinnst, schalt sie sich, du bist völlig überdreht, du siehst Gespenster.

Sie horchte eine Weile in das dunkle Haus, dann drehte sie entschlossen den Lichtschalter an und ging nach unten.

Das Haus wirkte unverändert. Die Mäntel an der Garderobe, die Schuhe darunter, ein stetes Ärgernis, weil Klaus sie einfach in die Ecke pfefferte und sie es ihm nicht beibringen konnte, sie wenigstens ordentlich nebeneinander zu stellen. Ein vertrauter Anblick, über den sie sich jetzt sogar freute. Die Gläser standen noch im Wohnzimmer, genau so, wie sie sie gestern Abend verlassen hatten. Ihr Wasserglas, Klaus' Whiskeyglas, die Flasche daneben. Sie räumte die Whiskeyflasche in den Schrank und brachte die Gläser in die Küche. Jonas sollte morgen keinen schlechten Eindruck bekommen. Langsam trank sie ihr Wasser; ein befreundeter Arzt hatte ihr einmal erläutert, dass man sich danach beruhige und besser einschlafen könne. Dann ging sie nach oben.

Die Tür zum Arbeitszimmer, das im ersten Stock in der Nähe ihres Schlafzimmers lag, fiel ihr auf. Normalerweise war sie geschlossen, aber sie entsann sich auf einmal genau, dass sie gestern Nachmittag das Schreiben der Stadtwerke, eine unverständliche Erläuterung, warum trotz der allgemein gesunkenen Strompreise eine Tariferhöhung unvermeidlich sei, rasch auf den Schreibtisch gelegt hatte. Weil Klaus gekommen war, war sie nach unten gegangen – ohne die Tür zu schließen.

Jetzt war die Tür zu.

Sie spürte ein leises Kribbeln. Natürlich konnte es eine ganz harmlose Erklärung dafür geben. Klaus hatte die Tür gestern Abend kurz vor dem Schlafengehen einfach zugemacht. Oder er war noch einmal aufgestanden.

Es musste nichts heißen, aber ...

Für einen Augenblick fühlte sie sich wie in einem Gruselfilm. Die ahnungslose Heldin, bewaffnet nur mit einer Kerze, auf dem zugigen Dachboden auf Gespensterjagd. Ein unlogischer Einfall eines zweitklassigen Regisseurs. War es nicht schlauer, Klaus zu wecken? Sie verwarf den Gedanken. Klaus war müde und hatte einen anstrengenden Tag vor sich. Und sie wollte ihn nicht schon wieder mit ihren »Ahnungen« verrückt machen. Er hatte den Schlaf bitter nötig. Zur Not konnte sie ja laut schreien. Ganz laut.

Kurz entschlossen öffnete sie die Tür.

Der Brief lag noch auf dem Schreibtisch, das Magazin *écoute*, das sie vor einem Jahr einmal abonniert hatte, um ihr Französisch zu verbessern, lag genauso da, wie sie es verlassen hatte. Nur ein leichtes Summen lag in der Luft. Ein Ventilator drehte sich.

Das Summen kam Ulrike vertraut vor, sie hatte es tausend Mal gehört, aber sie brauchte ein paar Sekunden, um zu begreifen, woher es kam. Der Computer war angestellt. Der Monitor war ausgeschaltet, und so hatte sie es nicht sofort erkannt. War jemand im Haus? Oder war sie nur einfach vergesslich?

Der Raum wirkte nicht so, als wäre hier jemand eingedrungen. Der Schreibtischstuhl war zurückgeschoben, wie sie es in Erinnerung hatte, sogar ihre Strickjacke lag noch auf dem Boden. Eigentlich unüblich für sie, sie nicht aufzuheben.

Natürlich war es denkbar, dass Jonas das Gerät angestellt hatte. Manchmal hatte er das Bedürfnis, die Handlungen der Erwachsenen nachzuahmen. Möglich war es schon.

Möglich, aber nicht wahrscheinlich.

Sie trat leise aus dem Raum und huschte ins Schlafzimmer.

Vorsichtig stieß sie Klaus an.

Sie hörte den Ansatz eines missmutigen Brummens, dann beugte sie sich zu ihm hinunter.

»Im Haus ist jemand«, flüsterte sie ihm ins Ohr. »Klaus, ich glaube, jemand ist im Haus. Hier schleicht einer herum.«

Sie spürte, dass ihr Mann augenblicklich hellwach war. Angespannt.

»Hat die Alarmanlage reagiert?«, flüsterte er zurück.

»Nein«, sagte sie leise. »Aber der Computer im Arbeitszimmer läuft.«

Klaus stand auf. Jeder Zentimeter seines Körpers war durchtrainiert. Wenn der andere nicht gerade bewaffnet war, würde er gut daran tun, sich nicht mit Klaus anzulegen.

Zu zweit traten sie auf den Flur.

Sie hatte die Tür zum Arbeitszimmer offen gelassen, Klaus stürmte sofort hinein. Mit einem Griff schaltete er den Monitor ein. Es dauerte eine Weile, bis sich das Schwarz des Bildschirms in ein wirres Muster von Farben, Linien und Flächen verwandelte und dann schließlich das einheitliche Windows-Blau zeigte.

»Ein Programm ist nicht eingeschaltet«, sagte er. »Bist du sicher, dass du den Rechner gestern auch ausgestellt hast?«

Sie zuckte mit den Schultern.

»Ja«, antwortete sie dann. »Aber beschwören kann ich es auch nicht.«

Jonas, ging es ihr plötzlich durch den Kopf. Diese unerklärliche Welle von Angst. Ohne darauf zu achten, ob sie gehört werden konnte, eilte sie zum Kinderzimmer. Der Schein der Flurleuchte fiel auf das schlafende Gesicht des Kindes. »Jonas ist nichts passiert«, flüsterte sie.

»Ist da jemand?«, rief Klaus. »Ist da jemand?« Dann ging er geräuschvoll die Treppe hinunter.

In der Eingangshalle stand eine kleine, schwere Jugendstil-Bronze. Klaus nahm sie in die Hand und fühlte ihr Gewicht. Besser als gar nichts. »Ist da jemand?«, rief er noch einmal.

Es war die seltsame Stille eines Hauses, das in seinem Schaf gestört wird. Die Lampen brannten eine Spur zu grell, das Fehlen des Straßenlärms ließ die Fließgeräusche der Heizung unnatürlich laut hervortreten. Sogar dass der Kompressor des Kühlschranks ansprang, hörte er. Wenn es einen nächtlichen Besucher gab, dann hatte er sich offensichtlich gut versteckt.

Klaus kontrollierte die Haustür. Wie nicht anders zu erwarten, war sie abgeschlossen. »Schauen wir bei den Fenstern nach«, meinte er.

Systematisch gingen sie jeden Raum durch, die Küche, die Speisekammer, das Gästezimmer und die Toilette. Sie überprüften den Keller, obwohl die vor den Fenstern angebrachten Gitterstäbe dort vermutlich jeden Einbruch vereitelt hätten. Auch die Garage ließen sie nicht aus. Nach einer knappen Viertelstunde waren sie am Ende.

»Tut mir Leid«, murmelte Ulrike zerknirscht. »Es tut mir schrecklich Leid, aber ich habe wirklich gedacht ... Weil der Computer lief, weißt du? Deswegen habe ich ja auch ...«

»Ist schon in Ordnung«, meinte Klaus. Auf einmal sah er müde aus, hatte Ringe unter den Augen, das jugendliche Gesicht war verknittert. Erste Falten. Das Strahlende war von ihm abgefallen. »Ist schon gut, besser einmal zu viel, als einmal zu wenig.«

Dass sie eine vorzügliche Alarmanlage besaßen, erwähnte er nicht. Ulrike bemerkte es und kam sich noch hysterischer vor.

»Wir möchten heute wieder allein gehen«, sagte Jonas beim Frühstück. »Nicht immer mit dir.«

Er häufte sich die Schoko-Crispies auf den Teller und schüttete Milch darüber. Ein Teil ging daneben.

Bei der Vermittlung von Tischsitten hast du bisher vollständig versagt, ging es Ulrike durch den Kopf.

»Alle gehen allein«, versetzte Jonas. »Alle. Sogar die doofe Silke. Nur ich ...«

»Stimmt nicht«, beruhigte sie ihn. »Claudia wird auch noch gebracht.«

»Claudia ist drei.«

Und mit drei war man natürlich noch ein Baby, mit vier schon längst erwachsen. Ihre Panik von gestern stand ihr wieder vor Augen, das Aufstehen in der Nacht. Vermutlich war sie wirklich zu ängstlich.

»An der Ampel haben wir auch gewartet«, fügte Jonas hinzu, als er ihr Zögern bemerkte.

»Ihr dürft aber nur bei Grün gehen«, meinte sie langsam, und im selben Augenblick wusste sie, dass sie nachgegeben hatte.

»Aber ihr müsst wirklich bei Rot warten«, rief sie den beiden wenig später hinterher, als die Kinder nebeneinander die Straße hinuntergingen. Julia war ein großes, kräftiges Mädchen, neben dem Jonas klein und zierlich wirkte. Verletzlich.

Ulrike mochte vielleicht fünf Minuten allein gewesen sein, als ihr Telefon klingelte. Mit einem unguten Gefühl hob sie ab. »Beckmann.«

Wieder hörte sie nichts. Kein Freizeichen, keinen Atem.

»Beckmann. Ist da jemand?«

Warum unterhielt sie sich noch mit diesem Spinner? Oder hatte sich doch jemand verwählt?

Leg auf, sagte sie sich.

Aber sie hielt den Hörer fest und lauschte dem Geräusch ihrer eigenen Atemzüge.

»Was soll das?«, fragte sie in den stillen Hörer. Sie

hatte in einer der zahlreichen Frauenzeitschriften, die sie stets bei einem Friseurbesuch durchflog, einmal gelesen, ungebetene Telefonanrufer durch eine Trillerpfeife verscheuchen zu können. Dieser Gedanke kam ihr, aber im gleichen Augenblick, in dem er auftauchte, hatte sie das Gefühl, dass durch die Leitung, durch den Hörer etwas Böses kroch, eine Bedrohung, ungreifbar, stumm, unsichtbar, aber nichtsdestotrotz vorhanden. Eine Bedrohung, die sie unsicher machte.

Sollte dagegen wirklich eine simple Trillerpfeife helfen?

Sie kämpfte gegen den Zwang an, den Hörer weiter in der Hand zu halten, und legte auf. »Spinner«, schimpfte sie, obwohl es jetzt keiner mehr hören konnte.

Ein Perverser.

Dann ging sie nach oben in ihr Arbeitszimmer. Aber noch auf der Treppe hatte sie den unbestimmten Eindruck, dass es mehr war als das. Dass durch den Draht, durch den Hörer tatsächlich etwas Dunkles, Bösartiges an sie herangetreten war. In ihrem eigenen Haus. In ihrem Wohnzimmer.

Sie fühlte sich angefasst.

»Ich möchte nicht hören, warum es nicht geht«, sagte Klaus Beckmann scharf. »Ich möchte eine Lösung.«

Langenscheidts Gesicht blieb gleichmütig. In seinen Augen blitzte die Unangreifbarkeit des Experten. Etwas Provozierendes lag in diesem Blick. Beckmann konnte verstehen, warum Norbert Müller-Warden den Kollegen nicht mochte, wie überhaupt nur wenige ihn mochten. Aber Norbert war auch heute nicht zur Arbeit erschienen, und sein Telefonanschluss blieb stumm.

»Wie ist er reingekommen?«

»Ich weiß es nicht«, antwortete Langenscheidt. »Ich habe keine Ahnung.«

»Wir stellen ein System her, das jeden, aber auch jeden Zugang zu Computersystemen lückenlos protokolliert, schützt und unberechtigte Zugriffe sofort abfängt«, erwiderte Beckmann. Er sprach langsam, und er fühlte, wie die Wut in ihm hochkroch. »Und ich hätte gern eine Erklärung, warum es uns nicht gelingt, die Herkunft einiger Telefonate zu entschlüsseln. Ist das so schwierig?«

»Ja«, versetzte Langenscheidt einfach, fühlte sich dann aber bemüßigt, eine Erklärung nachzuliefern. »Ich habe die ganze Nacht gearbeitet, alle Diagnosetools durchlaufen lassen, alles, immer wieder und wieder. Unser neues System ›SecuDat 3.0‹ ist sicher. Völlig. Ich habe mich von außen eingeklinkt, ich habe es von innen probiert. Immer gibt es Spuren. Es gibt eine Sicherungsdatei, die jede Eingabe, jedes Telefonat, jedes Einloggen protokolliert und speichert. Eine Woche lang. Geschützt bis zum Geht-nicht-mehr. Es kommt dort keiner rein. Gehen Sie davon aus, dass das Telefonat von diesem Apparat geführt worden ist. Gehen Sie davon aus, dass es sich nicht um einen Fehler im System, sondern um etwas anderes handelt.«

»Mein Computer ist passwortgeschützt«, rutschte es Beckmann heraus, aber Langenscheidt entgegnete nur: »›Jonas‹ war ihr Passwort, nicht wahr?«

Und das war weiß Gott nicht schwer zu erraten. Jedes schlechte Hackerprogramm packte das.

»Also ein Problem in der Firma?«

»Im System gibt es jedenfalls keine Probleme«, versetzte Langenscheidt.

In jedem System gibt es Probleme, ging es Klaus Beckmann durch den Kopf. Jedes Sicherungssystem war zu umgehen. Warum verstand er von der Technik bloß so wenig? Warum war er nur Kaufmann? Es war Zeit, dass Müller-Warden wiederkam.

Nadine Kleinhäuser trat ein. »Ihre Frau«, sagte sie.

Jetzt nicht, wollte Klaus antworten, aber die Kleinhäuser kam ihm zuvor. »Sie sollten rangehen«, meinte sie. »Sie klingt, als wäre sie ziemlich fertig.«

Kriminalhauptkommissarin Susanne Breugel trat durch das Jugendstil-Eingangsportal in die Empfangshalle. Ein herrschaftliches Haus, nicht unähnlich dem, in dem sie selbst lebte. Nur wenige Straßen weiter.

Eine wie versteinert wirkende Haushälterin öffnete ihr und bat sie herein. Susanne hatte geschmackvolles Interieur erwartet und wurde nicht enttäuscht. Hohe Stuckdecken, zwei alte Schränke, kombiniert mit modernen Möbeln im Bauhaus-Stil. Einige moderne, abstrakte Gemälde. Eigenständig, ein wenig cool, aber trotz allem anheimelnd, unverkennbar die Handschrift einer Frau. Dennoch war das Bild, das sich ihr bot, immer das gleiche, sie kannte es aus Fabrikantenvillen, aus Lehrerwohnzimmern und Sozialwohnungsküchen: Fassungslosigkeit, ein banges Erwarten und die Hoffnung, sie, Susanne, möge es richten.

Frau Beckmann, eine sportlich-elegante Frau, deren Alter sie schlecht schätzen konnte (Ende zwanzig, Anfang dreißig vielleicht, etwas jünger als sie selbst), saß verloren auf einem deSede-Sofa. Große Augen, die schwarzen Haare modisch kurz gehalten, ein Schnitt, der einen exzellenten Friseur verriet. Trotz ihrer Anspannung war sie sorgfältig gekleidet, aber die Wimperntusche war verlaufen, die Augen waren rot gerändert. Sie wirkte seltsam teilnahmslos. Offenbar stand sie unter Schock.

Herr Beckmann wirkte nur auf den ersten Blick gefasster. Nur die Tatsache, dass er sich ständig auf die Unterlippe biss, verriet seine Nervosität. Er mochte im gleichen Alter wie seine Frau sein, war sportlich durchtrainiert. Er war es auch, der angerufen hatte. Die beiden kamen Susanne Breugel bekannt vor. Undeutlich meinte sie sich zu erinnern, dass sie sie einmal auf einer Veranstaltung des Hannoverschen Yachtklubs gesehen hatte.

Im hinteren Bereich des Zimmers standen die Nachbarn. Herr und Frau Richter. Ein Ehepaar, deutlich über vierzig, die Frau mit viel Grau in den Haaren, das sie gar nicht erst zu verbergen suchte. Sie hielten sich an den Händen und schauten Susanne Breugel Hilfe suchend entgegen.

Von allen Verbrechen erschien eine Entführung Hauptkommissarin Breugel immer noch besonders verwerflich. Es traf Menschen meist dort, wo sie am verwundbarsten waren: bei ihren Kindern. Aber noch konnte es eine simple Erklärung für all das geben.

Eigentlich hatte sie schon längst Dienstschluss gehabt, sie war nur noch einmal auf einen Sprung in die Dienststelle gekommen, als sie den Anruf von Obermüller erhalten hatte. Das war vor einer Stunde gewesen.

»Uns liegt eine Vermisstenmeldung vor«, hatte Obermüller, der Leiter der Dienststelle, ihr kurz beschieden, kaum dass sie eingetreten war, »und ich möchte, dass Sie sich selbst darum kümmern.«

»Eine Vermisstenmeldung?« Normalerweise war das ein Fall für das örtliche Polizeirevier. Kinder verschwanden meist nur für kurze Zeit. Das Abenteuer lockte.

»Zwei Kinder sind heute nicht vom Kindergarten nach Hause gekommen.«

»Seit wann beschäftigen wir uns damit?«

»Nehmen Sie es ernst«, hatte ihr Obermüller eingeschärft. »Die Leute sind wichtig.«

Nun war sie da. Sie stellte die ersten tastenden Fragen:

»Die beiden waren auf dem Weg zum Kindergarten und sind dort nicht angekommen?«

Frau Beckmann nickte langsam, fast automatenhaft. Ihr Blick war leer.

»Normalerweise habe ich sie immer hingebracht«, sagte sie stockend. »Aber Jonas, nach seinem Geburtstag ... Er war ja schon vier ... und da wollte er ...« Hilflos brach sie ab.

Susanne Breugel setzte sich neben sie.

»Und sie sind nicht im Kindergarten angekommen?«

Frau Beckmann schüttelte nur stumm den Kopf, als könnte sie die Nachricht noch gar nicht fassen.

»Julia ging den Weg häufig allein, sie war schon sehr selbstständig«, fügte Helga Richter hinzu. »Es ist nie etwas passiert.«

»Seit wann wissen Sie es?«

»Meine Frau hat mich heute Mittag in der Firma angerufen«, antwortete Herr Beckmann. »Sie sagte, Jonas sei nicht zurückgekommen, und Julia sei ebenfalls verschwunden. Im Kindergarten sind sie nicht angekommen, wie ich auf Nachfrage erfuhr. Ich habe mich mit den Krankenhäusern und der Unfallaufnahme in Verbindung gesetzt, aber dort wusste man von nichts.«

»Bei einem Unfall hätte man Sie wahrscheinlich auch benachrichtigt«, meinte Susanne Breugel.

»Ist es nicht möglich, dass sich Jonas und seine Freundin ...«

»Julia ...«, kam Frau Richter der Hauptkommissarin zu Hilfe.

»... dass sich Jonas und Julia einfach selbstständig gemacht haben und mal für ein paar Stunden ausreißen wollten? Oder können sie bei Freunden sein?«

»Jonas würde das nicht machen«, flüsterte Frau Beckmann. »Er ist noch so klein.«

»Julia käme so etwas auch nicht in den Sinn«, versetzte Helga Richter entschieden. Insgesamt wirkte sie gefasster als Ulrike Beckmann. Hoffnungsvoller.

»Die meisten vermissten Kinder kommen spätestens am nächsten Tag wieder wohlbehalten nach Hause«, gab Susanne Breugel zu bedenken. »Außerdem sind sie zu zweit. Da kann man ein Sittlichkeitsverbrechen meist ausschließen. Die Gefahr ist dann kleiner.« Sie hatte nicht den Eindruck, dass die Eltern ihr glaubten. Wenn sie eigene Kinder gehabt hätte, hätte sie es auch nicht getan.

»Aber es ist doch schon dunkel«, wandte Helga Richter ein. »Es ist fast sieben Uhr, und Julia ist sehr selbstständig. Sie kann anrufen. Sie hat immer etwas Geld dabei. Und unsere Nummer kennt sie.«

»Wo sind die Kinder denn zuletzt gesehen worden?«

»Ich habe ihnen nachgeschaut, als sie gingen ...« Ulrike Beckmanns Stimme bebte. Susanne sah, wie sich ihre Fingernägel in die Handballen gruben. Noch behielt sie die Fassung. Noch.

»Ich glaube nicht, dass etwas Schlimmes passiert ist«, wiederholte Susanne Breugel, »meistens klären sich diese Fälle von selbst und entpuppen sich als ganz harmlos. Warten Sie doch erst einmal ab. – Was aber nicht heißen soll, dass wir nicht alle Eventualitäten in Erwägung ziehen und ihnen nachgehen«, fügte sie rasch hinzu.

Die Leute taten ihr Leid. Aber was machte sie hier eigentlich? Sie hatte einen Fall von Bandenkriminalität zu bearbeiten, jede Menge Zeugen zu vernehmen und kaum Zeit. Es ging dabei auch um Schutzgelderpressung. Obermüller hätte sicherlich auch eine Kollegin zum Händchenhalten herschicken können. Noch war ja nicht einmal klar, dass es sich hier um ein Verbrechen handelte. Wahrscheinlich hatten sich die Kinder bloß verlaufen. Susanne konnte die Aufregung und die Angst der Eltern nachvollziehen, die nun so verloren dasaßen. Sie fühlte auch mit ihnen, aber man konnte nicht immer betroffen sein. Und auf einmal stieg auch etwas wie Ärger in ihr hoch. Wenn es sich hier nun um eine ganz normale Familie gehandelt hätte, eine Familie ohne Geld und ohne Beziehungen, wären ihre Vorgesetzten dann auch so übereifrig gewesen?

»Ich glaube, wir sollten abwarten«, wiederholte sie. »Jeder Streifenpolizist hat inzwischen die Beschreibung der beiden Kinder, und solange wir noch keinen Anhaltspunkt für ein Verbrechen haben, können wir nichts tun. Aber sobald Sie irgendetwas erfahren, rufen Sie mich an, ja?«

Sie zog eine Visitenkarte mit ihrer Telefonnummer aus ihrer Tasche und legte sie hin. Susanne sah Klaus Beckmann an, dass ihm diese Entscheidung nicht passte.

»Soll das heißen, dass Sie nichts unternehmen?«, fragte er. Er fragte es mit einer gewissen Schärfe.

»Das heißt es nicht«, erwiderte Susanne Breugel, »aber solange wir keinen Anhaltspunkt haben, können wir nichts tun.«

Bitte jetzt keine Grundsatzdebatte, dachte sie im Stillen.

Klaus Beckmann schien zu einer Erwiderung anzusetzen, wurde jedoch vom Telefon unterbrochen. Das leise Klingeln wirkte wie ein Alarmschuss. Alle richteten sich auf und starrten gebannt auf das Gerät.

Nach einigem Zögern nahm Beckmann ab und hörte kurz zu, dann reichte er erleichtert das Telefon weiter.

»Sie sind wieder aufgetaucht«, berichtete er. »Eine Polizeistreife hat Julia in der Eilenriede aufgegriffen.«

Die Eilenriede war der große, unübersichtliche Stadtwald, der sich kilometerweit durch die Stadt zog. Kein Wunder, dass sich die Kinder dort verlaufen hatten.

Man hörte förmlich, wie die Richters aufatmeten.

»Und Jonas?«, fragte Ulrike Beckmann aufgeregt. »Was ist mit Jonas?«

»Für Sie«, meinte Beckmann noch und gab Susanne Breugel den Hörer.

»Sie haben die Kinder?«, wollte die Hauptkommissarin wissen.

Der Mann am anderen Ende der Leitung schien ein Streifenpolizist zu sein, denn der Anruf kam über Funk und war nicht von bester Qualität.

»Das Mädchen, ja. Es irrte in der Eilenriede in der Nähe des Pferdeturms umher und machte einen ziemlich verstörten Eindruck. Schien aber sonst wohlauf zu sein. Wo der Junge ist, wissen wir nicht. Wir haben aber bereits Verstärkung angefordert und durchkämmen den Wald.«

»Haben Sie aus dem Mädchen irgendetwas herausbekommen?«, hakte Susanne Breugel nach. »Wie ist es denn überhaupt in den Wald gekommen?«

»Angeblich hat ein Autofahrer die Kleine mitgenommen, sie war ein bisschen wirr. Im Moment ist ihr jedoch nichts Vernünftiges zu entlocken.«

Das klang nicht besonders gut.

»Versuchen Sie es«, bat sie.

»Jonas ist nicht gefunden worden?«, fragte Ulrike Beckmann.

»Nein«, antwortete Susanne Breugel, »aber wir haben Julia und durchkämmen den Wald. Es wird wohl nicht mehr lange dauern.«

Hoffentlich, dachte sie.

»Ich fahre selbst hin und bringe Julia nach Hause«, fügte sie zu Richters gewandt hinzu.

Es war zwar nicht die Aufgabe einer Hauptkommissarin, aber auf diesem Weg konnte sie wenigstens dieser Versammlung entgehen. Und wenn es sich doch um ein Verbrechen handelte, was sie nicht glaubte, konnte sie das Mädchen vermutlich besser in der Polizeidienststelle vernehmen als zu Hause.

Sie fand Julia, die inzwischen auf die nahe gelegene Wache in Kleefeld gebracht worden war, seltsam apathisch vor. Nicht erschöpft, sondern mitgenommen, benebelt. Sie hatte eine Tasse Kakao vor sich stehen, den ihr eine mitfühlende Beamtin in der kleinen Küche der Wache gekocht hatte.

»Du weißt, dass wir von der Polizei euch gesucht haben?«, fragte Susanne Breugel.

Julia nickte und schaute sie unverwandt an.

»Seid ihr ausgerissen?«, hakte Susanne weiter nach.

Julia schwieg.

»Ich erzähle es nicht weiter«, versprach Susanne. »Und Ärger wirst du zu Hause auch keinen bekommen. Versprochen.«

Die Kleine schaute sie nur stumm an.

»So geht es schon die ganze Zeit«, meinte die Beamtin. »Sie sagt kein Wort.«

»Du hast den Polizisten vorhin etwas von einem Auto erzählt«, erinnerte Susanne sanft. »Kannst du uns auch von dem Auto erzählen?«

Julia schüttelte den Kopf.

Als lebhaft hatten die Eltern sie beschrieben, lebhaft sei sie und zu Streichen aufgelegt, immer gut gelaunt, mit dem Mund vorneweg. Das war nicht die Julia, die sie geschildert hatten. Dieses Mädchen hatte etwas erlebt. Etwas Schreckliches.

Die Befragung von Kindern war noch nie ihre Stärke gewesen, ging es Susanne Breugel durch den Kopf. Vielleicht lag es daran, dass sie keine eigenen hatte, vielleicht lag ihr die Mischung aus direkten und indirekten Fragen nicht, mit denen man Kindern etwas entlocken musste.

Unwillkürlich ertappte sie sich dabei, wie sie das Mädchen musterte. Ein wenig schmutzig war es geworden, die Jeans mit den roten Flicken an der Seite waren mit Erde und einer grün schimmernden Farbe überzogen, vermutlich eine Art Moos. Ob Julia Gewalt angetan worden war?

»Du bist in einem Auto mitgenommen worden?«, fragte Susanne noch einmal. »Bist du freiwillig eingestiegen?«

Julia schüttelte den Kopf.

»Wer hat dich gezwungen?«

Die Kleine schwieg.

»Und Jonas? Mit dem warst du doch zusammen?«

»Jonas ist ...«

Das war das Erste, was Julia sagte, dann schloss sie den Mund.

Das Mädchen hat etwas, ging es Susanne durch den Kopf. Aus irgendeinem Grund will es nicht sprechen.

Die Streifenpolizistin trat ein. Sie war etwas über dreißig und neigte bereits jetzt zu einer rundlichen Figur.

»Magst du noch einen Kakao?«, wollte sie wissen. »Oder etwas zu essen?«

Julia antwortete zwar nicht, aber ihre Augen leuchteten ein wenig auf! Die Kollegin hatte es auch gesehen, und so bekam Julia noch einen Becher Kakao und einen Müsli-Riegel.

Für einen Moment waren das Knacken des Riegels und das Rascheln des Papiers die einzigen Geräusche.

»Du bist bei uns in Sicherheit«, sagte die Beamtin auf einmal. »Keiner kann dir hier etwas tun. Keiner. Und deine Eltern werden dich auch nicht ausschimpfen.«

»Aber du hast keine Angst vor deinen Eltern?«, fragte Susanne Breugel noch einmal. »Du hast vor etwas anderem Angst, nicht wahr? Du hast doch Angst?«

Julia hörte auf zu essen und starrte sie nur an.

Jonas, ging es Susanne Breugel durch den Kopf.

»Du hast Angst um Jonas«, meinte sie plötzlich. »Ist es das?«

»Sie wollen ihn umbringen, wenn ich was sage«, antwortete Julia auf einmal leise. »Wenn ich was sage, dann muss Jonas sterben«, wiederholte sie flüsternd. »Das haben sie mir gesagt.«

»Sie?«

Aber Julia blieb stumm.

Die Streifenpolizistin setzte sich neben Julia, nahm sie in den Arm und drückte sie. Es war eine seltsame Geste mütterlicher Zuwendung.

»Hör zu«, begann sie. »Wenn du uns etwas erzählst, dann erfährt das keiner. Versprochen. Du hast doch sicher schon mal einen Krimi im Fernsehen gesehen. Oder nicht?«

Julia nickte.

»Wenn die Verbrecher wollen, dass du nichts sagst, dann möchten sie Zeit gewinnen. Du hast ihr Auto gesehen, vielleicht sogar sie selbst, kannst sie beschreiben. Und davor haben sie Angst, verstehst du? Deswegen haben sie dir erzählt, dass Jonas sterben muss, wenn du etwas erzählst. Nur deswegen, damit sie leichter entkommen können. Verstehst du? Es ist ein Trick, ein ganz alter Trick. Aber du fällst nicht darauf rein, nicht wahr?«

Julia schien nachzudenken.

»Meinst du wirklich?«, fragte sie langsam.

»Aber klar. Ist doch ganz logisch, oder nicht?«

Vielleicht mochte die Beamtin nicht die einfallsreichsten Fragen stellen, vielleicht mochte sie nicht einmal besonders gebildet sein, aber Susanne Breugel bemerkte voller Bewunderung, wie sie in ihrer schlichten Art das Vertrauen des Kindes gewann.

Sie selbst hielt sich zurück.

»Es waren zwei, nicht wahr?«, fuhr die Beamtin fort.

Julia nickte.

»Sie haben euch ins Auto gezerrt, war es so?«

So viele Suggestivfragen! Das widersprach allen Vernehmungsregeln, die Susanne Breugel im Laufe ihrer Dienstzeit verinnerlicht hatte.

»Erst haben sie nach dem Weg gefragt«, erzählte Julia. »Sie haben angehalten und gefragt. Nach der Gandersheimer Straße. Und dann haben sie ...« Sie sprach nicht weiter.

»... euch ins Auto gezogen«, ergänzte die Polizistin.

Das war ja geradezu klassische Zeugenbeeinflussung, dachte Susanne. Wenn bei diesem Verhör noch etwas Sinnvolles herauskommen sollte, dann musste sie jetzt wieder die Initiative übernehmen.

»Und dann?«, fragte sie.

Julia schwieg.

»Hast du geschrien?«, wollte die Beamtin wissen. »Um Hilfe gerufen?«

»Nein«, flüsterte Julia. »Sie hatten doch eine Pistole. Wenn ich schreie, dann würden Sie Jonas töten, haben sie gesagt.«

»Willst du uns erzählen, was dann passiert ist? Ihr seid losgefahren?«

Julia nickte. »Sie haben mich in den Wald gefahren. Ich sollte da bleiben, bis es dunkel wird. Und nichts erzählen, sonst würden sie Jonas umbringen. Sie würden ihn umbringen!«

Julia flüsterte nur noch, dann füllten sich ihre Augen mit Tränen. Und leise, dann immer verzweifelter fing sie an zu weinen.

Die Beamtin legte ihr erneut den Arm um die Schulter, streichelte sie und ließ sie weinen. Und für einige Minuten war das Einzige, was sie hörten, das hilflose Schluchzen eines Kindes.

»Die Nachricht haben Sie heute Morgen erhalten?«

»Sie kam mit der Post«, sagte Klaus Beckmann.

Der Brief lag auf dem Tisch. In einer Klarsichthülle.

Wir haben Ihren Sohn. Ihm wird nichts passieren, wenn Sie sich an unsere Anweisungen halten. Schalten Sie auf keinen Fall die Polizei ein. Wir melden uns.

Computerschrift, ein einfacher Laserdrucker. Die Spurensicherung hatte ihn gleich eingetütet, aber Susanne Breugel war sich ziemlich sicher, dass bei einer Untersuchung nichts herauskommen würde. Keine Fingerabdrücke, keine verräterischen Spuren, nichts. Heutzutage benutzte jeder Amateur Handschuhe und einen Laserdrucker. Ob es Profis waren, konnte sie noch nicht sagen.

Schalten Sie auf keinen Fall die Polizei ein ...

»Sie haben es richtig gemacht«, wiederholte Susanne beruhigend. Falls man einen Menschen in dieser Situation überhaupt beruhigen konnte. »Das schreiben sie immer. Wenn Sie eine Chance haben wollen, Ihren Sohn lebend wiederzubekommen, dann nur mit unserer Hilfe. Außerdem hatten sie uns gestern schon eingeschaltet. Und mit Sicherheit hat der Entführer es gewusst.«

»Ich hoffe, Sie haben Recht«, murmelte Klaus Beckmann.

»Die installierte Fangschaltung«, erklärte Susanne Breugel, »wird unauffällig sein, sie kann vom Anrufer nicht bemerkt werden. Aber sie kann uns einen Vorsprung verschaffen. Und ein Kollege wird – selbstverständlich unauffällig – hier Dienst tun. Rund um die Uhr. Wir tun unser Möglichstes. Und die Fahndung läuft.«

Zwei Männer und ein grauer Lieferwagen. Das hatte Julia ihnen gestern Abend noch erzählt. Beschreibung der Männer? »Irgendwie seltsam.« Nur einer hätte gesprochen, und das auch »so komisch«. »So gar nicht richtig. Ausländisch.« Marke des Autos? Julia kannte keine Marken von Lieferwagen. Aber sie hatten ihr einige Fotos vorgelegt. Es schien ein Ford Transit gewesen zu sein.

»Die Fahndung läuft verdeckt«, beruhigte Susanne ihn.

»Ist in Ordnung«, sagte Beckmann matt. »Wir kennen das aus Krimis.«

»Wie lange dauert es, bis Sie ihn haben, wenn er anruft?«, fragte er nach einer Weile.

»Maximal zwanzig Sekunden«, antwortete Harry Krüger. »Die Zeiten, in denen man den Anrufer hinhalten musste, sind vorbei. Sie haben ISDN – da ist es eine Sache von Sekunden.«

»Und wenn ein Haken dabei ist? Wenn Sie ihn nicht finden?«, fragte Ulrike Beckmann. Auch heute war sie sorgfältig angezogen und frisiert, nur geschlafen hatte sie wohl nicht. Auch war alles ein wenig in Unordnung geraten, nicht sehr stark, nur so, dass man sah, dass die Fassade bröckelte.

»Es gibt keinen Haken«, versicherte Susanne Breugel. »Wenn er anruft, kriegen wir ihn.«

»Es gibt immer einen Haken«, meinte Ulrike Beckmann eigensinnig, und Susanne musste ihr im Stillen Recht geben.

»Die Entführer haben sich noch nicht gemeldet«, erklärte sie, »aber wir können wohl davon ausgehen, dass es ihnen um Geld geht.«

»Es geht immer um Geld«, versetzte Klaus Beckmann.

Hoffentlich, dachte Susanne. Hoffentlich geht es nur um Geld.

»Entführungen sind ein Wettlauf gegen die Zeit«, sagte sie laut. »Geht alles schnell über die Bühne, dann haben wir eine gute Chance, Ihren Sohn lebend zurückzubekommen. Und – um das klarzustellen – wir wollen zuallererst, dass Ihr Sohn wieder heil nach Hause kommt. Ob wir den Täter fangen – das ist zunächst zweitrangig. Darauf haben Sie mein Wort. Sie haben uns verstanden?«

Ulrike Beckmann nickte. Sie mochte die Worte gehört haben, aber ihren Sinn hatte sie noch nicht ganz begriffen. Sie wirkte wie betäubt. Wer in einer solchen Lage war, begriff nie. Das kam erst später. »Als Julia gestern nach Hause kam ...«, meinte sie leise, »da habe ich einen Augenblick gedacht, es wäre wieder alles in Ordnung, so wie früher, aber jetzt ...« Sie brach ab.

»Wer wusste, dass Ihr Sohn zum Kindergarten ging? Allein, meine ich«, fragte Harry Krüger. »Freunde, Nachbarn ...?«

Harry war seit Jahren Susanne Breugels Assistent. Mittelgroß, durchtrainiert, Lederjacke, ein Kommissar wie aus dem Fernsehen. Sie waren ein gutes Team.

»Er ging normalerweise nicht allein«, erwiderte Ulrike Beckmann, »es war das erste Mal, dass er allein ging. Ich meine, zusammen mit Julia. Ich habe ihn sonst immer hingebracht. Meistens sogar beide Kinder.«

»Es war wirklich ein Zufall«, meldete sich Klaus Beckmann zu Wort. »Wir haben gestern noch stundenlang darüber geredet. Es war wirklich ein Zufall. Das erste Mal, dass Jonas überhaupt allein zum Kindergarten ging ...«

»Bei Entführungen gibt es keine Zufälle«, erklärte Susanne Breugel. »Entführungen werden geplant. Sorgfältig. Es wird beobachtet, das Terrain erkundet, Gewohnheiten werden studiert. Eine Entführung wird vorbereitet. Ist Ihnen irgendetwas aufgefallen. Etwas Besonderes? Ungewöhnliches.«

Klaus und Ulrike Beckmann tauschten einen Blick.

Dann schien Beckmann zu zögern.

»Da waren zwei Anrufe«, antwortete Ulrike Beckmann, »gestern und vorgestern rief jemand an, der sich nicht meldete, der nur so in die Leitung hörte ... Sie wissen schon, was ich meine ...«

Susanne Breugel nickte.

»Das Nagelbrett ...«, murmelte Beckmann.

»Meine Frau ist vorgestern in ein Nagelbrett gefahren ..., Sie hatte einen Platten im Reifen.«

Wenn man eine Entführung plant, zersticht man keine Reifen und terrorisiert niemanden über das Telefon, ging es Susanne durch den Kopf.

»Gab es sonst noch etwas?«

»Vorgestern Nacht hatten wir den Eindruck, dass jemand im Haus war. Meine Frau war plötzlich aufgewacht. Der Computer war eingeschaltet, aber alle Sicherungssysteme waren in Ordnung, es war merkwürdig. Doch das ist eigentlich alles, was wir berichten können.«

»Der Kaviar«, fügte Ulrike Beckmann hinzu.

Susanne sah, wie Klaus Beckmann unwillig den Kopf schüttelte.

»Was ist mit dem Kaviar?«, hakte sie nach.

»Nichts«, wiegelte er ab. »Es ist wirklich nichts. Ein Witzbold hat uns vor ein paar Tagen einige Dosen Kaviar ins Haus geschickt. Aber wenn jemand unseren Jungen entführen will, dann schickt er uns doch keinen Kaviar, oder?«

»Eigentlich unüblich«, meinte Susanne.

Natürlich würden sie die Polizei einschalten. Das war klar. Jeder vernünftige Mensch würde so handeln. Und Klaus Beckmann war vernünftig. Durch und durch ein cooler Geschäftsmann. Vielleicht würde Ulrike Beckmann Einwände erheben. Möglich. Frauen waren meist irrationaler. Sie dachten mehr an die Kinder, glaubten Versprechungen. Trotzdem, er war sich sicher, dass die Polizei mit von der Partie sein würde. Von Anfang an.

Das Brett wirkte auf dem Bildschirm so realistisch, dass es wehtat. Braunes Holz, leicht gebeizt, ein gleichmäßiges, dünnes Muster der Maserung, japanisches *kaya*-Holz, die Steine etwas zu groß für das Brett, gerade so groß, dass die Ordnung durch Unordnung erträglich gehalten wurde.

Warum waren alle Aufgaben so einfach?

Es gab inzwischen hundert vortreffliche Schachprogramme. Und obwohl er ein guter Spieler war, spielte er inzwischen nur noch die mittleren Spielstufen. Die Rechner waren zu stark. Brute Force – bloße Gewalt. Mit der gewaltigen Rechenleistung eines modernen Mikroprozessors war es heute kein Problem mehr, eine Stellung, die nur maximal fünfunddreißig Züge zuließ, die meisten davon nicht einmal sinnvoll, einfach durchzurechnen, so schnell, so genau, wie es ein Mensch niemals schaffen konnte.

Go – viertausend Jahre war dieses Spiel alt. Das einfachste und komplizierteste Spiel der Welt. Kürzlich hatte ein Taiwanese einen Preis ausgesetzt für ein Programm, das einen Go-Meister des unteren Ranges besiegen könnte. Eine Million Dollar. Er hatte mit dem Gedanken gespielt, ein solches Spiel zu programmieren, aber es war schwierig.

Kaum jemand rechnete in den nächsten fünf Jahren damit.

Der Computer machte einen Zug. Er zog schnell, und er zog falsch.

So berechenbar. Einfältig.

Wahrscheinlich würden sie eine Fangschaltung installieren. Prozessorgesteuert. Rechenleistung. Brute Force.

Mochten sie ruhig Schach spielen.

Er setzte einen neuen Stein.

»Das Übliche«, sagte Susanne Breugel.

»Wir ziehen das ganze Programm durch: Wer hat ihn zuletzt gesehen? Wer kann Angaben zum Ford Transit machen? Lassen sich die Phantomzeichnungen der Männer noch weiter verbessern? Menschen verschwinden nicht einfach, und auch bei einer Entführung gibt es Spuren. Beschreibungen, weitere Fluchtfahrzeuge ...«

Sie saßen in ihrem Büro;. sie waren kürzlich erst umgezogen. Die zentralen Kommissariate der Polizei Hannover waren in den Neubau der Polizeidirektion in der Hardenbergstraße gezogen. Die Büros waren neu, der Geruch der Farbe hing noch in der Luft, ein modisches Blaugrau zierte die Flure, Schreibtische und Sessel. PCs – das Land hatte sogar mal Geld investiert. Trotz seiner Schäbigkeit hatten Susanne Breugel und Harry Krüger ihr altes Zimmer auf dem Hanomag-Gelände gemocht. Wer so viele Jahre dort verbracht hatte, entwickelte Heimatgefühle, auch wenn sie sich nur auf einen zerkratzten Schreibtisch, abgewetztes Linoleum und eine heruntergekommene Industriebrache bezogen. Das Neue war besser, aber irgendwie austauschbar.

Sie waren ein ungleiches Paar. Harry Krüger, einen Rang unter Susanne, wirkte wie der typische Kriminalbeamte. Lederjacke, Jeans, sportlich, eine kurz geschnittene Allerweltsfrisur.

Susanne Breugel war in vielem das Gegenteil. Sie war eine elegante Erscheinung, trug Kleidung, der man den Preis ansah, hatte Geschmack. Sie hatte vor einigen Jahren gut geheiratet. Durch eine Erbschaft waren sie zu Geld gekommen, jetzt besaß sie mit ihrem Mann eine gut gehende Immobilienfirma in Kleefeld, einem der teuersten Stadtteile Hannovers. Normalerweise arbeiteten Susanne und Harry zu zweit, für die Ermittlungen im Entführungsfall war ihnen jedoch ein ganzer Stab zugeteilt worden, zwölf Beamte, die bereit sein würden, rund um die Uhr Dienst zu tun.

Achtundvierzig Stunden waren seit der Entführung vergangen, aber bis auf die erste Meldung der Entführer war bisher noch keine weitere Nachricht eingegangen. Offensichtlich ließen die Täter sie zunächst einmal im Unklaren.

Die Laborbefunde waren zwar mit ungewöhnlicher Schnelligkeit gekommen, doch sie hatten das erwartete Ergebnis gebracht: ein handelsüblicher Laserdrucker, eine Windowsschrift, Times New Roman, handelsübliches normales Papier, keine Fingerabdrücke, keine Speichelspuren auf der Briefmarke, nichts.

»Wir haben die Aussagen des Mädchens bestätigen können«, meinte Krüger.

»Kurz hinter dem Wäldchen sind die beiden in ein Auto gezerrt worden. Dabei hat Jonas wohl seinen kleinen Rucksack verloren. Er lag jedenfalls am Straßenrand. Ein Wunder, dass ihn keiner mitgenommen hat.«

»Es muss sehr schnell gegangen sein«, überlegte Susanne. »Die beiden konnten sich nicht wehren, alles scheint bis ins Einzelne geplant worden zu sein. Es dürfte ein Werk weniger Sekunden gewesen sein. Aber mit den Zeugen war es Fehlanzeige?«

Winkelmann und Bleichröder hatten es übernommen, mögliche Tatzeugen zu befragen.

»In der Nähe ist ein Kiosk, aber der Inhaber hat nichts gesehen. Nicht weit entfernt befindet sich auch noch ein Parkplatz. Meistens stellen die Läufer, die das Wäldchen als Ausgangspunkt für ihre Jogging-Runde durch die Eilenriede nehmen, ihre Autos dort ab. Aber bisher haben wir keine Tatzeugen.«

»Wir werden auf nächsten Mittwoch warten müssen«, meinte Krüger. »Läufer haben einen festen Wochenplan, meist laufen sie zu mehreren und haben sich verabredet. Vermutlich laufen die möglichen Zeugen erst wieder am Mittwoch, wenn es sie denn überhaupt gibt.«

Mittwoch, das waren noch fünf Tage, und jeder Tag zählte.

»Annonce in der Zeitung?«

Susanne schüttelte den Kopf. »Keine Presse. Wir wollen nichts tun, was das Opfer gefährden kann. Wenn es freigelassen ist, dann ...«

Wenn Jonas frei war, dann würde die Fahndung laufen. Aber erst dann.

»Wie kommen sie überhaupt auf Jonas Beckmann?«, überlegte Harry Krüger. »Kinder gibt es viele. Und so bekannt ist die Familie doch nicht, oder? Warum gerade er? Haben die Eltern wirklich so viel Geld?«

Kleinschmidt hatte den familiären Hintergrund recherchiert. »Jonas Beckmann ist das einzige Kind von Ulrike und Klaus Beckmann. Die Beckmanns besitzen seit Anfang der neunziger Jahre eine Firma, die Büro-Software für Industrieunternehmen herstellt. Beckmann hat vor fünf, sechs Jahren eine Erfindung gemacht und dann die Firma gegründet. Vor fünf Jahren ist die GmbH in eine Aktiengesellschaft umgewandelt worden. Die Aktien befinden sich mehrheitlich im Besitz der Familie. Der Kurswert der Firmenaktien beläuft sich auf mindestens zweihundert Millionen Euro. Tendenz steigend.«

»Also ein mittleres High-Tech-Unternehmen?«

»Mindestens. Die Leute haben jedenfalls Geld. Viel Geld.«

»Ist auch egal«, sagte Susanne. »Wenn man jemanden entführen will, und diese Idee hat sich irgendwann einmal in einem Hirn festgesetzt, dann findet man auch ein Opfer. So einfach ist das. Es ist zufällig. Ein ganz simpler Zufall, der über ein Leben entscheidet.«

»Sie haben Julia freigelassen«, gab Harry Krüger zu bedenken. »Richters besitzen eine große Parfümeriekette, an Geld mangelt es ihnen auch nicht. Und wenn sie schon einmal beide haben, warum nicht beide?«

»Ich habe den Verdacht, dass es sich um Profis handelt«, meinte Susanne. »Es deutet alles darauf hin. Sie hatten sich auf eine Entführung festgelegt, und sie sind von dem Plan nicht abgewichen. Sie haben noch keinen Kontakt aufgenommen, offensichtlich wollen sie abwarten. Sie gehen kein zusätzliches Risiko ein.«

»Immerhin haben sie das Mädchen freigelassen«, gab Krüger zu bedenken. »Auch ein Risiko.«

Susanne blickte auf die beiden Phantombilder. Sie zeigten zwei bärtige Männer, dunkelhaarig, jeder trug eine getönte Brille. Allerweltsgesichter.

»Die Bärte könnten falsch sein, die Brillen ebenfalls.

Das Einzige, was wir mit Sicherheit wissen, ist, dass es sich um zwei Täter handelt. Mindestens zwei. Vielleicht Ausländer. So hoch war das Risiko offensichtlich nicht.«

»Immerhin wollten sie keinen Mord begehen«, meinte Krüger. »Sie haben das Mädchen eingeschüchtert, Zeit gewonnen, aber einen Mord wollten sie nicht begehen. Möglicherweise lässt das hoffen.«

Wir haben Ihren Sohn. Es geht ihm gut. Sie hören von uns.

Ulrike Beckmann sah Susanne Breugel Hilfe suchend an. »Warum melden die sich nicht richtig. Was wollen die?«

Sie hatte heute viel Zeit im Badezimmer verbracht. Die durchwachten Nächte sah man ihr nicht an. Die Frisur saß perfekt, das sparsame Make-up war sorgfältig aufgetragen. Haltung bewahren, Fassung, die äußeren Formen bewahren, die noch einen gewissen Halt geben konnten.

Klaus Beckmann starrte vor sich hin. Er war an diesem Tag noch nicht in der Firma gewesen. Und am Vortag nur kurz. Bald würden die ersten Fragen kommen.

»Das lag wieder in der Post?«, fragte Susanne.

Ulrike Beckmann nickte nur. »Heute Morgen.«

Der Beamte, der inzwischen im Gästeflügel der Villa übernachtete, hatte den Briefumschlag sorgfältig geöffnet. Nicht die kleinste Spur würde ihnen entgehen, nicht der winzigste Fingerabdruck, aber allen war klar, dass es auch diesmal keine Spuren geben würde.

»Warum stellen sie keine Forderungen?«, wollte Klaus Beckmann wissen.

»Sie entführen unseren Sohn, was wollen sie? Warum keine konkreten Forderungen?«

Susanne Breugel schwieg.

»Es ist vermutlich eine Zermürbungstaktik. Der Versuch, Sie hinzuhalten.«

»Das macht doch keinen Sinn«, sagte Klaus Beckmann. »Die wollen Geld, nun gut, das werden sie kriegen. Aber warum keine Forderung?«

Warum dieses Taktieren? Susanne Breugel warf einen Blick auf Harry Krüger. Taktiert wurde immer, aber trotzdem war es zu diesem Zeitpunkt ungewöhnlich. Alle Beteiligten hatten ein Interesse, Entführungen schnell zu beenden. Die Eltern, aber auch die Täter. Einen Gefangenen zu bewachen war risikoreich, die Gefahr einer zufälligen Entdeckung immer gegeben. Und die Chance, einen Entführten lebend wiederzubekommen, war immer dann am größten, wenn es schnell ging.

»Ob er noch lebt?«, fragte Ulrike Beckmann in die Stille.

»Ich glaube schon«, antwortete Susanne. »Er ist nur lebend etwas wert für sie.«

Dass es viele Fälle gab, in denen der Entführte gleich getötet wurde, behielt sie für sich. Außerdem war Julia ja auch nicht getötet worden. Und das ließ hoffen.

Dieses Warten ...

Im Nachbarraum sah Susanne einige Kabel, Aufnahmegeräte, Stimm-Analyser, digitale Entzerrer. Und alles wartete auf den ersten Anruf.

Der Anruf kam gegen sechzehn Uhr.

»Beckmann.« Ulrike Beckmann hatte den Hörer in der Hand, bevor das erste Klingeln verstummt war.

Die Aufnahmegeräte sprangen an.

»Hallo«, hörten sie eine Stimme, eine helle, ängstliche Kinderstimme, »hallo, Mama, hallo, Papa. Mir geht es gut, ich werde ...«

»Wie geht es dir? Wo bist du?« Ulrike Beckmanns Stimme drohte überzuschnappen.

»... gut versorgt, und meine Bewacher sind freundlich zu mir. Bitte tut alles, damit ...«

»So rede doch, wo bist du? Was wollen die von dir?«

»... meine Gefangenschaft bald vorbei ist. Ich spreche diese Nachricht am neunundzwanzigsten März. Die Überschrift des Kommentars der HAZ vom heutigen Tag lautet: *Leere Versprechungen*. Morgen hört ihr wieder von mir. Ich grüße euch alle. Sorgt euch nicht. Und bitte schaltet nicht die Polizei ein.«

»So spricht doch kein Kind«, murmelte Klaus Beckmann. »Jedenfalls spricht Jonas nicht so.«

»Sie haben ihn einen vorgefertigten Text sprechen lassen«, knurrte Harry Krüger. »Sie haben einen Text vorbereitet, den haben sie ihm eingetrichtert und ihn sprechen lassen. Die Stimmanalyse können wir vergessen.«

»Der Text ist zusammengestückelt«, sagte Susanne. »Sie haben ihn einzelne Sätze sprechen lassen und das Tonband immer wieder angehalten.«

»Wenigstens lebt er«, erwiderte Klaus Beckmann. »Wenigstens das.«

»Kann man feststellen, woher der Anruf kam?«, fragte Susanne.

Harry Krüger verschwand im Nebenraum.

»Ein Handy«, erklärte er, als er nach einer Weile zurückkam. »Eine Einmalkarte. Der Benutzer ist nicht registriert, das können wir vergessen. Der Anruf kam aus Hannover.«

Es war Zeit, den nächsten Zug zu tun.

Er schaute auf die vier Monitore. Jonas lag auf seiner Couch, ein Steiff-Tier neben sich. Er sah, dass er flach und unruhig atmete, aber er schlief wenigstens. Das war gut. Schlafende Kinder machten keine Probleme. Ein sympathischer Junge. Klein, aufgeweckt, helle. Aber er hatte auch nichts anderes erwartet. Jonas war eben das Kind seiner Mutter. Eigentlich hatte er Kinder immer gemocht, hätte gern eines gehabt, vielleicht so eines wie diesen Jungen. Für einen Moment wurde sein Gesicht bitter. Nicht sentimental werden.

Aber weinen sollte Jonas nicht. Nicht, dass er annahm, jemand könnte ihn hören. Das nicht. Aber er wollte einfach keine Kindertränen sehen. Keine unschuldigen Augen, die sich langsam mit Wasser füllten und nur noch nach der Mama riefen. Das nicht.

Zur Not konnte man ihm etwas ins Essen geben, ihn ruhig stellen, aber damit wollte er warten. Zum Problem würde der Kleine erst werden, wenn die Einsamkeit ihm zu schaffen machen würde. Die Angst. Ob Kinder an Einsamkeit und vor Angst sterben konnten?

Er wandte sich dem PC zu und formulierte seine Forderung. Er hatte im Arbeitsspeicher eine RAM-Disk angelegt, die er als lokalen Zwischenspeicher verwendete. Auf diesem Computer würde sich nie ein Nachweis finden lassen, dass jemals ein Brief dieser Art auf ihm geschrieben worden war.

Er achtete darauf, das Papier nur mit den dünnen Einweg-Handschuhen anzufassen, die er sich für diesen Zweck gekauft hatte.

Mochten sie ihr Spurensicherungsteam an die Sache setzen.

Auch wenn es schwer fiel, es war Zeit, wieder in die Firma zu gehen. Klaus Beckmann hatte sich in den letzten Tagen nur kurz blicken lassen, geistesabwesend, nur die Routine der Kleinhäuser hielt jetzt den Laden in der Chefetage noch aufrecht. Und dabei war er gerade jetzt gefordert. Nach fünf Jahren war die Firma in unruhiges Fahrwasser geraten.

Das Telefonat mit Pneu-Max hatte wenig vielversprechend geendet. Klaus hatte auf ihren Brief Bezug genommen, aber nur eine ausweichende Antwort erhalten. Grundsätzlich ja, sehr interessant, im Augenblick jedoch ... Man würde aber ... Bla, bla, bla.

Die Buschtrommeln hatten schon gearbeitet. Dieser verdammte Hacker.

Es wurde Zeit, dass Müller-Warden wieder auftauchte. Langenscheidt brachte ja überhaupt nichts zustande. Ein völlig überschätzter Möchtegern-Hacker. Für einen Augenblick ertappte Klaus sich bei dem sinnlosen Versuch, sich Langenscheidts Gesicht vorzustellen, wenn er die Kündigung erhielt, aber das waren nichts als Ohnmachtsfantasien. Ohne Langenscheidt oder Müller-Warden war er hilflos.

Fast wirkte es wie Gedankenübertragung, als die Tür aufging und nach kurzem Klopfen Norbert Müller-Warden eintrat. Norbert war noch ein alter Freund aus Studienzeiten, von Anbeginn der Firmengründung mit dabei. Er hielt fünf Prozent des Aktienkapitals und war außer Beckmann der Einzige in der Firma, der Miteigentümer war. Als Leiter der Forschungsabteilung war er in den letzten Jahren zum eigentlichen Herz des Unternehmens aufgestiegen. Klaus Beckmann konnte nicht immer den Gedankengängen seines Freundes folgen, doch er hatte in den vergangenen Jahren eine fast naive Zuversicht und Vertrauen zu seinen Fähigkeiten entwickelt.

Müller-Warden hatte normalerweise eine leicht rötliche Gesichtsfarbe, jetzt wirkte er jedoch unnatürlich blass, offensichtlich steckte ihm die Grippe noch in den Knochen.

»Wie geht es dir?«, fragte Klaus Beckmann.

Müller-Warden zuckte mit den Schultern.

»Die Frage sollte man eher dir stellen«, meinte er und musterte ihn.

Für einen Moment war Beckmann geneigt, alles auszupacken und von der Entführung zu erzählen, aber dann entschied er sich spontan dagegen.

»Pneu-Max hat heute abgesagt«, meinte er stattdessen. »Ich glaube, das erklärt mein Aussehen.«

Müller-Warden sah ihn zweifelnd an. Andererseits war sein Einfühlungsvermögen in Menschen begrenzt und beschränkte sich meist auf Vergleiche von mathematischen Algorithmen neuerer Software mit denen des menschlichen Gehirns. Nein, es war besser, nichts zu sagen.

»Was meinst du?«, fragte er noch. »Langenscheidt findet nichts. Hast du dir den Fall schon einmal angesehen?«

Müller-Warden überlegte. »Ich sitze erst seit heute Morgen dran, besser gesagt, seit gestern Abend. Ich habe einiges von zu Hause aus probiert. Aber so Leid es mir tut, ich bin ziemlich sicher, dass Langenscheidt Recht hat. Du kommst in das System nur mithilfe der Passwörter. Ich weiß, dass du kein besonders fantasievolles verwendet hast. Okay, geschenkt, das kann man erraten, alles keine Zauberei, und vielleicht kriegt man mit irgendwelchen Programmen oder durch Zufall auch noch die anderen Zugangswörter heraus. Aber das ist nicht das Problem: Wenn es einen Einbruch in unseren Rechner gegeben hat, also nur einmal angenommen, dann müsste dieser dokumentiert worden sein. Und an diese Dateien kommst du nur ran, wenn du die Struktur unseres Programms kennst. Und die kriegst du durch Hackertricks nicht raus. Da geht es nicht um ein Passwort oder zwei, da geht es um den Quellcode, und den kannst du nicht erraten. Der ist verschlüsselt bis zum Geht-nicht-mehr. Da ist es nicht damit getan, dass man ein Passwort kennt, da musst du die gesamte Programmierung kennen, alles. Wie gesagt, ich habe gestern Abend und auch heute Morgen alles noch einmal durchgecheckt: Geh davon aus, dass kein Mensch in unseren Rechner eingedrungen ist. Keiner von außen.«

»Wer kennt denn die Programmierung so genau?«, fragte Klaus nach. »Wer kennt sie so genau, dass er in der Lage ist, einen Schwachpunkt im Kern des Programms zu finden?«

Müller-Warden sah ihn an. »Keiner«, antwortete er. »Es gibt niemanden, der diese Programmierung voll durchschaut. Nicht einmal ich, obwohl ich einen Großteil selbst geschrieben habe. Den grundlegenden Algorithmus hat Peter entwickelt. Doch Peter ist tot, und ihn können wir nicht mehr fragen. Aber wir haben das Programm so weiterentwickelt, dass es viel mehr kann als früher, es ist auch sicherer, doch, wenn du das hören willst, dekompiliert haben wir das Programm noch nie. Aber das kann keiner. Hörst du? Kein Mensch auf der Welt ist in der Lage, dieses Programm so zu dekompilieren, dass er Zugang zu den Programmparametern hat, um so etwas durchzuführen. Und obwohl ich Langenscheidt nicht ausstehen kann, das weißt du, in dem

Punkt hat er Recht. Es gibt keinen Zugriff von außen. Die undichte Quelle sitzt hier in der Firma. Aber du hörst ja gar nicht zu?«

Nein, ging es Klaus Beckmann durch den Kopf, ich höre nicht zu, sie haben meinen Sohn, und er ist mir wichtiger.

»Kann es sich wiederholen?«, fragte er.

Norbert schüttelte den Kopf. »Nach menschlichem Ermessen nicht. Wir haben alle Passwörter ausgetauscht, die Einloggprozedur verändert, noch eine zusätzliche Ebene eingebaut – geh davon aus, dass es ein einmaliger Vorgang war. Und unter uns gesagt: Konzentriere dich auf die Personen, die hier im Haus Zugang zu den Rechnern hatten.«

Das sind so ziemlich alle, dachte Klaus. Wenn man den Kreis der Verdächtigen so weit zog, wem konnte man da noch trauen?

Das Telefon klingelte. Das Display wies Knollinger aus.

Beckmann hob ab.

»Was gibt es?«

»Hast du dir die Aktienkurse schon mal angesehen?«, fragte Knollinger.

»Schau mal rein.«

Aktienkurse? Wie weit weg lag das alles!

»Erzähl's mir«, meinte er.

Auch Müller-Warden hatte aufgemerkt.

»Die ganze Zeit standen sie bei fünfunddreißig«, sagte Knollinger, »und jetzt sind sie bei achtundzwanzig, Tendenz fallend.«

»Und die anderen Werte?«

Immerhin würde der langerwartete Kurseinbruch auf dem Neuen Markt auch ihr Unternehmen betreffen.

»Leicht gestiegen. Da tut sich nicht viel, leichter Aufwärtstrend. Nein, der Sturz betrifft uns allein. Ganz allein.«

Sieben Euro, das waren zwanzig Prozent.

Sie waren vor knapp drei Jahren an die Börse gegangen, und unter Insidern galt SecuCom als guter Tipp. Bisher hatten sie richtig gelegen. Woher also dieser Einbruch?

Auch Müller-Warden hatte zugehört. Immerhin ging es auch um sein Geld, auch er war in den wenigen Stunden des heutigen Tages um einiges ärmer geworden.

Die Börse reagierte wie immer schnell und wie immer übertrieben.

Der Kurs würde sich erholen, wenn nicht heute, dann in den nächsten Tagen. Das war sicher. Ob er Aktien kaufen sollte?

Greif in kein fallendes Messer. Diese alte Weisheit der Börsianer kam Klaus in den Sinn, dann aber realisierte er, dass es seine Aktien waren, die fielen.

Sicherheits-Software lebte vom Vertrauen. Aber wie gewann man erschüttertes Vertrauen wieder zurück?

»Hör zu«, sagte er zu Müller-Warden. »Ich möchte auf Nummer Sicher gehen, Norbert. Du kannst mir garantieren, dass es keiner von außen war, ja?«

Müller-Warden nickte nur.

»Ändere die sensiblen Passwörter noch einmal, du allein. Und den Zugang zu meinem Rechner, den sicherst du noch einmal durch eine Schaltung, die du dir selbst ausdenkst. Wie du das machst, ist mir egal. Aber du machst es allein.«

Er sprach das Misstrauen gegenüber Langenscheidt nicht aus, das war auch nicht nötig, denn Müller-Warden hatte ihn verstanden.

Wieder klingelte es.

»Ihre Frau«, meinte Nadine Kleinhäuser.

Schlagartig hatte ihn die Wirklichkeit wieder eingeholt.

Die Post war wie immer pünktlich gewesen. Am späten Vormittag hatte der Briefträger ihre Privatpost gebracht. Werbung, eine Urlaubspostkarte von Birgit und Michael, das Angebot eines Yachtmaklers. Darunter aber auch ein unscheinbarer weißer Briefumschlag ohne Absenderangabe, abgestempelt im Briefzentrum drei, Hannover.

Susanne Breugel zog Handschuhe an und öffnete den Umschlag mit einem Papiermesser. Er enthielt einen Bogen weißes Schreibmaschinenpapier. Die Botschaft war kurz.

Wir fordern für Ihren Sohn ein Lösegeld von 25 Millionen DM. Die Zahlungsmodalitäten teilen wir Ihnen demnächst mit.

Für einen Moment saßen sie alle wie erstarrt da.

»Fünfundzwanzig Millionen – das ist absurd!«, stieß Klaus Beckmann hervor. Er sprang auf. »Das ist abwegig. So viel Geld habe ich nicht! Die spinnen!«

Die ganze Anspannung der letzten Tage entlud sich in diesem Ausbruch.

»Das sind Verrückte!«

»Wie kommen die auf einen solchen Betrag?«, fragte Harry Krüger. »Das Maximum, das in Deutschland bei einer Entführung gezahlt wurde, lag bei dreißig Millionen. Bei der Reemtsma-Entführung. Und dort handelte es sich um ein Milliardenvermögen.«

»Das sind Verrückte«, wiederholte Beckmann. »Ja, es müssen Verrückte sei. Die denken sich eine Summe aus und haben überhaupt keine Ahnung. Schon eine Million ist schwierig aufzutreiben. Aber fünfundzwanzig? Unmöglich. Das Geld habe ich nicht.«

»Sie haben Jonas«, sagte Ulrike Beckmann auf einmal. »Sie haben Jonas, und sie werden ihn umbringen.«

Sie sprach leise, kaum vernehmlich.

»Auch wenn Sie zahlen, haben Sie keine Garantie, dass sie Jonas freilassen. Ich rate Ihnen: Zahlen Sie nicht«, stellte Susanne sanft klar.

Fünfundzwanzig Millionen. Der Verkauf eines Aktienpaketes dieser Größe würde die Kurse endgültig stürzen lassen.

Diese Forderung konnte sie ruinieren.

Das Geld hatte er nicht.

»Auch wenn wir wollten, das Geld haben wir nicht«, erklärte er noch einmal. »Und keiner leiht uns fünfundzwanzig Millionen.«

»Ich will, dass Jonas wiederkommt«, versetzte Ulrike. »Ich will es, weißt du? Wir sind reich, wir haben das Geld, und mir ist das Geld egal. Scheißegal, wenn du es genau wissen willst.«

Sie sprach laut und heftig, mit einem Zittern in der Stimme.

Wir haben das Geld nicht, dachte Klaus Beckmann, nicht einmal, wenn wir wollten. Wir haben es einfach nicht. Aber vor den anderen wollte er nichts von den fallenden Kursen erwähnen.

Dr. Oppermann schaltete sich ein. Er war Psychologe und auf Geiselnahmen und Entführungen spezialisiert. Dr. Oppermann war sofort hinzugezogen worden und hatte seine Fähigkeiten schon mehrfach unter Beweis gestellt.

Er war noch ein jüngerer Mann, hager, glatt rasiert, trotzdem mit einer Reihe von tiefen Furchen im Gesicht, aber einer Stimme, die sympathisch und vertrauenerweckend klang.

»Wir wissen noch sehr wenig«, gestand er. »Im Grunde wissen wir gar nichts. Wir werden hingehalten. Noch sind wir nicht einmal im Stadium der Verhandlungen.«

»Wer sind die Leute«, fragte Beckmann aggressiv. »Wer sind sie?«

»Es ist noch zu früh, etwas über die psychische Struktur der Täter zu sagen. Häufig handeln sie aus einem Geltungsdrang heraus, der sich in übersteigerten Geldforderungen niederschlägt. Genaueres können wir jedoch erst dann feststellen, wenn wir echten Kontakt haben.«

»Wir haben noch keinen Kontakt«, erinnerte Susanne Breugel. »Wir haben Briefe, und wir haben nicht einmal eine Garantie, dass Jonas noch lebt. Ich gehe davon aus, dass sie heute oder morgen Fühlung aufnehmen. Aber für normale Verrückte verhalten sie sich sehr vorsichtig.«

Sie ließ ihren Blick erst zu Klaus Beckmann, dann zu seiner Frau schweifen. Vor wenigen Tagen waren sie noch eine heile Familie gewesen, unbeschwert, ganz normal, nur ein wenig reicher als andere. Ach, warum konnte sie so wenig helfen?

Susanne hasste dieses zermürbende Warten, nichts zu wissen, kaum etwas zu ahnen, im Nebel zu stochern – und doch zu wissen, dass da draußen ein Kind Todesangst ausstand und Augenblicke erlebte, die es sein Leben lang nicht wieder vergessen würde. Ob das den Entführern egal war? Hauptsache das Lösegeld stimmte?

Das Schrillen des Telefons ließ sie zusammenzucken. Seltsam, dass ein so alltägliches Geräusch eine solche Panik auslösen konnte!

Geräuschlos schalteten sich die Aufnahmegeräte ein. Nur das Flackern der Dioden verriet, dass sie in Betrieb waren.

Oppermann und Susanne Breugel hatten ihre Hörmuscheln aufgesetzt und gaben ein Zeichen.

Klaus und Ulrike Beckmann sahen sich an.

Dann ergriff Ulrike den Hörer.

»Beckmann«, sagte sie tonlos. Enttäuscht reichte sie den Hörer weiter.

»Für dich«, meinte sie. »Es ist die Firma.«

Knollinger war am Apparat.

»Wir haben ein Problem«, berichtete er nur. »Borchers von der Niedersächsischen Hypo ist furchtbar aufgebracht. Ich finde, du solltest dich sofort darum kümmern.«

»Worum geht es?«, fragte Klaus Beckmann. Die *Niedersächsische Hypotheken- und Wechselbank von 1893* war einer ihrer ersten größeren Kunden gewesen und auch heute noch ein wichtiger Geschäftspartner, mit dem es bisher nie Ärger gegeben hatte.

»Nicht am Telefon, aber es ist wichtig«, bedrängte Knollinger ihn kurz.

Klaus Beckmann fühlte den Blick der anderen in seinem Rücken. Es gibt nichts so Wichtiges wie meinen Sohn, dachte er. Nichts. Aber undeutlich spürte er, dass er auch diesem Problem nicht ausweichen durfte. Er musste weitermachen, ganz normal wirken, durfte sich nichts anmerken lassen. Wenn Jonas freikam, musste er auch eine Zukunft haben.

»Ist es wirklich wichtig?«, fragte er zurück.

»Ich weiß nicht, was du für wichtig hältst, aber wenn wir nicht noch einen Kunden verlieren wollen, dann solltest du kommen. Gleich. Übrigens will die Kleinhäuser dich noch sprechen.«

Beckmann hörte, wie der Hörer weitergegeben wurde. Offensichtlich standen die beiden zusammen im Zimmer.

»Herr Beckmann?«, hörte er die Stimme seiner Chefsekretärin.

»Ja?«

»Es gab vorhin einen Anruf für Sie. Ein Mann, der seinen Namen nicht nannte. Ich soll Ihnen Folgendes ausrichten«, sie schien einen Zettel hervorzuholen, denn einen kurzen Augenblick wurde ihre Stimme undeutlich, »richtig, ich habe es mir aufgeschrieben: Wörtlich: *J. geht es gut. Wenn Sie weitere Nachrichten wünschen, dann schalten Sie bitte Ihren Computer zu Hause ein und schauen sich Ihren E-Mail-Account an.«*

»Kommst du nun?«, insistierte Knollinger. Offensichtlich hatten sie den Hörer wieder getauscht. »Es ist wirklich wichtig.«

»Gleich«, antwortete Klaus Beckmann matt. »Ich bin in einer halben Stunde bei euch.«

Er hielt den Hörer in der Hand und starrte vor sich hin. Mein Gott, wo war seine Energie geblieben? Diese Fähigkeit, in jeder schwierigen Situation noch einen Dreh zu finden? Die Belastung hatte doch gerade erst angefangen.

»Sie haben in der Firma Schwierigkeiten?«, fragte Susanne Breugel.

Langsam wandte er sich um. Natürlich, sie hatten alles mitgehört.

»Nicht der Rede wert«, meinte er, »ganz normale geschäftliche Probleme. Weiter nichts.«

Dr. Oppermann musterte ihn, als hätte er einen besonders interessanten Patienten vor sich. Und Susanne Breugels Miene spiegelte offenkundigen Unglauben wider.

»Ich möchte mich nicht in Ihre Geschäftsangelegenheiten mischen. Sie gehen mich nichts an, und, offen gestanden, allzu viel verstehe ich auch nicht von Computern. Aber wenn Sie geschäftliche Schwierigkeiten haben, und Ihre Frau erwähnte vor einigen Tagen auch noch eine Sendung Kaviar, die Sie bekommen haben – meinen Sie nicht, dass beides mit der Entführung zu tun haben könnte?«

»Ich weiß es nicht«, erwiderte Klaus Beckmann. »Ich glaube es nicht. Was soll die Lieferung von Kaviar mit der Entführung meines Sohnes zu tun haben? Was die Probleme mit einem Kunden – ich bin nicht einmal genau informiert, worum es dabei geht – mit dieser Entführung? Es ist ein Zufall, mehr nicht. Und die geschäftlichen Vorgänge sind wirklich sehr speziell.«

Auch wenn die Hauptkommissarin ihn noch so löcherte, er hatte nicht die Absicht, geschäftliche Interna auszuplaudern.

»Möglich«, versetzte Susanne. »Aber es geht hier um Ihren Sohn, vergessen Sie das nicht. Und wir tappen völlig im Dunkeln. Jeder kleine Hinweis mag eine Hilfe sein.«

Beckmann wollte etwas entgegnen, aber seine Frau unterbrach ihn einfach.

»Wir haben eine Nachricht«, erklärte Ulrike Beckmann und stand auf. »Er hat gesagt, dass wir eine Nachricht im Computer haben, und wir sollten sie uns anschauen. *Ich* möchte sie jedenfalls anschauen.«

Der Rechner fuhr langsam hoch, quälend langsam. Natürlich konnte er auch von diesem Rechner aus seine E-Mails aufrufen. Seltsam, dass er daran nicht gedacht hatte! Natürlich streikte das Programm. *Falsches Passwort.* Klar, er hatte es ja auch ändern lassen. Klaus korrigierte die Eingabe, dann wurden schließlich die eingegangenen E-Mails angezeigt.

Wir haben Ihren Sohn. Es geht ihm gut, er wird gut behandelt. Zur Kontaktaufnahme schlagen wir folgendes Verfahren vor:

1. *Schicken Sie uns eine E-Mail mit dem Inhalt: Nachricht erhalten.*
2. *Sie senden Ihre E-Mail an diesen, Ihren eigenen Account. Damit wir Zugang dazu haben, brauchen wir das Passwort. Wählen Sie als Passwort Freiheit für Jonas.*
3. *Gelegentlich werden Sie von uns Anrufe erhalten. Bitte richten Sie sich danach – in Ihrem eigenen Interesse und dem Ihres Kindes.*
4. *Keine Polizei. Wenn Sie sie bereits eigeschaltet haben sollten, schicken Sie sie wieder weg. Das ist Ihr gutes Recht.*
5. *Unsere Forderung beträgt 25 Millionen. Dieser Betrag ist nicht verhandelbar. Wir wissen, dass Sie das Geld haben. Entscheiden Sie sich zwischen dem Geld oder Ihrem Sohn.*
6. *Richten Sie sich darauf ein, das Geld noch in dieser Woche flüssig zu machen. Auch wir möchten, dass Jonas so schnell wie möglich bei seinen Eltern ist.*

»Was halten Sie davon?«, fragte Susanne den Psychologen.

»Es scheint ihnen ernst zu sein«, bemerkte Dr. Oppermann.

»Eine gebildete Sprache, klar, präzise«, fügte Susanne hinzu. »Vielleicht sind es Amateure, doch dumm sind sie nicht.«

»Offensichtlich Fans von Computern«, fügte Oppermann hinzu. »Das wird die Fangschaltungen erschweren. Sie sind sehr vorsichtig.«

»Woher wissen sie denn, dass wir hier einen Computer mit Internet-Anschluss haben?«, fragte Krüger. »Das ist doch nicht selbstverständlich, oder?«

Aber sie kennen die Passwörter nicht, ging es Klaus Beckmann durch den Kopf. Sie sind gut informiert, aber Hacker sind es nicht. Und *Jonas* als Passwort wäre zu erraten gewesen. Zum ersten Mal seit diesen Tagen fühlte er ein leises Gefühl von Erleichterung. Er hatte es mit zwei Problemen zu tun, nicht nur mit einem. Beide Vorgänge hatten nichts miteinander zu tun. Der Hacker in der Firma, die Entführung von Jonas. Aber die Erleichterung schwand so schnell, wie sie gekommen war. Jonas stand ihm plötzlich vor Augen, Jonas, sein Sohn. Wie mochte es ihm gehen?

»Woher wussten die von dem Computer hier?«, wiederholte Krüger seine Frage.

»Wir hatten vor einigen Tagen einen Zauberer hier, auf Jonas' Geburtstag«, berichtete Ulrike Beckmann stockend, »möglich, dass er sich umgesehen hat. Obwohl ich es eigentlich nicht glaube. Er machte auf mich einen ganz sympathischen Eindruck.«

Aber während sie das sagte, fiel ihr auf, dass sie Unsinn redete. Wahrscheinlich wirkte kaum ein Entführer auf den ersten Blick wie ein Verbrecher. Ihr fiel ein, dass an diesem Tag – wie lange lag er schon zurück! –

der Kaviar gekommen war und die Schwierigkeiten angefangen hatten. Möglich war es also schon ...

»Es gehört nicht viel Fantasie dazu anzunehmen, dass ein Besitzer einer Software-Firma auch zu Hause einen Computer stehen hat, mit dem er ins Internet kommt«, meinte Klaus Beckmann.

»Wir haben außerdem einen großen Bekanntenkreis. Es gibt eine Haushälterin, Frau Masanke. Vor drei Monaten haben wir uns einen neuen Schreibtisch gekauft, die Packer der Möbelfirma haben mit Sicherheit gesehen, dass wir einen Computer hier stehen haben. Wenn Sie erst einmal suchen, finden Sie viele, die davon gewusst haben könnten«, fügte er hinzu.

All diesen Hinweisen sollte sie nachgehen, dachte Susanne Breugel, aber erfolgversprechend erschien es ihr nicht. Sie brauchten einen Anhaltspunkt, einen Anfang, um das Knäuel aufzurollen, den Faden der Ariadne, der sie aus dem Labyrinth führen konnte. So wurden sie nur hingehalten. Und die Zeit arbeitete nicht für sie.

Sie warf einen verstohlenen Blick auf Ulrike Beckmann. Auf den ersten Blick eine energische Frau, die nun jedoch langsam zerfiel. Susanne hatte es häufiger erlebt. Die Anspannung ließ sich nicht spurlos abschütteln, und zum Schluss regierte nur noch die Panik, die Angst. Schlagartig war Susanne klar, warum die Entführer die Forderung erhoben, die Polizei aus dem Spiel zu lassen. Natürlich wussten sie längst, dass die Polizei eingeschaltet war. Sie hatten es nicht mit Dummköpfen zu tun. Nein, diese Forderung sollte Zwietracht zwischen ihnen säen. Irgendwann würden sie die Polizei wegschicken wollen. Noch suchten sie den schwachen Punkt. War das Ulrike Beckmann?

»Lassen sich diese E-Mails zu ihrem Ausgangspunkt zurückverfolgen?«, fragte Susanne Klaus Beckmann.

Dieser zuckte die Schultern. Die Antwort kam zögernd.

»Ich weiß es nicht, normalerweise schon. Aber vielleicht ist diesen Leuten etwas Besonderes eingefallen.«

Für den Chef einer innovativen Softwarefirma hast du nicht viel Ahnung, ging es Susanne durch den Kopf. Sie wechselte einen Blick mit Harry Krüger. Der schien das Gleiche zu denken, denn er wiegte für den Bruchteil einer Sekunde den Kopf.

»Ist dies nicht ein Problem, mit dem Sie in Ihrer Firma häufiger zu tun gehabt haben?«, erkundigte sie sich schließlich freiheraus.

»Wie meinen Sie das?«, fragte Beckmann.

»Nun, Sie stellen Sicherheitssoftware her. Da liegt es doch nahe, dass Sie über Mittel verfügen, E-Mail-Adressen ausfindig zu machen, oder nicht?«

»Sie haben Recht«, räumte Beckmann nach einigem Zögern ein. »Aber von den technischen Einzelheiten verstehe ich nicht so viel. Ich glaube aber, es geht.«

Susanne schwieg. Überzeugend fand sie diese Antwort nicht. Eine Merkwürdigkeit mehr in diesem merkwürdigen Fall. Insgeheim nahm sie sich vor, Nachforschungen anzustellen.

»Wir sollten ihnen eine E-Mail schicken, wie sie es verlangt haben«, drängte Ulrike. »Wir sollten ihnen ein Zeichen geben.«

»Überlegen Sie sich, was Sie schreiben«, warnte Dr. Oppermann. »Fordern Sie ein Lebenszeichen, ein Gespräch mit Jonas, einen Hinweis auf etwas, was er Ihnen nur selbst sagen kann.«

»Bestehen Sie auf einem *direkten* Gespräch«, fügte Susanne Breugel hinzu. »Bestehen Sie darauf, mit Jonas zu sprechen. Mag sein, dass wir dann eine Chance haben, ihn zu orten.«

Klaus Beckmann setzte sich an die Tastatur.

»*Haben Ihre Nachricht erhalten*«, tippte er in den Computer.

Seltsam teilnahmslos standen die Buchstaben auf dem weißen Bildschirm. Teilnahmslos wie immer. Waren es wirklich nur Zeichen, die den Unterschied ausmachten?

»Was schreiben wir?«, wollte er wissen.

»Wie geht es Jonas?«, flüsterte Ulrike. »Schreib, sie sollen uns sagen, wie es Jonas geht.«

Wir fordern ein eindeutiges Lebenszeichen unseres Sohnes. Wir möchten mit ihm sprechen.

»In Ordnung?«, fragte er, als er wieder aufblickte.

Die Forderung von DM 25 Millionen ist völlig unrealistisch. Auch wenn wir wollten, sind wir nicht in der Lage, diesen Betrag aufzutreiben.

»Soll ich einen Gegenvorschlag machen?«, murmelte er. »Geld anbieten?«

Hilfe suchend blickte er Dr. Oppermann an.

»Wenn wir ihren Vorschlag einfach ablehnen, dann bringen sie Jonas um«, sagte Ulrike tonlos. »Und wir haben das Geld doch. Wenn ich meine Aktien verkaufe ...«

Dann sind sie nichts mehr wert, schoss es Klaus Beckmann grimmig durch den Kopf.

»Ist es sinnvoll, eine Gegenforderung zu stellen? Eine Million anzubieten? Oder zwei? Antworten Sie doch!«

Dr. Oppermann zögerte. Experten waren moderne Schamanen. Von einem Experten erwarteten alle Hilfe, unfehlbare Ratschläge, je auswegloser die Situation war, desto unfehlbarer sollten die Ratschläge sein.

»Ich würde keine Zahl nennen«, antwortete er zögernd. »Wir wissen noch sehr wenig über sie, genauer gesagt, fast gar nichts. Unterlassen wir alles, was sie reizen kann. Wir müssen reden. Wir müssen verhandeln, vor allen Dingen reden. Dann erfahren wir etwas über sie, über ihre Motive, Triebkräfte, Charakterzüge – und Schwächen. Machen Sie kein Angebot. Jetzt noch nicht.«

Wir bitten Sie noch einmal, uns ein Lebenszeichen von Jonas zu geben. Wir möchten mit ihm sprechen.

»Schreib ihnen, dass sie ihn gut behandeln sollen«, bat Ulrike.

Bitte behandeln Sie Jonas gut.

Der Text leuchtete auf dem Bildschirm, eingerahmt in einen blauen Rahmen, ein normales E-Mail-Programm.

»Soll ich absenden?«, fragte Klaus Beckmann.

Susanne Breugel blickte Dr. Oppermann an.

»Senden Sie«, erwiderte er.

Es dauerte einen winzigen Moment, dann flimmerte die Bestätigung über den Bildschirm.

»Du musst das Passwort noch ändern, damit sie die Nachricht auch lesen können«, erinnerte Ulrike.

Freiheit für Jonas – konnte man so zynisch sein?

Eine Weile schwiegen sie.

Wieder dieses Warten. Susanne Breugel tauschte einen einvernehmlichen Blick mit Harry Krüger. Wir brauchen eine Auszeit.

»Ich glaube, heute kommt nichts mehr«, meinte sie schließlich. »Ich werde alles Nötige zur Überwachung Ihrer E-Mail-Adresse veranlassen. Wir gehen jetzt. Aber ich lasse Ihnen die beiden Beamten da. Meine Nummer haben Sie ja. Wenn etwas passiert, bin ich sofort zur Stelle. Sie wissen, ich wohne nur zwei Straßen weiter.«

»Ob sie die Nachricht schon erhalten haben?«, fragte Ulrike, ohne auf sie einzugehen.

»Ich könnte nachsehen«, antwortete Klaus und ging online.

»Nichts mehr da«, erklärte er. »Sie haben die Nachricht abgerufen.«

Es war noch früher Nachmittag, aber bereits jetzt empfand Susanne Breugel ein Gefühl von Erschöpfung. Wenn es ein Verbrechen gegeben hatte, einen Bankraub beispielsweise, dann konnte man ihn aufklären. Die Tat war geschehen und nicht mehr rückgängig zu machen. Bei einer Entführung war alles anders. Vorrang hatte das Leben des Entführten, und da hieß es zunächst einmal warten. Aber es hatte keinen Sinn, sich mit Warten verrückt zu machen und weiter bei der Familie auszuharren. Sie nahm Oppermann und Krüger in ihrem Wagen mit.

»Was halten Sie davon?«, fragte sie Oppermann, als sie sich durch den beginnenden Berufsverkehr schlängelten.

»Wovon?«

»Die Firma steckt in Schwierigkeiten, die Forderung ist absurd hoch, der Täter kennt sich gut aus. Das meine ich.«

»Ich bin Psychologe«, stellte Oppermann resigniert fest. »Kein Kriminalbeamter. Ich weiß nicht mehr als Sie. Doch aufgefallen ist es mir schon. Aber eine unfreundliche Firmenübernahme im Rahmen der Globalisierung habe ich mir eigentlich anders vorgestellt. Und bei allen Vorbehalten gegenüber freien Unternehmern glaube ich nicht, dass so vorgegangen wird.«

»Ist euch aufgefallen, dass Beckmann für einen Besitzer eines Computerkonzerns recht wenig Ahnung hat?«, meinte Harry Krüger. »Ob man eine E-Mail zurückverfolgen kann, müsste er doch wissen, oder nicht?«

»Es ist mir auch aufgefallen«, sagte Susanne. »Es ist eigentlich selten, dass Kaufleute und Betriebswirte solche Unternehmen aufbauen. Meist sind es doch irgendwelche Computerfreaks, oder nicht?«

»Bill Gates ist auch eher ein Kaufmann als ein Computerfreak«, warf Dr. Oppermann ein. »Keine Regel ohne Ausnahme.«

»Vielleicht geht es wirklich nur um eine Entführung, und wir reimen uns das alles nur zusammen«, meinte Susanne und bremste scharf. Ein Golf hatte ihr eben elegant die Vorfahrt genommen. Die junge Dame hinter dem Steuer lächelte sie freundlich und siegesbewusst an.

»Ich möchte, dass wir das betriebliche Umfeld recherchieren. Wer hat Vorteile davon, wenn die SecuCom ins Trudeln gerät? Wer hat die Aktienmehrheiten? Gibt es einen Drahtzieher? Ich möchte, dass wir das klären. Vielleicht führt es ja zu nichts, mag sein, aber wir sollten jeder Spur nachgehen.«

»Wen setzen wir an?«

»Woltersdorf? Der ist doch meistens bei Wirtschaftsverbrechen ganz erfolgreich gewesen.«

»Außerdem«, beschied Susanne, »möchte ich jemanden haben, der in der Lage ist, allen elektronischen Schnickschnack einzusetzen. Bisher haben wir wie Amateure ausgesehen.«

»Du kommst spät«, sagte Knollinger vorwurfsvoll.

Es ist meine Firma, und ich kann so spät kommen, wie ich will, ging es Klaus Beckmann durch den Kopf. War er nur überempfindlich, oder probten seine Angestellten bereits den Aufstand? Ihm lag eine scharfe Erwiderung auf der Zunge, aber dann bedachte er, dass Knollinger vielleicht nur besorgt war. Außerdem war er sein Freund, und dies war sicher eine Situation, in der er Freunde brauchte.

»Ich bin so früh gekommen, wie es ging«, versetzte Klaus freundlicher, als es seine Absicht war.

Knollinger sah ihn prüfend an. Man konnte ihm so schnell nichts vormachen.

»Du hast Probleme. Zu Hause, meine ich, nicht wahr?«

War hier die Möglichkeit, sich jemandem anzuvertrauen? Endlich sein Herz ausschütten zu können? Matthias Knollinger war verschwiegen.

»Wenn du nicht willst«, meinte Knollinger, »dann sprich nicht drüber. Manchmal hilft es, manchmal hält man besser den Mund. Aber wenn es ganz wichtig ist, ist es meist besser, wenn man redet.«

»Jonas ist entführt worden«, sagte Klaus Beckmann. Mit einem Mal fühlte er sich matt. Erschöpft. Er konnte nachvollziehen, wie es Ulrike ging, allein zu Hause, ohne Ablenkung, mit kreisenden Gedanken. Vielleicht kam Helga Richter zum Reden vorbei, aber bei Julia war ja schon alles ausgestanden. Die Richters hatten Glück gehabt und vermochten Ulrike nicht wirklich zu trösten.

Knollinger war blass geworden.

»Das gibt es nicht«, murmelte er, »das ist ja furchtbar.«

Klaus Beckmann schwieg.

»Wann?«

»Seit drei Tagen.«

»Mein Gott«, stieß Knollinger hervor. »Und du gehst in die Firma, als ob nichts gewesen wäre, machst deine Arbeit, und in Wirklichkeit ... Das muss furchtbar für euch sein.«

»Wie ist es passiert?«, fragte er nach einer Weile.

Klaus Beckmann berichtete.

Es war befreiend wie ein Geständnis bei der Polizei, eine Beichte beim Priester.

»Ich kenne die Breugel«, sagte Knollinger nach einer Weile. »Ich habe einmal einen Artikel über sie gelesen. Sie ist eine der Besten. Wenn ihr eine Chance habt, dann mit ihr.«

»Und was gab es in der Firma?«, erkundigte sich Klaus Beckmann. »Was war so wichtig, dass ich unbedingt kommen musste?«

Knollinger sah ihn groß an. »Ich glaube, nichts ist so wichtig wie das, was du gerade durchmachst. Gemessen daran, ist das alles doch Kleinkram.«

»Trotzdem«, beharrte Klaus Beckmann. »Was war es? Was wollte Borchers?«

»Er hat ein Virus«, antwortete Knollinger. »Als er heute Morgen den Rechner hochfuhr, seinen eigenen, gab es eine Fehlermeldung: *Wasser in Laufwerk B*. Dann sah er eine Klospülung und den blauen Bildschirm.«

»Doch nicht ...?«

»Doch«, meinte Knollinger. »Dieses Uralt-Virus. Harmlos. Seit einer Ewigkeit auf dem Markt. Jedes noch so schlechte Virusprogramm hat es im Visier. Eigentlich eher lustig.«

»Der soll sich mal einen vernünftigen Virenscanner anschaffen«, meinte Klaus Beckmann. »Die Leute kommen heute mit jedem Scheiß.«

Endlich mal ein Problem, das wirklich keines war.

»Was sagt Norbert?«

»Er hält das Problem für gravierend. Ähnlich wie bei uns. Das Ding ist von außen eingeschleust worden. Ein so simples Ding, dass es schon fast aus der Steinzeit ist. Wenn es durchschlüpft, dann kann es um unser Sicherheitssystem nicht so gut bestellt sein. Dies ist jedenfalls der Eindruck, den Borchers gewonnen hat.«

Es passte alles so gut zusammen. Erst der Kaviar, das war fast noch lustig, dann das Autowerk und die E-Mails, jetzt die Niedersächsische Hypo. Was kam als Nächstes? »Hat es jemand auf unsere Firma abgesehen?«

Knollinger schaute ihn nur an.

»Das fragst du mich?«

»Wir sind ein lukrativer Bissen«, sagte Klaus Beckmann mehr zu sich selbst. »Noch nicht so groß, dass wir sicher sind, noch klein genug, dass wir billig sind, noch unbedeutend genug, dass wir uns nicht wehren können. Ein ideales Objekt, meinst du nicht?«

»Glaubst du, dass die Entführung etwas damit zu tun hat?«

Klaus Beckmann schüttelte müde, aber nachdrücklich den Kopf.

»Nein«, erwiderte er. »Ich habe mir die Frage auch schon gestellt, gestern, heute, aber ich glaube es nicht. Firmen kaufen Aktien, sperren Kredite, setzen Banken und Kunden unter Druck. Das ist alles drin. Aber eine Entführung?«

Es war der vierte Tag der Entführung. Susanne Breugel war spät nach Hause gekommen; die Telefonate mit dem Landeskriminalamt waren langwieriger gewesen, als sie erwartet hatte. Sie waren alle früh wieder auf den Beinen. Doch sie saßen nicht in ihrem Büro – ihr Mitarbeiterstab war groß geworden, einen so großen Stab hatte sie noch nie befehligt –, Obermüller hatte einen der Besprechungsräume zur Verfügung gestellt. Er lag im Erdgeschoss, fast direkt neben der Einsatzzentrale der Polizei, die alle Notrufe entgegennahm und den Einsatz der Streifenwagen steuerte, und war ausgestattet mit allem, was heutzutage in Europa zum technischen Standard gehörte: Es gab eine Reihe von modernen Computern, eine große Zahl von Fernsprechanschlüssen, Videoprojektionswände. An der Technik würden sie in diesem Fall nicht scheitern.

Die Ergebnisse der Befragungen waren trotzdem mager. Immerhin war ein als gestohlen gemeldeter Ford Transit in Hannover Linden aufgetaucht, abgestellt in einer Nebenstraße. Eigentlich ein Zufall, dass er überhaupt entdeckt worden war, aber die Nummer war falsch gewesen und eine Anwohnerin hatte sich gewundert, ihre eigene Nummer an einem fremden Auto vorzufinden, und die Polizei verständigt. Die Frage war, ob der Wagen überwacht oder untersucht werden sollte. Für beides gab es gute Gründe.

»Untersuchen«, entschied schließlich Susanne Breugel. »Es ist kaum anzunehmen, dass dieser Wagen noch einmal verwendet wird.« Allerdings war es natürlich auch unwahrscheinlich, dass gerade dieser Ford Transit – immerhin gab es Tausende davon – das Tatfahrzeug gewesen war. Insgeheim glaubte sie auch nicht daran, verwertbare Spuren zu erhalten. Die Täter waren vorsichtig und würden sich kaum einen Schnitzer geleistet haben. Jedenfalls keinen offensichtlichen. Trotzdem durfte nichts unversucht bleiben.

Zeugen gab es ebenfalls keine. Die Bedienung des nahe gelegenen Restaurants hatte nichts gesehen, und auch die wiederholten Befragungen der Jogger waren bisher noch ohne greifbare Ergebnisse geblieben. Allerdings war die Woche noch nicht vorbei, und die meisten Jogger hielten einen Wochenrhythmus ein.

Die Versammlung hatte sich schon fast aufgelöst, als Wolfgang Hohenstein eintrat. Er war als technischer Experte vom Landeskriminalamt abgestellt worden und hatte die Nacht damit verbracht, die Chancen zu eruieren, inwieweit Beckmanns E-Mail-Account überwacht werden konnte. Er kam etwas später als die anderen, und man sah ihm an, dass er die Nacht durchgearbeitet hatte. Sein grauer Pullover wies ein paar Kaffeeflecken auf, und auch sonst machte er nicht den frischesten Eindruck. Susanne hatte mit ihm noch nicht allzu viel zu tun gehabt. Aber er galt als ein ausgesprochen fähiger Computerexperte. Sie stand zusammen mit Obermüller und Harry Krüger noch am Vorstandstisch, als er auf sie zutrat.

»Ging nicht eher«, begann er. »Ging wirklich nicht.«

Susanne machte eine abwehrende Handbewegung. »Wir sind auch noch nicht weitergekommen. Du hast nichts verpasst. Wie stehen die Chancen, sie zu bekommen, wenn sie ins Netz gehen?«

Hohensteins Mund zuckte.

»Schwer zu sagen«, meinte er. »Grundsätzlich ist es so, dass jede E-Mail und jeder Zugriff auf einen Account durch eine Identifikationsnummer dokumentiert wird. Grundsätzlich kann jeder Anschluss, jeder Computer, solange er im Netz ist, damit identifiziert werden. So gesehen reicht ein einmaliger, kurzer Zugriff, und wir haben die Nummer und damit den Standort des Verdächtigen.«

Er machte eine Pause.

»Das ist der Grundsatz«, sagte Susanne und blickte ihn auffordernd an.

»So ist es. Aber wie du weißt, gibt es keine Regel ohne Ausnahme. Es gibt Programme, mit denen diese Nummer unterdrückt werden kann, dann wird es schwierig. Man kann zwar immer noch den Weg der Leitung verfolgen, aber wenn sie sich über einen geschützten Server eingeloggt haben – einen Firewall nennt man das –, dann hört da die Verfolgung schon auf. Experten – und ich vermute mal, dass die Entführer durchaus Ahnung von Computern haben – können ihren Anruf über eine Reihe von Servern leiten, zum Teil auch über ganz obskure im Ausland, Finnland ist dafür bekannt, sodass wir schon eine ziemliche Zeit brauchen, um dahinter zu kommen. Es ist grundsätzlich möglich, aber nicht immer einfach, und schon gar nicht immer schnell.«

»Spitzenmäßig«, murmelte Susanne.

»Zusätzlich haben wir ein Problem«, fuhr Hohenstein ungerührt fort, »wenn der Entführer ein Handy benutzt. Man kommt mit manchen Handys ins Internet, und wenn er eine Einmalkarte verwendet, ist er praktisch nicht zu identifizieren.«

Hohenstein schwieg und unterdrückte den Impuls, seiner Lieblingsthese Ausdruck zu geben, dass diese anonymen Einmalkarten seiner Meinung nach alle verboten werden müssten. Solche Überlegungen führten jetzt nicht weiter.

»Was schlägst du vor?«

»Natürlich das ganze Programm abspielen, aber dem nicht allzu sehr vertrauen. Das ist meine Meinung.«

»Der Schwachpunkt ist immer die Übergabe des Geldes«, räumte Harry Krüger ein. »Man kann alles übers Internet oder übers Telefon abwickeln, aber das Geld müssen sie selbst abholen. Da treten sie aus dem Dunkel heraus. Dieser Augenblick ist für die Entführer gefährlich. Es ist der einzige ganz gefährliche Augenblick. Da können wir sie schnappen.«

»Fünfundzwanzig Millionen«, versetzte Obermüller. »Ich habe gestern mal nachgedacht, was eine solche Summe eigentlich wiegt. Fünfzig Kilo?«

»Etwas über vierzig«, meinte Susanne. »Ich habe bei der Sparkasse angerufen. Fünfundzwanzig Millionen in Tausendern wiegen etwas über vierzig Kilo.«

»Damit ist der Abtransport dieser Summe bereits ein Problem«, stellte Obermüller fest. »Ohne ein Auto geht das nicht. Keinesfalls.«

»Ich frage mich ohnehin, warum sie einen so hohen Betrag gefordert haben«, meinte Harry Krüger. »Jedes Kind weiß doch, dass wir in zwei Jahren eine Währungsumstellung haben. Die Nummern der Scheine werden notiert, und damit können sie nicht mehr verwendet werden. Das Ganze ist sinnlos, vollkommen absurd. Warum warten die nicht, bis sie das Lösegeld in Euro bekommen?«

»Das sind doch Ansatzpunkte«, erwiderte Obermüller. »Wir haben eine echte Chance. Vierzig Kilo, damit müssen die erst einmal abhauen können. Und wenn sie das Geld ausgeben, dann haben wir sie in jedem Fall.«

»Du bist doch Fachmann«, wandte sich Susanne an

Hohenstein. »SecuCom, diese Computerfirma, kennst du die eigentlich? Ich habe den Namen, das gebe ich zu, vor vier Tagen zum ersten Mal gehört.«

Hohenstein nickte. »Doch«, antwortete er. »Das ist eine renommierte Firma. Ein Shooting-Star, wie man so schön sagt. Seit vier oder fünf Jahren auf dem Markt, ein kleines Unternehmen, aber rasch gewachsen. Die SecuCom ist vor einiger Zeit an die Börse gegangen. Ich hatte auch ein paar Aktien gekauft und den Emissionsgewinn mitgenommen. Die Firma stellt Firewalls und Ähnliches her.«

»Kannst du mir mal erzählen, was das eigentlich ist?«, fragte Susanne ganz direkt. »Ich komme mir sonst so dämlich vor.«

Obermüller grinste, machte aber eine zustimmende Kopfbewegung.

Die Müdigkeit schien von Hohenstein abzufallen, als er anfing, über sein Fachgebiet zu reden: »Heutzutage werden fast alle Daten digital übertragen, über das Internet, in firmeneigenen Netzen und so weiter. Firmen kommunizieren und tauschen Daten aus. Dabei ist nicht alles streng geheim, aber jeder soll nun auch nicht hineinschauen. Also müssen diese Daten geschützt werden. Das geschieht auf zweierlei Weise: erstens durch eine Zugangssperre zum firmeneigenen Rechner und zweitens durch eine Verschlüsselung der übersandten Daten. Die Zugangssperre funktioniert ganz einfach: Man kommt in einen Rechner nur dann hinein, wenn man eine Reihe von Sicherheitsmaßnahmen durchläuft: Passwörter, Abfragen und einiges mehr. Dies ist ein so genannter Firewall, der unerwünschte Zugriffe verhindert. Manche Firewalls funktionieren gut, manche sind löchrig wie ein Sieb. Der

Ausdruck kommt übrigens aus der Siegfriedsage. Brunhilde, die von König Gunther angebetete Walküre, lebt in einem Schloss, das von einer Feuerwand umgeben ist, in der jeder verbrennt, der sich ihr nähert. Aber Siegfried schafft es natürlich doch, sie zu überwinden. Die zweite Möglichkeit ist, die Daten zu verschlüsseln. Es gibt eine Reihe von Programmen, die alle Daten so verschlüsseln können, dass man sie nur mithilfe desselben Programms und einer identischen Einstellung wiederherstellen kann. Üblich ist eine Hundertachtundzwanzig-Bit-Verschlüsselung; moderne Systeme, die aber außerhalb der USA nicht verkauft werden dürfen, arbeiten mit zweihundertsechsundfünfzig Bit. Und SecuCom hat vor ein paar Jahren auf diesem Gebiet eine sensationelle Erfindung gemacht. Die haben den Firewall mit einer aufwändigen Verschlüsselung kombiniert. Jedes Telefonat, jede Datenübertragung nach außen, aber auch innerhalb dieser Firma wird von dem Programm verschlüsselt. Der Code ist praktisch nicht zu knacken. Es hat damals ziemlich viel Ärger mit den Amerikanern gegeben. Was die wenigsten wissen, ist, dass der amerikanische Geheimdienst jedes, aber auch jedes Telefonat in der Welt, besonders aber in Europa und Japan abhört und auswertet, dass alle Datenleitungen überwacht werden. Deswegen durfte auch das Zweihundertsechsundfünfzig-Bit-System nicht außerhalb der USA vertrieben werden. Wirtschaftsspionage im ganz großen Stil, wenn man so will. Jährlicher Schaden: vierzig Milliarden Mark. Ungelogen. Und da hat SecuCom mindestens auf dem europäischen Markt eine sehr gute Chance. Kein Wunder, dass die Firma floriert.«

»Der Inhaber, Klaus Beckmann, scheint mir kein großer Computerkenner zu sein«, warf Susanne ein. »Ich kann mir nicht vorstellen, dass er so bedeutende Erfindungen gemacht hat.«

»Ja?«, fragte Hohenstein überrascht. »Das ist merkwürdig.«

Dann aber schien er sich zu erinnern. »Richtig«, meinte er langsam. »Ich glaube, der eigentliche Firmengründer hieß auch Beckmann. Ja, da bin ich mir ziemlich sicher. Aber es könnte sein, dass dieser vor einiger Zeit gestorben ist. Ich meine, es gab da irgendeinen Unfall. Vielleicht ist der jetzige Inhaber sein Bruder oder sonst ein Verwandter. Aber Genaues weiß ich nicht. Tut mir Leid. Doch ihr könnt euch darauf verlassen, dass der Gründer der Firma ein absolutes Ass war.«

Klaus Beckmann war nicht der Gründer der Firma? Das war neu.

»Ich möchte mich noch ein bisschen aufs Ohr hauen«, sagte Hohenstein. »Ich bin hundemüde. Wenn es etwas gibt, dann holt mich.«

Woltersdorf hatte sich Zeit gelassen.

»Tut mir Leid«, meinte er, »aber ich musste mich erst umhören, meine Kontakte pflegen, Medienrecherche anstellen ...«

Susanne hatte Woltersdorf seit langem in Verdacht, dass er sich, seitdem er bei einer Fortbildung zum Thema »Wirtschaftskriminalität« gewesen war, für etwas Besseres hielt und deswegen auch das Recht zu haben glaubte, fast immer zu spät zu kommen. Allerdings war gegen seine Arbeit wenig einzuwenden.

»Nun?«, fragte sie ihn. »Hast du wenigstens etwas herausgefunden?«

»Wie man's nimmt«, antwortete Woltersdorf. »Herausgefunden habe ich Folgendes: Die Firma SecuCom wurde vor sechs Jahren von drei Personen gegründet: Peter Beckmann, seiner Frau Ulrike ...«

»Moment«, unterbrach Susanne ihn. »Der Ehemann von Ulrike Beckmann heißt Klaus Beckmann. Oder nicht?«

»Lass mich doch erst einmal ausreden«, versetzte Woltersdorf ungeduldig. »Also: Gegründet wurde die Firma von Peter Beckmann, seiner Frau Ulrike und seinem Bruder Klaus. Sie erhielten aber nicht die gleichen Anteile. Peter hielt fünfzig Prozent, die beiden anderen jeweils fünfundzwanzig. Klaus Beckmann war etwas älter und besaß bereits Geld, Ulrike wohl ebenfalls; Peter hatte zwar kein Geld, dafür aber die Ideen. Zusammen waren sie wohl ein gutes Team. Ich habe keinen direkt dazu befragen können, so genau kannte keiner meiner Informanten die beiden Beckmann-Brüder, aber das ist das allgemeine Ondit. Noch bevor die Firma an die Börse ging, traf sie ein arger Schlag. Peter Beckmann verunglückte während eines Urlaubs tödlich. Und damit stand die Firma ohne den kompetenten, viele sagen sogar *genialen* Entwickler da. Mit von der Partie als Mann der ersten Stunde war ein Freund der Familie, Norbert Müller-Warden. Dem wurde dann ein Teil der Firma übertragen; er leitet seitdem die Forschungsabteilung. Vor drei Jahren ist SecuCom an die Börse gegangen, doch die alten Inhaber haben sich natürlich die Majorität gesichert. Eine Börsenübernahme durch Aufkauf von Aktien ist damit ausgeschlossen. Die Firma ist quasi noch ein Familienunternehmen, wenn ihr so wollt. Übrigens, auch wenn es nicht so aussieht, weil Klaus Beckmann wenig von Computern versteht: Geschäftlich war die Firma von Anfang an auf Erfolgskurs, und sie ist es geblieben. Trotz des Todes von Peter Beckmann. Und die Software gilt als vorzüglich.«

Das hatten sie schon von Hohenstein erfahren. Es schien wirklich eine solide Firma zu sein.

»Vielleicht sollte ich noch erwähnen, dass die Aktienkurse seit einigen Tagen stark nachgegeben haben. Sie sind fast dreißig Prozent gefallen. Das ist ziemlich viel. Eine echte Erklärung hat man dafür nicht. Der Markt spielt manchmal verrückt. Ist eben so.«

»Gibt es geschäftliche Feinde?«, hakte Susanne nach. Die Angelegenheit war spannend.

Woltersdorf zuckte mit den Schultern.

»Weiß nicht«, sagte er lapidar. Dann lachte er. »Klar, den amerikanischen Geheimdienst. Die wären wohl ganz froh, wenn es keine europäischen Anbieter auf diesem Markt gäbe. Vor einem halben Jahr gab es auch einmal einen Übernahmeversuch von ADR – American Digital Research –, die sich einen Konkurrenten vom Halse schaffen wollten. Gemunkelt wurde von einem Betrag zwischen dreihundert Millionen und einer halben Milliarde für das gesamte Aktienpaket.«

Susanne schluckte. Das waren Beträge, die man nicht einmal von Monopoly kannte.

»Das sind Summen«, grinste Woltersdorf. »Da wird dir schwindelig, nicht wahr?«

»Kann er die fünfundzwanzig Millionen bezahlen?«, fragte sie.

Woltersdorf zögerte nicht lange mit der Antwort.

»Eine gute Frage. Ich habe sie mir auch schon gestellt, aber ich bin noch zu keinem Ergebnis gekommen. Deswegen ein entschiedenes Jein. Erste Antwort:

Ja, er kann, wenn er verkauft. Der Kurs ist zwar schlecht, aber wenn er einen Käufer findet, der bereit ist, den gesamten Betrieb oder sein Aktienpaket zu übernehmen, kann er noch mit einem guten Gewinn aus der Sache herausgehen, obwohl er sicherlich nicht den Preis erzielt, der für die Firma noch vor einem halben Jahr gezahlt worden wäre. Zweite Antwort: Nein, er kann nicht, wenn er seine Aktien über die Börse verkauft. Das Papier wird nur in kleinem Umfang gehandelt, der Verkauf von großen Anteilen würde unweigerlich zum Kurszusammenbruch führen. Schnell lässt sich so etwas sowieso nicht durchführen. Außerdem müsst ihr bei diesen Software-Unternehmen Folgendes bedenken: An wirklichem Vermögen ist meist wenig da: Firmengebäude, einige Hochleistungsrechner, die aber auch nach ein paar Monaten nur noch einen Bruchteil des Anschaffungspreises wert sind. Das wirklich Wertvolle befindet sich in den Köpfen der Mitarbeiter und in den Erfindungen, Patenten, Planungen, dem Knowhow, den Geschäftsbeziehungen und so weiter. Wenn die auf einmal nichts mehr wert sind ...«

Er vollendete den Satz nicht.

»Geschäftlich trifft diese Entführung Beckmann also zu einer sehr ungünstigen Zeit?«, wollte Susanne wissen. Sie fühlte sich bei dieser Frage unwohl.

Die darin enthaltene Schlussfolgerung, eine Entführung könne auch zu einem günstigen Zeitpunkt kommen, behagte ihr nicht.

Aber Woltersdorf registrierte den Ausrutscher nicht.

»Ungünstiger geht's gar nicht.«

»Du sagtest, der Firmengründer sei *Peter* Beckmann gewesen?«, setzte Harry Krüger nach.

»Peter, seine Frau Ulrike und sein Bruder Klaus. Die

beiden Letzteren haben die Anteile des Verstorbenen auch geerbt.«

Jonas war gerade vier geworden, ging es Susanne durch den Kopf. Besonders lange schienen die beiden nicht gewartet zu haben. Nicht einmal ein Trauerjahr hatten sie verstreichen lassen. So verbunden waren sie einander offensichtlich doch nicht gewesen.

»Und wie ist Peter Beckmann gestorben?«, erkundigte sie sich.

Woltersdorf zuckte mit den Schultern. »Weiß ich nicht«, antwortete er. »Irgendein Unfall. Genaueres weiß ich aber auch nicht. Ich habe es ohnehin eher zufällig erfahren.«

Nachfragen, notierte sich Susanne Breugel in Gedanken.

»Das war's?«, fragte sie schließlich.

Woltersdorf nickte. »War doch auch eine ganze Menge, oder nicht?«

Susanne stimmte ihm zu.

Eine Entführung, eine Firma in Schwierigkeiten, einen Eigentümerwechsel unter merkwürdigen Umständen, eine rasch eingegangene zweite Ehe – gab es denn in diesem Fall nichts, was auf den ersten Blick klar war?

»Wer tut so etwas?«, fragte Ulrike.

Sie saßen im Arbeitszimmer. Der Computer war eingeschaltet und warf sein fahles Licht in den Raum. Sie waren online, und sie warteten.

Die beiden Beamten, die ihnen zugeteilt worden waren – sie wurden fast rund um die Uhr bewacht, blieben diskret im Gästeflügel des Hauses. Lange Drähte und Kabel waren verlegt worden, eine moderne Intensivstation, jeder elektronische Fingerzeig würde aufgezeichnet werden, jedes kleinste Indiz verfolgt. Alles vermittelte den Eindruck von Geschäftigkeit und Aktion, obwohl die Aktion aus Warten bestand, einem zermürbenden Warten, das passiv war und lähmte. Es war ein Warten des Opfers, nicht des Jägers.

»Ich weiß es nicht«, erwiderte Klaus. Er war länger in der Firma geblieben, als er eigentlich vorgehabt hatte. Müller-Warden hatte Borchers in halb spaßigem Tonfall wenigstens ausreden können, dass das Virus über das Netz eingeschleust worden war. Es hätte doch auch keinen Sinn gemacht. Einen Anschlag auf die Konten: sicherlich, aber dieser Joke? Zum Schluss hatte Borchers die Sache selbst noch auf die leichte Schulter genommen. Über was man sich alles aufregen konnte ...

Aber mit diesen Sprüchen konnten sie nur Borchers täuschen, weil er ihnen vertraute. Die meisten Menschen hatten von Elektronik sowieso nur wenig Ahnung. Sie konnten andere belügen, aber nicht sich selbst. Irgendwo lauerte ein Gegner, von dem sie nicht wussten, was er im Sinn hatte, irgendwo wurde sein Sohn versteckt gehalten und weinte. Jonas war noch so klein ...

Ulrike machte ihm Sorgen. Er hatte sie stets als zupackend in Erinnerung gehabt, sie konnte Krisen gut bewältigen, war besonnen, verschwiegen und entschlusskräftig, auch hart, wenn es darauf ankam. Vor einigen Monaten war ihm die Reproduktion eines niederländischen Gemäldes in die Hände gefallen. *Die Geldwechsler.* Ein Mann und dessen Frau beugen sich über einen Haufen Münzen und begutachten sie kritisch. Ein perfektes Team. Genau so hatte Klaus immer seine eigene Ehe gesehen. Sie hielten zusammen, erreichten alles gemeinsam. Einige seiner Studienkollegen waren inzwischen ebenfalls in den Chefetagen der Wirtschaft angekommen, noch nicht im Aufsichtsrat, dazu waren sie noch zu jung, aber schon im Vorstand oder auf dem Wege dorthin. Die meisten hatten Probleme in ihrer Ehe. Das Geld, das sie verdienten, gaben ihre Frauen aus, zum Teil schon mit Geliebten. Diese Karrieristen kamen immer später nach Hause, und von der Familie, die sie auf dem Papier besaßen, hatten sie nichts. Klaus hatte diese Falle immer im Auge behalten und war auf der Hut gewesen. Und er war Ulrike in den ganzen Jahren sogar treu geblieben – meistens jedenfalls.

Trotzdem machte Ulrike ihm Sorgen.

»Ich hätte Jonas hinbringen sollen«, sagte sie nachdenklich und mehr zu sich selbst. »Ich hätte ihn mit dem Auto wie immer hinbringen sollen, dann ...«

»Gar nichts wäre dann ...«, unterbrach er sie brüsker, als er eigentlich vorgehabt hatte. »Gar nichts. Wie lange willst du auf ihn aufpassen? Bis er zehn ist? Oder erwachsen? Wenn Menschen ein Kind entführen wollen, dann finden sie auch einen Weg. Und hör auf, dir Vorwürfe zu machen. Du kannst nichts dafür, hämmer dir das in den Kopf.«

Ulrike zog sich zurück.

»Komm«, fügte er nach einer Weile versöhnlich hinzu. »Tut mir Leid. Ich bin wie du auch am Ende. Ich möchte Jonas auch wiederhaben. Aber es nützt nichts, wenn wir uns die Schuld geben. Wir haben keine Schuld.«

Ulrike schwieg.

»Du hast mit der Bank gesprochen?«, fragte sie nach einer Weile.

Sie hatte die Frage schon einmal gestellt, und sie kannte die Antwort.

»Ja«, erwiderte er. »Ich habe zwar morgen noch einmal einen Termin mit Wollenhaupt. Aber sie haben mir schon gesagt, dass sie uns das Geld nicht leihen würden. Nicht fünfundzwanzig Millionen. Wir würden Aktien verkaufen müssen.«

»Wäre das so schlimm?«

»Du weißt, dass der Kurs ins Bodenlose fallen würde. Wir könnten die Firma verlieren.«

»Ich möchte, dass wir zahlen«, erklärte Ulrike auf einmal fest. Und ihre Stimme klang gar nicht mehr brüchig. »Ich möchte, dass Jonas wieder bei uns ist. Wenn es das Geld ist, um das es ihnen geht, dann sollen sie es bekommen.«

»Du hast keine Garantie, dass sie Jonas freilassen«, versetzte er.

Ich will nicht zahlen, dachte er. Nicht diesen Preis. Nicht all das verlieren, für das ich gearbeitet habe.

»Du hängst am Geld«, murmelte sie. Etwas wie Verwunderung schwang in ihrer Stimme mit. »Du hängst jetzt noch am Geld?«

»Ich hänge nicht am Geld«, widersprach er müde, »ich möchte Jonas auch wiederhaben. So wie du. Aber wir haben keine Garantie, dass sie Jonas freilassen, wenn wir zahlen.«

»Eine Garantie gibt es nie.«

Nein, dachte er. Die gab es nie. Nicht einmal damals hatte es sie gegeben.

»Ich werde alles versuchen, was ich kann«, versicherte er. »Glaub es mir.«

Dann wandte er sich ihr zu. Sie hatte den Kopf gesenkt und zeigte ihm einen Augenblick lang ihr Profil. Ein weiches Profil mit leicht hervortretenden Wangenknochen und einer reizvollen, nach oben geschwungenen Nase. Nez parisien. Und noch in ihrer Trauer und Verzweiflung war sie wunderschön. Vorsichtig berührte er sie an der Schulter.

»Komm, Kleines«, meinte er. »Wir schaffen das schon, wir beide. Wir beide ganz allein gegen den Rest.«

Sie lehnte sich an ihn und genoss die Berührung. Für einen Augenblick gab sie ihr Kraft und Zuversicht. Für einen Moment fühlten sie sich eins.

Die Nachricht kam gegen Ende des Arbeitstages.

Sie waren ständig online geblieben.

Ein kleiner Glockenschlag verkündete, dass sie eine Mail bekommen hatten. Vor einer Stunde hatte es einen Fehlalarm gegeben, das neue Werbungsangebot für *Miles and More* der Lufthansa.

Jonas geht es gut. Er freut sich auf seine Eltern. Bitte besorgen Sie das Geld. Was für ein Lebenszeichen wollen Sie?

»Bestehen Sie auf einem Telefonat mit Jonas«, sagte Harry Krüger. Susanne Breugel und er wechselten sich inzwischen im Hause Beckmann ab. Dr. Oppermann war zu Hause erreichbar, denn es brachte nichts, wenn sie alle hier warteten.

»Aber versuchen Sie, noch ein paar Mails auszutauschen. Fragen Sie nach Lieblingstieren, versuchen Sie zu verhandeln.«

Wir möchten mit Jonas am Telefon sprechen.

»Haben Sie ihn orten können?«, fragte Klaus Beckmann. »Haben Sie feststellen können, woher die Mail geschickt wurde?«

Sie hatten eine Standleitung in das Rechenzentrum des Landeskriminalamtes gelegt, die Elektronik war zu aufwändig für die Wohnung. Beckmann hatte Hohenstein und die anderen Beamten nie gesehen. Sie blieben im Hintergrund, bildeten ein unsichtbares Team, aber Susanne und Harry Krüger hatten ihm versichert, es seien die besten, und er hatte keine Veranlassung, daran zu zweifeln.

In Filmen hatte man es schon gesehen: Auf großen Schautafeln huschten die Verbindungen über die ganze Welt, über Stationen, getarnt, ungetarnt, flüchtig, kaum zu greifen.

»Finnland«, sagte Hohenstein im Rechenzentrum. »Wir haben ihn bis nach Finnland verfolgen können. Wir kriegen ihn, aber wir brauchen noch ein paar Versuche.«

Ohne ein Telefonat mit Jonas verhandeln wir nicht weiter.

Die Mail erhielt ein Häkchen und verschwand vom Bildschirm.

Haben Sie das Geld?

Noch nicht, tippte Klaus Beckmann in den Computer.

»London«, stellte Hohenstein im Rechenzentrum fest. »Der nächste Server ist in London. Und dann eine Leitung über Düsseldorf.«

Wir brauchen ein Lebenszeichen. Teilen Sie uns mit, wovon Jonas während seines Urlaubs an der Ostsee schlecht geworden ist. Was ist sein Lieblingstier?

»Zweimal noch«, erklärte Hohenstein. »Noch zweimal, dann haben wir ihn. Vielleicht«, fügte er nach einer Weile hinzu. »Wenn sie nicht ganz große Cracks sind, haben wir sie.«

Die Mail verschwand, kaum dass sie geschrieben war.

Der Bildschirm leuchtete, ein blauer Streifen oben, eine Statusleiste. Warten auf einen Glockenschlag.

Erdbeereis. Eine Stoffkatze namens Kati. Gruß von Jonas. Es geht ihm gut. Wir melden uns morgen mit einem Telefonat. Sie werden mit Jonas sprechen können.

»Estland«, sagte Hohenstein. »Der letzte Server stand in Estland. In Reval.«

»Und?«, fragte Susanne Breugel. »Was hat es gebracht? Was wissen wir nun mehr?«

Hohenstein zuckte die Schultern.

»Dass er vorsichtig ist, dass er die Spielregeln kennt, dass er das Risiko kennt, dass er ein Profi ist.«

»Hat er etwas mit Estland zu tun?«

»Hat er etwas mit London zu tun? Mit Helsinki? Mit Düsseldorf?«, fragte Hohenstein zurück. »Das Einzige, was ich mit Sicherheit sagen kann, ist, dass er dort einen Rechner benutzt hat. Mehr nicht. Solange die Verbindung besteht, kann ich sie verfolgen. Aber wenn sie unterbrochen ist ...«

»... geht es doch auch«, beharrte Susanne. »Diese Hacker kriegt man, oder nicht? Solche Anrufe lassen sich doch zurückverfolgen. Es gibt Spuren.«

»Manchmal«, erwiderte Hohenstein. »Manchmal. Aber Genaueres finden wir erst in ein paar Stunden oder Tagen heraus.«

»Wenigstens lebt Jonas«, meinte Ulrike etliche Kilometer entfernt, »wenigstens das. Und morgen werden wir mit ihm reden können.«

»Es ist ein Profi«, erläuterte Hohenstein am nächsten Tag dem Einsatzstab. »Es ist ein Profi, der sich glänzend getarnt hat. Die Verbindung lief über acht Stationen, aber wir konnten den Weg trotzdem zurückverfolgen. Der Ausgangspunkt war Hannover.«

Er machte eine effektvolle Pause, die Pause des Fachmanns vor einer entscheidenden Enthüllung.

Susanne Breugel kannte sie schon, aber sie hörte aufmerksam zu.

»Die E-Mail wurde vom Anschluss der Niedersächsischen Hypotheken- und Wechselbank abgerufen. Dort verloren wir den Kontakt. Der Firewall dieses Servers zerstörte zuverlässig alle Spuren. Unwiderruflich.«

»Warum gerade diese Station?«, fragte Susanne nach.

»Ich weiß es nicht«, versetzte Hohenstein. »Ich tappe im Dunkeln. Alle anderen Server waren mehr oder weniger frei zugänglich. Dieser ist bei einer Bank und besonders geschützt. Warum er den genommen hat – keine Ahnung. Vielleicht, weil er die Sicherheitsmechanismen der Bank nutzen wollte. Möglich wäre es. Aber gerade die Tatsache, dass er in der Lage war, die Sicherheitsbarrieren einer Bank zu durchbrechen und für sich einzusetzen, ist ein weiteres klares Indiz dafür, dass wir es mit einem Experten zu tun haben. Dennoch sollten wir uns die Sicherheitsanlagen der Bank anschauen, falls wir dort weitere Hinweise bekommen können. Dies war allerdings gestern Abend nicht mehr möglich.«

»Ich sollte etwas zum Profil des Täters sagen«, mischte sich Dr. Oppermann ein. »Ich habe mir die Korrespondenz gestern mehrfach angeschaut. Das Material ist natürlich noch ein bisschen mager, die Grundlage bisher wenig tragfest ...«

»Wissen wir«, warf Susanne ungeduldig ein. »Es erwartet ja auch keiner die Adresse des Täters.«

Mit Experten war es immer das Gleiche. Alle Antworten wurden mit so vielen Vorbehalten versehen, dass sie kaum noch aussagekräftig waren.

Dr. Oppermann war jedoch nicht aus der Ruhe zu bringen.

»Materialbasis, wie gesagt, sehr dünn«, wiederholte er. »Dennoch fällt der höfliche Ton auf, die gewählte Wortwahl. All das ist der Hochsprache zuzuordnen. Gehen Sie davon aus, dass es sich bei dem Täter um einen Mann oder eine Frau mit guter Schulbildung handelt, der oder die gute Umgangsformen besitzt und dieses auch nicht zu verbergen sucht.«

Darauf wäre ich zur Not auch selbst gekommen, dachte Susanne.

»Ich möchte allerdings noch etwas hinzufügen. Dies allerdings auch nur ...«

... mit vorsichtigem Vorbehalt, ergänzte Susanne im Stillen.

»... als erste Vermutung. Der Täter scheint ein Profi zu sein. Er beherrscht Computer und kann, wie Herr Hohenstein gerade dargelegt hat, virtuos damit umgehen. Solche Menschen neigen dazu, andere zu unterschätzen. Sie sind von ihren eigenen Fähigkeiten so sehr überzeugt, dass sie die anderen für weniger kompetent, für dilettantisch und dümmer halten, als sie tatsächlich sind. Dieses braucht nicht dazu zu führen, dass sie alle Vorsichtsmaßnahmen außer Acht lassen, aber es kann dazu führen, dass sie nachlässig werden, und sei es auch nur deswegen, weil sie in einem trügerischen Gefühl der Überlegenheit den anderen zeigen wollen, wie schlecht sie sind. Das ist ihre Achillesferse. Der wunde Punkt.«

Das hat etwas für sich, ging es Susanne durch den

Kopf. Sie hatte mehrfach erlebt, dass gerade intelligente Menschen andere nicht für voll nahmen. Vor allem die Polizei wurde häufig sträflich unterschätzt. Was viele Täter nicht verstanden, war, dass es häufig nicht auf Intelligenz ankam, sondern dass viele systematisch zusammengetragene Einzelergebnisse, die Routine der Beamten und die sorgfältige, engmaschige Ermittlungsarbeit ein Netz bildeten, in dem sich die meisten Fische doch verfingen.

»Das sind für meinen Geschmack reichlich viele Zufälle und Widersprüche«, bemerkte Harry Krüger.

»Der Täter offensichtlich ein Computerexperte, das Ziel der Sohn eines Firmeninhabers, der eine Computerfirma besitzt, eine Firma in momentanen Schwierigkeiten. Das zweite Entführungsopfer, ein Mädchen, ebenfalls aus reichem Hause, wird unverletzt und unbehelligt abgesetzt. Die Täter sind keine Sadisten. Sie sind nicht dumm, und sie wollen Geld, so viel, dass es die Firma ruinieren kann, obwohl sie mit dem Geld nichts anfangen können. Für all das müssen wir eine Erklärung finden. Und gehen wir davon aus, dass diese Erklärung in erster Linie nicht mit dem Kind oder dem Geld, sondern mit der SecuCom zu tun hat. Das ist meine Meinung.«

»Ist es denn überhaupt möglich, einfach in den Rechner einer Bank einzudringen?«, fragte Obermüller. »So, als öffnete man ein Garagentor? Ich führe seit Jahren mein Konto per Internet, aber ...«

»Dann sind Sie recht leichtsinnig«, kommentierte Hohenstein, fügte dann aber sachlicher hinzu: »Natürlich ist es technisch möglich. In fast allen Programmen sind Einfallspforten offen gehalten worden. Dem Vernehmen nach kann mithilfe eines Codes in jedes

Windows-Programm von außen hineingeschaut werden. Es soll Zugriffsmöglichkeiten geben, die vom US-Geheimdienst direkt gefordert wurden. Bewiesen ist das alles nicht, aber ich halte es für sehr wahrscheinlich.«

»Das sind doch Räuberpistolen«, brummte Obermüller. Aber es klang nicht so ganz überzeugt.

»Cui bono?«, fragte Susanne. »Wem nützt es? Wo ist das Motiv?«

»Die Firma ist einiges wert«, antwortete Hohenstein. »Und sie stört.«

»Nicht schon wieder der amerikanische Geheimdienst«, stöhnte Obermüller.

»Wir haben eine Entführung, und bisher sind die CIA oder die NSA hier noch nicht tätig geworden. Bitte konzentrieren wir uns auf das Nächstliegende.«

»Geht das überhaupt?«, fragte Susanne Hohenstein etwas später. Nur Hohenstein, Krüger, Obermüller und sie waren noch da.

»Hacker spazieren in Rechner hinein, als ob das nichts wäre. Keine Passwörter, keine Abfragen. Ich bin nicht naiv, ich kann mir vorstellen, dass alle Sicherheitsmaßnahmen umgangen werden können, aber so schnell? So zielsicher?«

Hohenstein schaute sie nur an.

Auf gut Glück schaltete er einen Rechner an.

Noch bevor dieser hochfuhr, erschien auf dem Bildschirm ein blassweißes Fenster.

ENTER PASSWORD

»Bitte«, sagte er. »Wir haben Glück. Dieser Kollege hat seinen Rechner schon auf der BIOS-Ebene gesichert. Vielleicht um seine Computerspiele zu verbergen. Versuch mal hineinzukommen.«

»Ich kenne doch das Passwort nicht«, protestierte Susanne verärgert. »Was soll der Quatsch?«

»Los«, drängte Hohenstein. »Probier es einfach mal.«

Unschlüssig tippte Susanne ein paar Tasten.

WRONG PASSWORD.

»Siehst du?«, meinte sie.

Mit der Sicherheit eines Experten setzte sich Hohenstein an die Tastatur.

»Wollen wir wetten?«, erwiderte er.

Alle blickten ihn gespannt an.

Er tippte etwas ein, dann fuhr der Rechner ungehindert hoch.

»Du hast gemogelt«, vermutete Krüger. »Das ist der Rechner von Waldhagen. Du kennst das Passwort.«

»Ändere es«, versetzte Hohenstein und drehte sich um.

Harry Krüger genoss es sichtbar, etwas so Schwieriges wie die Änderung eines Passwortes auf der BIOS-Ebene ohne Zögern durchführen zu können. »Du kannst schauen«, sagte er nach einer Weile.

Abermals setzte sich Hohenstein an den Rechner, tippte ein paar Tasten, und erneut fuhr der Computer ungehindert hoch.

»Das ist ein Trick«, rief Susanne.

»Richtig«, stimmte Hohenstein zu. »Es ist ein Masterpassword. Ein Passwort, das immer gilt. Immer. In jedem Fall. Ich kenne dieses Wort, und deswegen ist dieser Schutz zu umgehen. Ganz einfach. Ihr könnt tun und lassen, was ihr wollt, dieses Tor ist immer offen. Stellt euch eine Ritterburg vor – eine Ritterburg mit mächtigen Mauern, hohen Türmen und wehrhaften

Zinnen. Vielleicht noch auf einem hohen Berg. Sie ist uneinnehmbar. Und irgendwo, im Gebüsch, in einer Felsspalte, am Ufer eines Baches: ein Geheimgang, über den jeder Kundige in die Burg kommt. So ist das mit Programmen auch: Wenn sie einen Geheimgang haben, kommt man immer hinein. Das ist es, was ich vorhin gemeint habe. Fast alle großen Programme haben geheime Zugriffsmöglichkeiten, mit denen man den größten Teil der Sperren umgehen kann. Ich bin ziemlich sicher, dass der Täter einen Geheimgang in den Bankrechner kannte. Einen Short Cut. Und möglicherweise hat er ihn selbst programmiert.«

»Wer hat das Sicherheitssystem der Bank geliefert?«, fragte Krüger.

»Ich weiß es nicht«, gab Hohenstein zu, »aber ich wette, dass unser Mann sehr genau Bescheid wusste.«

»Ich werde nachher Beckmann noch einen Besuch abstatten«, entschied Susanne Breugel. »Und ich möchte dich dabeihaben.«

Es war erstaunlich, wie der Mann sich hielt. Klaus Beckmann war tadellos gekleidet. Wenn er nachts nicht geschlafen hatte, dann sah man es ihm nicht an. Er wirkte gefasst, und nur wenn man sehr genau hinsah, bemerkte man Anzeichen von Unsicherheit. Das leichte Zusammenzucken beim Klang eines Telefons, winzige Phasen der Unaufmerksamkeit. Das Büro sorgfältig eingerichtet, ein kühler High-Tech-Eindruck, aber trotzdem noch wohnlich.

»Können Sie arbeiten?«, fragte Susanne auf einmal direkt.

Für einen Moment schaute Klaus Beckmann sie nur

irritiert an. »Ich muss«, erwiderte er. »Es ist hier vieles liegen geblieben, außerdem lenkt es ab. Was soll ich sonst tun? Zu Hause warten?«

Der Kaffee wurde serviert. Susanne fiel die gepflegte Erscheinung der Sekretärin auf, eine noble, zurückhaltende Eleganz. In dieser Firma passte alles zusammen.

»Ich möchte mehr über Ihre Firma wissen«, sagte Susanne. »Wir tappen bei der Entführung im Dunkeln, wir warten darauf, dass die Entführer aktiv werden. Heute Nachmittag wollen sie anrufen; dann werden Sie mit Jonas sprechen können. Natürlich werden wir Fangschaltungen installieren, klar, aber ich bin mir sicher, dass wir Schwierigkeiten haben werden, den Täter zu fassen. Und alle Spuren führen in das Computermilieu. Deswegen bitte ich Sie, mir etwas über Ihre Firma zu erzählen.«

Beckmann schien zu überlegen. Kein Geschäftsmann plauderte gern Betriebsgeheimnisse aus. Vor allem nicht dann, wenn es schwierig wurde.

»Sie haben den Weg der E-Mails zurückverfolgen können?«, erkundigte er sich, ohne auf ihre Frage direkt einzugehen.

»Es waren viele Stationen«, sagte sie. »London, Riga, Düsseldorf, zum Schluss auch Hannover. Niedersächsische Hypotheken- und Wechselbank. Dann verloren wir die Spur.«

»Die Niedersächsische Hypo ...«, murmelte Beckmann nachdenklich.

»Sie kennen die Bank?«

Klaus Beckmann nickte langsam. »Sie ist einer unserer ältesten Kunden. Von den größeren sogar der älteste. Vor fünf Jahren haben wir ihr den ersten Firewall geliefert. Sie ist ein treuer Kunde.«

»Dann ist Ihr Sicherheitssystem fünf Jahre alt?«, hakte Susanne nach.

»Natürlich nicht«, erklärte Beckmann. »Was ist in unserer Branche schon fünf Jahre alt? Fünf Jahre sind eine Ewigkeit. Natürlich ist das Sicherungssystem immer wieder verbessert worden. Ich halte unser System für das beste der Welt, wenn Sie so wollen. Doch bei technischen Aspekten bin ich überfordert, das sagte ich Ihnen bereits. Sprechen Sie am besten mit Müller-Warden, er ist Leiter der Forschungs- und Entwicklungsabteilung, Gründungsmitglied der Firma und sogar Teilhaber.«

Und er hielt fünf Prozent des Aktienkapitals. Es war gut, dass sie sich vorher informiert hatte.

»Ich möchte meinen Sohn wiederhaben«, begehrte Beckmann unvermittelt auf. »Ich möchte, dass er wieder da ist, dass alles so ist wie früher. Ist das naiv? Ich glaube immer noch nicht daran, dass Jonas' Entführung etwas mit unserer Firma zu tun hat. Geschäftsleute entführen niemanden, wir sind auf einer falschen Fährte. Und ich habe das Gefühl, dass uns die Zeit wegläuft. Heute Nachmittag wollen wir mit Jonas sprechen. Und am Ende diese Gespräches wird stehen, dass er noch lebt und dass wir keinen Ausweg wissen. Wenn Geld ihn retten könnte, würde ich zahlen. Aber ich bin mir nicht sicher. Ich glaube nicht daran ...«

Er beugte den Kopf vor und schaute Susanne fest an, aber als sie ihn betrachtete, seine festen Gesichtszüge, das harmonische Männergesicht, das entschlossen, doch nicht unbeugsam wirkte, die strahlend blauen Augen, erkannte sie auf einmal, dass er eine Maske trug, dass die vermeintliche Härte wie eine dünne Schminke war und dass er am liebsten die Hände vors Gesicht geschlagen und geweint hätte, wie es seine Frau Ulrike tat. Oder sollte sie sich täuschen?

»Wollen Sie uns etwas über die Schwierigkeiten Ihrer Firma erzählen?«, fragte Susanne sanft.

Seine Augen signalisierten auf einmal tiefe Gleichgültigkeit, als wäre für ihn alles ohne Bedeutung.

»Es gibt nichts«, antwortete er. »Nur, dass wir einen Hacker im System haben, den wir nicht orten können. Er dringt in unsere E-Mail-Accounts ein, bestellt für sechzigtausend Mark Kaviar, fälscht elektronische Unterschriften, hat sogar bei der Niedersächsischen Hypo ein Virus eingeschleust ...«

»Ein Virus?«, hakte Hohenstein nach.

»*Wasser in Laufwerk B.* Sie kennen doch dieses uralte Ding ... Es ist alles eher grober Unfug, mehr nicht, vielleicht geschäftsschädigend ...«

Einen Bezug zur Entführung sehe ich auch nicht, ging es Susanne durch den Kopf. Doch vielleicht war sie auch nur zu fantasielos.

»Ich möchte Müller-Warden sprechen«, meinte sie. »Geht das?«

»Natürlich geht das«, erwiderte Beckmann müde. »Aber von der Entführung weiß er nichts. Falls Sie ihn dazu befragen wollen, möchte ich es ihm zunächst selbst mitteilen. Wir sind immerhin nicht nur Geschäftspartner ...«

»Ist in Ordnung«, erwiderte Susanne.

Müller-Warden war im Haus, aber sein Telefon war nicht besetzt, und Frau Kleinhäuser, die elegante Sekretärin, ließ ihn ausrufen. Es dauerte einige Minuten.

Müller-Warden war eher nachlässig gekleidet. Er trug Jeans, die ausgebeult und an den Rändern ausgefranst waren, die Haare raspelkurz. Er war fast einsneunzig groß, wie Susanne sofort registrierte. Weil er sehr hoch gewachsen war, fiel auch auf den ersten Blick nicht auf, dass er untrainiert wirkte und mehr als nur den Ansatz eines Bauches vor sich herschob. Während Beckmanns Züge einen Anflug von Härte verrieten, waren Müller-Wardens Gesichtszüge eher weich, die Augen fischig. Sie hatte sich den Mitinhaber einer erfolgreichen Firma anders vorgestellt.

»Du wolltest mich sprechen?«, fragte er Klaus Beckmann. Während er ihn anredete, ließ er seinen Blick durch den Raum gleiten und musterte sie rasch. Susanne fühlte sich unwohl. Für einen Moment hatte sie den Eindruck, dass sie alle in dem winzigen Bruchteil einer Sekunde durchgecheckt wurden. Analysiert. Eingeordnet.

»Jonas ist entführt worden«, erklärte Klaus Beckmann knapp und seltsam teilnahmslos. »Vor fünf Tagen ist Jonas entführt worden, und einige Spuren deuten auf unsere Firma. Ich wollte erst nichts sagen, aber jetzt wünschen die Damen und Herren von der Kriminalpolizei, einige leitende Angestellte zu sprechen, darunter auch dich. Vielleicht kannst du ihnen weiterhelfen.«

»Mein Gott«, flüsterte Müller-Warden. »Das ist ja entsetzlich. Klaus, warum hast du denn nichts erzählt?«

Er schien ehrlich betroffen zu sein, ignorierte die anwesenden Beamten und machte einen Schritt auf Klaus Beckmann zu.

»Kann ich dir irgendwie helfen?«, fragte er.

Beckmann schüttelte nur stumm den Kopf, dann verließ er abrupt den Raum.

»Entschuldigen Sie mich bitte«, murmelte er nur.

»Sie brauchen eine Auskunft?«, erkundigte sich Müller-Warden.

»In Ihrer Firma treibt ein Hacker sein Unwesen, das nimmt Herr Beckmann jedenfalls an«, begann Susanne. »Können Sie uns etwas Näheres dazu mitteilen?«

Müller-Warden schaute sie an. Für einen Moment wirkte sein Blick nicht fischig, sondern klar, und in seine Haltung kam eine Festigkeit, die Susanne erst gar nicht bemerkt hatte.

»Ich glaube, es gibt keinen Hacker«, antwortete Müller-Warden. »Unser System bietet einen fast lückenlosen Schutz. Es verfügt über einen äußerst komplizierten Verschlüsselungsalgorithmus und zeichnet darüber hinaus alle Vorgänge auf. Jeder Eingriff und jeder Zugriff auf das System werden protokolliert. Selbst eine Änderung des Protokolls würde vermerkt. Sowohl ich als auch mein Stellvertreter haben viele Stunden lang dem Problem nachgespürt. Wir haben keinen Hinweis auf eine Manipulation gefunden. Gar keinen. Gehen Sie davon aus, dass unser System sicher ist.«

»Aber es hat sich doch jemand an Ihrem System zu schaffen gemacht?«, wandte Krüger ein.

»Möglich«, versetzte Müller-Warden. »Aber das kann auch von innen geschehen. Zu diesen Räumen haben viele Menschen Zutritt. Man kann Türen öffnen, Nachschlüssel anfertigen, und man kann auch in Herrn Beckmanns Rechner eindringen. Das Passwort war leicht zu erraten. Er hatte kein fantasievolles verwendet: Jonas. Der Name seines Sohnes. Gehen Sie davon aus, dass alles, aber auch alles, was an Unregelmäßigkeiten vorgekommen ist, auch eine ganz andere Erklärung haben kann.«

»Auch die Vorgänge in der Niedersächsischen Hypo?«

»Ach, Sie meinen dieses Virus? *Wasser in Laufwerk B*

und die Klospülung? Jeder x-beliebige Angestellte kann eine Diskette mit diesem Virus in das System schleusen. Wir haben den Fall untersucht, es gibt keinen Hinweis auf einen Zugriff von außen.«

»Der Entführer kommuniziert über E-Mail mit uns«, fügte Susanne hinzu. »Und er hat den Server der Niedersächsischen Hypo verwendet. Dort verliert sich die Spur. Bisher.«

War es klug gewesen, das zu sagen?

Für einen Moment wirkte auch Müller-Warden verblüfft.

»Und das System hat nichts protokolliert?«, fragte er.

»Wir arbeiten daran«, erwiderte Susanne. »Aber es dauert.«

»Ein Zugriff muss protokolliert worden sein«, wiederholte Müller-Warden. »Dieses Protokoll kann nicht gelöscht werden, ohne dass Spuren hinterlassen werden. Sollen wir Ihnen unsere Hilfe anbieten?«

»Ich glaube, das wäre hilfreich.«

Sie wollte noch etwas hinzufügen, aber Müller-Warden kam ihr zuvor.

»Was immer Sie denken, was immer Ihnen über geheime Zugriffsmöglichkeiten und Hackertricks erzählt worden ist – vergessen Sie es. Unser Programm ist sicher. Und im Interesse unserer Kunden – wir verkaufen schließlich Sicherheit – haben wir auch keine geheimen Einfallstore und Schleichwege eingebaut. Das überlassen wir lieber den Amerikanern. Ich bin der Chef-Entwickler dieses Programms. Einen solchen Zugang gibt es nicht.«

»Sie haben das Programm selbst entwickelt?«

»Natürlich nicht jeden einzelnen Programmschritt«, entgegnete Müller-Warden, »aber die grundlegenden

Algorithmen schon. Deswegen weiß ich auch, wovon ich rede.«

»Ich dachte, Peter Beckmann sei der Erfinder dieses Programms gewesen?«, setzte Susanne nach.

Wenn Müller-Warden überrascht war, dann zeigte er es nicht.

»Peter Beckmann ist seit viereinhalb Jahren tot«, erwiderte er. »Und viereinhalb Jahre sind in unserer Branche eine Ewigkeit. Es stimmt, dass Peter dieses Programm entwickelt hat. Aber ... fünf Jahre sind fünf Jahre«, fügte er dann hinzu.

»Haben Sie den Algorithmus verändert?«, fragte Hohenstein auf einmal. »Den Kernel?« Müller-Warden wirkte überrascht und wandte sich an Hohenstein.

»Nein«, meinte er zögernd. »Der Algorithmus ist derselbe. Aber wenn Sie sich mit Programmierungen auskennen, wissen Sie ja, dass wir Programme weiterentwickeln und nicht gänzlich neu schreiben. Schon aus Kompatibilitätsgründen. Die Kunden wollen ja nicht bei jeder Programmänderung alle Daten wegwerfen.«

»Haben viele Programmierer daran gearbeitet?«, erkundigte sich Susanne. »Immerhin sind es doch recht komplizierte und aufwändige Programme.«

»Wir beschäftigen im Augenblick zweiunddreißig Mitarbeiter in der Forschungsabteilung«, sagte Müller-Warden. »Davon sind die meisten für die Entwicklung von Spezialprogrammen zuständig. Den großen Überblick haben eigentlich nur mein Stellvertreter Langenscheidt und ich. Außer uns vielleicht zwei, drei andere.«

»Gibt es noch Männer der ersten Stunde?«

»Nein«, erklärte Müller-Warden. »Ich bin der Einzige.«

Nach einer Weile fuhr er fort: »Wir waren damals ein Team von vier Mann, Peter hatte die großen Ideen, er war ein absolutes Genie. Und die anderen? Walter Meyer ist seit dreieinhalb Jahren in den Staaten, irgendwo in Kalifornien, und Horst Grabbe, den müssen Sie im Krankenhaus besuchen. Er steht zwar noch auf unserer Gehaltsliste, aber er wird nicht mehr wiederkommen. Er liegt hier in Hannover in der Medizinischen Hochschule. Krebs. Die Ärzte geben ihm noch ein halbes Jahr. Maximal.«

Müller-Warden ging darüber hinweg, als wollte er sich mit dem Thema nicht weiter aufhalten.

Susanne registrierte es. Entweder war es ihm egal, oder es betraf ihn zu direkt.

»Wie standen Sie zu Peter Beckmann?«, fragte sie auf einmal.

»Wie stand ich zu Peter?«, wiederholte Müller-Warden. »Merkwürdig, Sie bearbeiten eine Entführung und fragen nach jemandem, der seit vielen Jahren tot ist.« Er schwieg einen Moment, dann meinte er: »Ich war mit Peter befreundet, wenn Sie so wollen. Wenn vier Männer zusammenarbeiten, dann entwickelt sich eine Freundschaft. Ist immer so. Die Nächte, die man zusammen am Rechner verbringt, der Alkohol, na ja, das Übliche. Aber vielleicht habe ich auch nur um seine Freundschaft geworben beziehungsweise gebuhlt. – Kann man das sagen? Befreundet war Peter mit Horst Grabbe. Den hat er gemocht. Ich meine, wirklich gemocht.«

»Und Klaus Beckmann?«

»Sie waren eben Brüder. Ich glaube, sie waren auch gut befreundet, was bei Brüdern nicht selbstverständlich ist. Immerhin haben sie zusammen die Firma gegründet. Natürlich mit Ulrike. Die hatte ja das meiste Geld. Von zu Hause.«

»Warum sind Sie nicht Gründungsmitglied der Firma gewesen. Oder Horst Grabbe oder Walter Meyer?«

Für einen Moment wirkte Müller-Warden nachdenklich.

»Ich weiß es nicht«, sagte er schließlich. »Vielleicht waren wir nicht gut genug. Peter war der Beste. Und dann kam lange Zeit gar nichts. Es war nicht so wie bei Hewlett und Packard. Peter *war* das Unternehmen, er allein. Horst ist nett, und die beiden mochten sich, Walter war auch ganz gut, und ich, nun, ich kenne auch meine Grenzen. Das war so, als spielte Bundesliga mit Regionalliga zusammen. Und wir alle hatten das Gefühl, dass mit dieser Sache viel Geld zu holen war, sehr viel Geld. Und wir waren nicht mehr so naiv, wie es die Leute in den Siebzigern und Achtzigern waren, die von ihrem Erfolg überrascht wurden. Aber Peter, so weltfremd er manchmal auch war, wollte nichts aus der Hand geben. Vielleicht wollte er auch einfach der Boss sein, das wollte er immer. Klaus war der Einzige, der Business-Erfahrung mitbrachte, und Ulrike, seine angebetete Schönheit, die brachte das Geld. Deswegen waren auch nur die drei Grüdungsmitglieder.«

Auf einmal klang Müller-Warden bitter.

»Sie sind dann aber noch Teilhaber geworden?«

»Nach Peters Tod. Da standen wir ohne das große Genie da – wir, die Handwerker. Wir hatten keinen Beckenbauer mehr, keinen großen Star – wie gesagt, wir waren gut, aber nicht so gut. Doch die Firma brauchte uns. Und da bot mir Klaus Beckmann fünf Prozent. Für mich viel Geld.«

»Und was war mit Horst Grabbe und Walter Meyer?«

»Nichts«, antwortete Müller-Warden. »Sie verdienten bei uns gut, sehr gut, aber der Sprung in die Chefetage, der blieb ihnen verwehrt. Walter ist schließlich nach Amerika gegangen, und für Horst spielt es keine Rolle mehr. Ich besuche ihn manchmal noch ...«

»Eine Frage«, meinte Susanne. »Wie ist Peter Beckmann eigentlich gestorben?«

»Er ist ertrunken«, sagte Müller-Warden. »Im Sommer vor viereinhalb Jahren.«

»Beim Schwimmen?«

»Nein, die drei haben einen Segeltörn mit seiner Yacht gemacht. Peter hatte eine Yacht an der Ostsee. Zu dritt unternahmen sie einen Törn, sie kamen in einen Sturm, da ist Peter über Bord gespült worden. Die Leiche hat man erst Wochen später in Schweden gefunden. Fast nicht mehr zu identifizieren. Ulrike Beckmann und Klaus sind extra dafür nach Stockholm geflogen. Es war für alle schlimm.«

Ein merkwürdiger Tod.

»Haben Sie noch weitere Fragen?«, wollte Müller-Warden nach einer Weile wissen.

»Vielleicht helfen Sie uns bei der Auswertung der Daten der Niedersächsischen Hypo«, bat Hohenstein.

Müller-Warden nickte.

»Ein Letztes«, bat Susanne. »Wo waren Sie vor vier Tagen?«

»Geht es um das Alibi?«, fragte Müller-Warden zurück. »Sie erkundigen sich nach meinem Alibi? Bin ich verdächtig? Nun, ich habe keines. Ich war krank, hatte diese ziemlich schlimme Grippe, die im Moment alle erwischt. Ich war zu Hause. Und wenn Sie nach Zeugen fragen, so muss ich Sie enttäuschen. Ich lebe allein. Zeugen gibt es keine.«

Das Klingeln ließ Ulrike Beckmann zusammenfahren. Es war kurz nach zwölf. Noch keinesfalls Nachmittag, aber sollte etwa doch ...?

Sie eilte ans Telefon.

»Sie können jetzt mit Ihrem Sohn sprechen«, hörte sie eine Männerstimme mit hartem Akzent.

Eine Zeit lang war es still. Dann plötzlich ...

»Mama, Mama ...«

Für einen Augenblick blieb ihr Herz stehen. Jonas.

»Jonas«, sagte sie leise. »Jonas, bist du das?«

»Mama«, hörte sie nur am anderen Ende der Leitung.

»Mama, ich möchte nach Hause ...«

»Behandeln sie dich gut?«

»Ich will nach Hause ...«

Dann folgte nur noch ein leises Schluchzen.

Sie hatte wie die meisten Mütter das Weinen ihres Kindes stets als herzzerreißend empfunden. Aber früher war es nur um ein Fläschchen Milch, später um ein Stofftier, das gerade außer Reichweite war, oder allenfalls um eine kleine Schürfwunde gegangen. Vielleicht noch um Halsschmerzen. Nie um mehr. Nun aber verdichtete sich in dem leisen Schluchzen am Ende der Leitung die ganze Angst eines Kindes, seine Hilflosigkeit und Verletzlichkeit.

»Ich bin bei dir«, versicherte sie. »Ich denke an dich. Ganz fest.«

Dann wurde das Weinen leiser, die Stimme eines Mannes erklang: »Sie hören heute noch im Laufe des Tages von uns. Halten Sie das Geld bereit.«

»Wir haben eine erste Spur«, erklärte der Beamte der

Spurensicherung. Es war Hauptkommissar Eberspächer, mit dem Susanne Breugel bereits häufiger zusammengearbeitet hatte. Der Ford Transit stand ausgeschlachtet in der Halle.

»Es handelt sich definitiv um das Fluchtfahrzeug.«

»Du bist sicher?«, hakte Susanne nach. Die Frage war eigentlich überflüssig, denn sie wusste, wenn Eberspächer ›definitiv‹ sagte, dann meinte er auch ›definitiv‹.

»Wir haben Haarreste auf den Sitzen gefunden. Eines der Haare stammt mit Sicherheit von Julia Richter. Die Textilspuren könnten von Jonas' Jacke stammen. Das ist nicht hundertprozentig sicher, sie waren stark verschmutzt, aber doch recht wahrscheinlich. Unten auf dem Fußboden lag noch etwas Erde, die genau zu der aus dem Wäldchen passt, in dem die beiden entführt worden sind.«

»Gibt es weitere Hinweise?«

Eberspächer machte eine abwehrende Handbewegung. »Alles andere ist wenig gesichert: zunächst Fingerabdrücke, die meisten wurden entfernt. Der Wagen war sauber gemacht. Nur vorn beim Öleinfüllstutzen des Motors ein dicker Abdruck. Könnte natürlich auch vom Tankwart stammen.«

»Ist er in der Kartei?«

»In unserer nicht. Wir haben auch bei Interpol angefragt, aber noch keine Antwort erhalten. Es wäre auch Zufall.«

»Können wir feststellen, woher der Wagen kommt?«

»Die Fahrgestellnummer ist nicht entfernt worden. Er ist vor drei Wochen als gestohlen gemeldet worden. Von einem großen Gebrauchtwagenhandel in Buchholz.«

»Das ist bei Hamburg«, murmelte Susanne.

»Stimmt«, sagte Eberspächer. »Und möglicherweise haben hier unsere Täter einen Fehler gemacht. Der Händler hatte sich den Kilometerstand notiert. Als wir den Wagen fanden, hatte er gut dreihundert Kilometer mehr drauf. Dreihundert Kilometer, das ist nicht viel. Er musste von Hamburg nach Hannover fahren, das sind knapp hundertfünfzig Kilometer. Dann wurde er irgendwo abgestellt, zur Entführung benutzt, ins Versteck zurückgefahren und schließlich wieder in die Stadt. Die Entführer sind sehr wenig gefahren. Kaum, wenn du so willst. Der Tank ist übrigens noch fast voll. Es fehlen etwa siebzehn Liter. Das reicht ungefähr für hundertfünfzig Kilometer.«

»Ihr Versteck kann nicht weit entfernt sein«, meinte Susanne. »Gibt es weitere Hinweise?«

»Sand«, antwortete Eberspächer. »Vielleicht aus der Lüneburger Heide. Überall. Dieser feine Sand hängt an den ölverschmierten Vorderachsen, den Stoßfängern, praktisch überall.«

»Könnte ihr Versteck in der Heide liegen?«

»Könnte«, murmelte Eberspächer. »Natürlich kann auch der Vorbesitzer in der Heide herumgefahren sein. Alles möglich. Dieser Sand hält sich lange. Aber wir haben auch noch eine fast frische Kiefernnadel gefunden. Der Wagen hatte auf dem Hof des Händlers über ein halbes Jahr gestanden. Völlig ausgeschlossen, dass es eine alte Nadel ist. Irgendwo ist dieses Auto über einen Kiefernzweig gefahren, und eine der Nadeln hat sich in der hinteren Achse verfangen. Und das war vor wenigen Tagen, maximal zwei Wochen.«

»Ein Versteck in der Heide«, sagte Susanne Breugel.

Es war immerhin ein Ansatzpunkt.

In diesem Augenblick klingelte ihr Handy.

»Er hat angerufen«, berichtete Wollschläger, der Frau Beckmann zur Seite stand. »Er hat vor fünf Minuten angerufen.«

»Verfolgung der Spur?«

»Negativ«, meinte der Beamte in der Einsatzzentrale. »Ein Handy. Einmalkarte von e-plus. Standort: irgendwo am Hauptbahnhof oder maximal dreihundert Meter davon entfernt. Vermutlich eine Konferenzschaltung. Es ist unwahrscheinlich, dass sie das Kind bei sich hatten. Das ist alles.«

Das war zu erwarten, ging es Susanne durch den Kopf. Die Kerle waren schlau. »Haben Sie die Stimme des Entführers erkannt?«, fragte sie Ulrike Beckmann.

Sie schüttelte den Kopf.

»Nein, er klang irgendwie ausländisch«, antwortete sie. »Ich kenne keinen, der so spricht.«

»Und Sie?«

Auch Klaus Beckmann verneinte. Immer wieder und wieder war das Band abgespielt worden.

»Hören wir es uns noch einmal an!«, schlug Susanne vor.

»Besonders gebildet scheint er mir nicht zu sein«, meinte Harry Krüger schließlich, »auch wenn man den ausländischen Akzent abzieht. Was sagen die Spezialisten?«

»Jedenfalls kein Deutscher«, meinte Susanne, »ich habe das Band gleich überspielt, und die Kollegen vom LKA haben es sofort untersucht. Höchstwahrscheinlich jemand, dessen Muttersprache eine osteuropäische Sprache ist. Russisch möglicherweise. Bildungsstand vermutlich niedrig.«

»Kann man das so genau feststellen?«, wunderte sich Beckmann.

»Ich kann es nicht«, gab Susanne zu. »Aber Experten können das. Wir bilden im Deutschen manche Laute nicht und können sie von daher auch nicht überzeugend nachmachen.«

»Der Anrufer scheint ein Handlanger zu sein«, vermutete Harry Krüger. »Die Schmutzarbeit wird also von Handlangern erledigt. Ich glaube nicht, dass sie sich diesen Plan ausgedacht haben, und mit Computern werden sie sich wohl auch nicht auskennen. Ein gewähltes Deutsch, wie es unser Entführer schreibt, traue ich ihnen ebenfalls nicht zu.«

»Dann sind sie mindestens zu zweit. Aber das wussten wir bereits von Julias Erzählung. Wenigstens lebt Jonas«, fügte Susanne hinzu und blickte zu Ulrike Beckmann. »Wenigstens haben wir die Gewissheit, dass er lebt.«

Sie glaubte nicht, dass ihre Worte Ulrike Beckmann trösteten, sie schwieg und wirkte apathisch.

Sie waren online, und das Glockenzeichen zeigte an, dass sie eine neue Nachricht empfangen hatten.

Ich hoffe, Sie haben sich vom Wohlergehen Ihres Sohnes überzeugen können. Er lebt und ist wohlauf. Ich verweise noch einmal auf unseren Forderungsbetrag von 25 Millionen DM. Das Geld ist nicht lieferbar in Banknoten, sondern in der entsprechenden Menge ungeschliffener Rohdiamanten, zwischen ein und zwei Karat. Bitte versuchen Sie nicht, uns zu betrügen, wir werden die Steine sorgfältig prüfen. Die Steine sollen in vier kleinen Beuteln verpackt sein. Bitte lagern Sie die Diamanten in der Zwischenzeit in Ihrem Haus.

Als Termin für die Geldübergabe haben wir den 6. April vorgesehen.

Wenn alles glatt läuft, werden Sie Ihren Sohn am Abend des 6. April wieder zu Hause haben.

»Rohdiamanten«, sagte Harry Krüger verblüfft, »das ist also der Trick! Keine Euro-Umstellung und bequem wegzuschaffen. Eigentlich ganz einfach. Aber warum diese genauen Hinweise: vier Beutel, Lagerung im Haus?«

»Ich habe das Geld nicht«, beharrte Klaus Beckmann. »Und ich werde nicht zahlen.« Er sagte es mehr zu sich selbst.

Susanne warf einen Blick auf seine Frau. Ihre Gestalt hatte sich gestrafft. Auf einmal strahlte sie Energie aus. Jetzt kommt es zum Konflikt, dachte sie. Jetzt. Und sie wusste nicht einmal, wie sie ihn verhindern sollte.

»Du willst, dass sie Jonas ermorden?«, fragte Ulrike Beckmann ganz ruhig. Alles Zögerliche war von ihr abgefallen. »Du willst, dass sie ihn töten? Ist es das, was du sagen willst?«

»Das will ich nicht«, erwiderte Beckmann. »Das will ich weiß Gott nicht, aber wo sollen wir fünfundzwanzig Millionen Mark hernehmen? Kannst du mir das verraten? Und welche Sicherheit haben wir dafür? Welche?«

»Dir geht es nur ums Geld«, warf sie ihm kalt vor. »Es geht dir nur ums Geld. Das war schon immer so. Immer.«

Klaus Beckmann wollte etwas entgegnen, setzte an, doch Susanne kam ihm zuvor.

»Einen Augenblick«, bat sie. »Lassen Sie uns diese Frage ganz ruhig bereden. Ganz ruhig. Auch Sie, Frau Beckmann. Wir alle wünschen, dass Jonas wieder nach Hause kommt. Aber, bitte glauben Sie mir, es gehen weitaus mehr Entführungen ohne Lösegeld-Zahlung zu

Ende, als allgemein vermutet wird. Und in vielen Fällen nützt das Zahlen von Lösegeld nichts. Gar nichts. Das Lindbergh-Baby ist auch ermordet worden, obwohl die Eltern gezahlt haben. Und in unserem Fall ist die Forderung hoch, absurd hoch. Bitte bleiben Sie vernünftig. Es nützt keinem, wenn wir uns gegenseitig beschuldigen.«

»Das können Sie gut sagen«, erwiderte Ulrike Beckmann, »Sie sind ja auch nicht die Mutter. Und Jonas ist mein einziges Kind.«

»*Unser* einziges Kind«, fügte Klaus Beckmann hinzu, als wollte er wenigstens verbal den Schulterschluss mit seiner Frau nicht verlieren.

»Sie müssen verhandeln«, mischte sich Dr. Oppermann in das Gespräch ein. »Verhandeln Sie. Über Verhandlungen erfahren wir etwas über das Profil des Täters, wir haben die Chance, dass wir die Leitung zurückverfolgen können, und wir reden mit den Entführern. Verhandeln Sie, das ist mein Rat.«

Der Betrag von 25 Millionen ist unrealistisch und kann von uns nicht aufgebracht werden, tippte Klaus Beckmann.

Wir sind bereit, jeden realistischen Betrag zu zahlen. Wir sind bereit, die Polizei nicht einzuschalten und uns rasch zu einigen. Aber 25 Millionen haben wir nicht.

»Kann man das so schreiben?«, fragte er und blickte Dr. Oppermann an.

Dieser nickte.

Die Antwort kam postwendend.

Die Forderung von 25 Millionen ist nicht verhandelbar.

Legen Sie Wert darauf, in den nächsten Tagen einen Finger von Jonas in der Post zu finden?

»Schreib ihnen, dass ich zahle«, erklärte Ulrike auf einmal. »Ich verkaufe meine Aktien, ich verkaufe alles.

Schreib es. Ich werde zahlen. Wenn du es nicht willst, dann tue ich es.«

»Das ist doch hirnrissig«, schrie Klaus Beckmann. Er drehte sich wütend zu seiner Frau um. Die Anspannung der letzten Tage entlud sich in einem unkontrollierten Wutausbruch. »Du wirfst unser ganzes Geld weg, ohne dafür im Gegenzug auch nur die Spur einer Chance zu bekommen! So ist es doch!«

»Ich werfe nicht dein Geld weg, sondern nur meines«, erwiderte sie heftig. »Wenn du so sehr an deinem Geld klebst, kann ich dir auch nicht helfen.«

Sie zog die Tastatur zu sich herüber.

Wir zahlen, tippte sie in den Computer.

»Überlegen Sie es sich«, mahnte Susanne. »Überlegen Sie es sich. Sie machen einen Fehler.«

»Verhandeln Sie«, wiederholte Oppermann. »Aber zahlen Sie nicht. Jedenfalls nicht sofort.«

»Wollen Sie die Verantwortung dafür übernehmen? Soll ich zuschauen, wie Jonas uns stückweise per Post zugestellt wird? Ja? Wollen Sie das? Sie können gut raten! Für Sie ist es nur ein Fall – ein Fall, der gelöst werden muss, ein Täter, den man fassen kann. Mir geht es um ein Kind, *mein* Kind. Mein einziges.«

»Wir haben keine Garantie ...«

»Glauben Sie, die machen Spaß? Glauben Sie das wirklich?«

Dr. Oppermann schwieg.

»Ich möchte eine Antwort«, beharrte sie. »Ich möchte einfach eine Antwort: Glauben Sie, die machen Spaß?«

»Ich weiß es nicht«, gab Dr. Oppermann zu. »Spaß machen die sicherlich nicht. Und letztlich ist es Ihre Entscheidung. Die kann Ihnen keiner abnehmen.«

»Dann ist sie getroffen«, erklärte Ulrike und drückte auf die ENTER-Taste.

E-Mail versandt.

»Habt ihr ihn?«, fragte Susanne in ihr Handy.

»Es sind viele Server, viele Umleitungen, und die Nachrichten waren nur kurz«, antwortete Hohenstein aus dem Rechenzentrum. »Wir können nicht hexen.«

»Wie willst du das Geld aufbringen?«, wollte Klaus Beckmann wissen. Auf einmal war er ganz ruhig. Das war das Ende. Einen solchen Verkauf würde der Markt nicht verkraften. Komisch, vor wenigen Tagen noch hatte er sich im Licht des Erfolgs gesonnt; er hatte einen Firmensitz kaufen wollen. Und jetzt? Sein Lebenswerk war zerstört, kaum dass er es richtig aufgebaut hatte. Ein Neuanfang? Er war Kaufmann. Eine neue Computerfirma würde er nicht gründen können. Nein, wahrscheinlich sah so das Ende aus. Für einen Augenblick meinte Klaus zu erkennen, dass er Jonas tatsächlich für fünfundzwanzig Millionen geopfert hätte. Kinder waren ersetzbar, Geld nicht. War das seine Meinung? Oder dachte er wirr?

»Wie wollen wir das Geld aufbringen?«, fragte er nur.

Ulrike Beckmann saß mit krummem Rücken vor der Tastatur, der Körper seltsam kraftlos, als hätten sich alle Energie, alle Lebenskraft in diesem einzigen Ausbruch verbraucht.

»Ich werde morgen zur Bank gehen«, antwortete sie. »Verkaufen.«

Ein Zahlenwerk klickerte in Klaus Beckmanns Kopf, ein Räderwerk von Zahlen, Rechnungen, Bilanzen. Die antrainierte Routine seines Berufsleben machte sich bemerkbar. Schadensbegrenzung. Der Kurs hatte sich in den letzten Tagen leicht erholt, nicht gerade toll, aber wenn die ganze Sache diskret über die Bühne ging, konnte vielleicht der Verlust in Grenzen gehalten werden. Möglicherweise konnten die Täter auch vorher gefasst werden. Vielleicht gewährte die Bank doch noch einen Kredit. Obwohl ... schließlich ging es um fünfundzwanzig Millionen.

»Wie weit seid ihr?«, fragte Susanne.

»New York«, meinte Hohenstein resigniert. »Wir sind auf einem Rechner in New York. Und vorher waren wir in Sydney. Und was als Nächstes kommt, wissen wir nicht.«

Klaus Beckmann hörte nicht zu. Diskret müsste die Bank es abwickeln. Ganz im Stillen. Erst der Kredit, die Verpfändung der Wertpapiere, wahrscheinlich würde die Bank mitspielen. Und vielleicht fasste man das Schwein ja noch rechtzeitig. Wenn nicht, mussten sie die Aktien langsam, über Monate verteilt, in kleinen Stückzahlen verkaufen. Der Kurs würde nachgeben, aber nur wenig. Ja, so könnte es gehen. Diskret müsste es laufen. Ganz diskret.

Die Kaffeebecher standen noch von der Redaktionssitzung herum. Eine lästige Angewohnheit, denn normalerweise war das Büro aufgeräumt, die modernen, graublauen Redaktionstische waren vorzeigbar. Andererseits störte sich keiner an den Bechern, und Matthias Weber hatte in anderen Redaktionen schon Schlimmeres erlebt. Die Redaktion der Zeitung *Konkret* war in einem Bürogebäude aus den zwanziger Jahren untergebracht, das mit den dunklen, fast schwarzen Klinkern der hochmodernen Eingangshalle und der angrenzenden Galerie Eleganz und Nobilität vermittelte. Er war erst seit drei Wochen bei der Zeitung beschäftigt, hatte noch einen etwas unsicheren Vertrag, und deswegen hatte man ihm wohl auch den allgemein unbeliebten Posten der abendlichen ›Stallwache‹ zugeschoben. Die Zeitung war längst im Druck, ein ganz normaler Wochentag, die Ausgabe, die morgen produziert werden würde, stand in einigen Umrissen schon, aber abends oder in den ersten Nachtstunden gingen so viele Mitteilungen nun auch wieder nicht ein, die die Lokalredaktion einer der größten deutschen Zeitungen ernsthaft interessieren konnten.

Dennoch, Storys waren immer drin. Vor drei Wochen, am dritten Tag seiner Tätigkeit, hatte Weber einen Anruf entgegengenommen, in dem ein Selbstmörder ankündigte, er wolle vom Ihmezentrum, dem großen Hochhauskomplex in der Randlage der City, springen.

Da sein, schnell sein, das war im Journalismus überlebenswichtig.

Es war eine gute Story geworden. Nicht gerade eine Titel-Story, aber zu Seite drei hatte es dennoch gereicht.

Beim zweiten Klingeln des Telefons hob er ab.

»*Konkret,* Hannover, Weber. Guten Abend.«

»Guten Abend, Herr Weber.«

Die Stimme war angenehm und sympathisch.

»Sind Sie an einer großen Story interessiert?«

Die Frage war wohl eher rhetorischer Natur. Aber andererseits gab es eine Reihe von Leuten, die hinter jedem Verkehrsunfall gleich *die* große Story witterten. »Selbstverständlich«, erwiderte Matthias Weber.

Häufig kam jetzt die Frage nach der Bezahlung, aber diesmal blieb sie aus.

»Es gibt eine Entführung«, sagte der Unbekannte.

»Jonas Beckmann, der Sohn eines Industriellen, Besitzer der Firma SecuCom, ist entführt worden. Die Lösegeldforderung beläuft sich auf fünfundzwanzig Millionen Mark. Die Firma befindet sich in finanziellen Schwierigkeiten, der Kurs der Aktien hat stark nachgegeben. Aber das können Sie besser recherchieren. Mit dieser Lösegeldforderung ist die Firma so gut wie pleite. Ach ja, fragen Sie mal Herrn Beckmann, wie er Besitzer der Firma geworden ist.«

»Und mit wem habe ich gesprochen ...?«, hakte Weber nach, doch er hörte nur noch das Besetztzeichen.

Ein Spinner? Ein Wichtigtuer? Der Anrufer hatte zu vernünftig geklungen, und Wichtigtuer gaben auch meist ihre Namen an, allein schon der Aufmerksamkeit wegen.

Weber war sich sicher, dass an dieser Nachricht etwas dran war.

Eine Entführung, und er hatte die Story exklusiv. Mein Gott, was war das für eine Geschichte! Die sog man sich nicht einfach aus den Fingern.

Beckmanns hatten eine Geheimnummer, aber für einen Journalisten mit Verbindungen war dies eine der leichtesten Übungen. Trotz der späten Stunde hatte er die Nummer innerhalb fünfzehn Minuten vorliegen. Dann griff er erneut zum Hörer.

»Beckmann.« Die Stimme klang gehetzt, so, als hätte die Frau am anderen Ende der Leitung auf den Anruf gewartet.

»Weber, *Konkret,* Hannover. Guten Abend, Frau Beckmann. Ich habe vorhin einen Anruf erhalten, dass Ihr Sohn Jonas entführt worden ist. Ist diese Auskunft korrekt?«

»Woher ... haben Sie diese Information?«, stotterte Frau Beckmann.

»Die Information ist also korrekt?«, hakte Weber nach.

Bingo, der Kandidat hat hundert Punkte, dachte er. Das war ein Schuss ins Schwarze.

Im Hintergrund vernahm er Stimmengewirr. Das Wort *Konkret* fiel mehrfach.

Plötzlich hörte er eine andere Stimme. Sie klang bestimmt und befehlsgewohnt:

»Susanne Breugel. Ich bin die leitende Kommissarin in diesem Fall. Dürfte ich fragen, woher Sie die Information haben?«

War es klug, auf den Informantenschutz zu pochen? Weber entschied sich dagegen. Mit Kooperation war er bisher stets am weitesten gekommen.

»Vor etwa einer halben Stunde bekam ich einen Anruf. Man teilte mir mit, dass Jonas Beckmann entführt worden sei. Als Lösegeld würden fünfundzwanzig Millionen Mark gefordert.«

Abermals hörte er, wie die Sprechmuschel des Telefons abgedeckt wurde. Dann vernahm er wieder die Stimme der Kommissarin.

»Herr Weber, Ihre Informationen sind korrekt. Ich möchte Sie allerdings um Folgendes bitten: Es handelt sich ja um einen Entführungsfall. Sie wissen sicher, wie schwierig solche Fälle sind. Und dass das Leben des Opfers oberste Priorität hat. Eine Auflagensteigerung Ihrer Zeitung ist da zweitrangig. Sie verstehen mich?«

»Ich verstehe Sie, weiß aber nicht, worauf Sie hinauswollen.«

Offensichtlich wollte sie ihm seine Story abschwatzen, ihn an seine Journalistenehre erinnern.

»Ich möchte Sie einfach bitten, in den nächsten Tagen nichts zu veröffentlichen und nichts zu unternehmen, was Jonas' Leben gefährden könnte. Können wir uns darauf verlassen?«

Weber zögerte einen Augenblick. Einerseits war es die Story, nach der jeder Journalist lechzte. Exklusiv von einem Aufsehen erregenden Verbrechen berichten zu können – davon träumten sie alle. Andererseits gab es natürlich auch eine Verantwortung dem Opfer gegenüber. Zwar waren die Zeiten hart, und wenn man solche Bedenken allzu ernst nahm, konnte man gar keine Artikel mehr schreiben, aber andererseits verfügten die Beckmanns sicher über Kontakte, die ihm später das Leben noch recht schwer machen konnten. Es wollte alles wohl bedacht sein. Die morgige Ausgabe war sowieso im Andruck, große Veränderungen waren kaum noch möglich. Oder doch?

»Ich werde es mir überlegen«, meinte er unbestimmt. »Selbstverständlich werden wir nichts tun, was Jonas' Leben gefährden könnte.«

Eine solche Erklärung war immer gut und verpflichtete zu nichts. Er würde den Chefredakteur aus dem Bett klingeln müssen. Allein würde er diesen Fall nicht entscheiden. Das war ihm zu riskant.

»Könnten Sie uns noch einmal erzählen, was der Anrufer Ihnen genau mitgeteilt hat?«, fragte die Kommissarin.

»Eigentlich nichts weiter«, versetzte Weber. An sich war es unüblich, alle Karten auf den Tisch zu legen. Aber da er nun einmal den ersten Schritt gemacht hatte, lag der zweite ebenfalls nahe. »Außer ...«

»Ja?«

»Ganz zum Schluss sagte er noch, ich solle nachforschen, wie Herr Beckmann in den Besitz der Firma gekommen ist. Dann hat er aufgelegt.«

Weber spürte auf der anderen Seite etwas wie Überraschung. Er hatte dieser Bemerkung erst wenig Beachtung geschenkt. Schien sich doch mehr dahinter zu verbergen?

»Wissen Sie mehr über diese Angelegenheit?«, fragte er nach. Die direkte Methode war nicht immer die schlechteste. Außerdem war die Polizei ihm jetzt einen Gefallen schuldig.

»Tut mir Leid«, erwiderte Susanne Breugel, »darüber kann ich Ihnen keine Auskunft geben.«

Eigentlich war es abzusehen gewesen: Am Telefon und umringt von der Familie des entführten Kindes würde sie kaum Firmengeheimnisse preisgeben. Trotzdem merkte sich Weber vor, die Kommissarin einmal allein aufzusuchen. Er hatte keinen ausgeprägten Instinkt für Storys, schon so manche Story war ihm durch die Lappen gegangen, aber hier schien mehr drin zu sein.

»Haben Sie schon einen Verdacht?«, erkundigte er sich noch.

Susanne Breugel wiegelte ab. »Wir tappen im Dunkeln, sind Ihnen für Ihre Hilfe aber natürlich sehr dankbar. Die Stimme des Anrufers haben Sie nicht zufällig auf Band?«

Weber verneinte, gab aber nach kurzem Nachdenken eine knappe Beschreibung: »Gebildet, männlich, eher jünger als älter, Hochdeutsch ohne irgendeinen Akzent oder Dialekt.«

»Wir bitten Sie um Stillschweigen«, bat die Kommissarin zum Schluss eindringlich. »Sicher haben Sie eine Berichtspflicht, aber wir möchten Sie noch einmal bitten, in diesem Fall die Interessen des Opfers über die Ihrer Zeitung zu stellen.«

Er erwiderte etwas Nichtssagendes, was gut klang, ihn aber nicht zu sehr band. Diese Entscheidung sollte der Chefredakteur treffen.

»Wie kommt die *Konkret* an diese Information?«, fragte Beckmann, als Susanne aufgelegt hatte. »Wie ist es möglich, dass dieses Revolverblatt an die Informationen kommt? Sie hatten uns Diskretion zugesichert.«

Seine Stimme klang scharf.

»Ich weiß es nicht«, antwortete Susanne. »Aber es ist unwahrscheinlich, dass wir bei der Polizei ein Leck haben. Das glaube ich nicht. Ob der Entführer selbst die Presse informiert hat?«

»Warum sollte er?«, fragte Harry Krüger. »Ein Entführer dringt normalerweise darauf, alles ohne die Polizei abzuwickeln. Keine aufwändige Berichterstattung, keine Rasterfahndung, keine misstrauischen Nachbarn. Warum sollte er das erhöhte Risiko eingehen?«

»Ich weiß es auch nicht«, räumte Susanne ein. Die merkwürdige Aufforderung des Anrufers, die Firmenübernahme durch Klaus Beckmann einmal genauer zu untersuchen, behielt sie für sich.

»Ich kann es Ihnen sagen«, meinte Beckmann auf einmal. »Wenn bekannt wird, dass wir fünfundzwanzig Millionen aufbringen müssen, dann geht der Kurs unserer Aktien in den Keller. Und zwar rapide. Das wäre immerhin ein Motiv für die Weitergabe der Information. Vorausgesetzt, es steckt mehr als eine bloße Entführung dahinter.«

»Überlegen Sie es sich gut, ob Sie wirklich bezahlen wollen«, wandte sich Oppermann noch einmal an Ulrike Beckmann. »Es ist zwar Ihr Geld, aber es scheint den

Entführern nicht nur um Geld zu gehen. Sonst wäre ihr Verhalten unverständlich. Sie gewinnen durch das Bezahlen keine zusätzliche Sicherheit.«

Für einen Augenblick wirkte Ulrike Beckmann unschlüssig, aber dann schüttelte sie nachdrücklich den Kopf.

»Die Entscheidung zu zahlen ist gar nicht so unvernünftig, Harry«, verteidigte Susanne wenig später im Wagen Ulrike Beckmanns Entschluss. »Wir können den Täter erst dann fassen, wenn er sich zu erkennen gibt. Erst bei der Übergabe des Geldes wird er aus dem Dunkel heraustreten. Das ist unsere Chance.«

»Unser Täter geht sehr methodisch vor«, meinte Dr. Oppermann. Er hatte sich auf dem Rücksitz zwischen mehrere Kisten gequetscht. Ohnehin glichen viele Autos der Kripo eher einem Warenlager. Kisten, Kartons und Warnleuchten stapelten sich darin. Für die Beifahrer war es nicht immer komfortabel.

»Wir kennen sein Motiv nicht, aber er scheint mit uns, mit den Beckmanns und mit der Presse zu spielen, als wären wir alle Schachfiguren. Jeder Zug ist sorgfältig überlegt. Wie dieser Anruf bei der Presse. Ausgerechnet die *Konkret*!«

»Bei einigen privaten Fernsehsendern hat er auch schon angerufen«, fügte Susanne hinzu. »Ich habe die Information eben von Obermüller über Handy bekommen. Der Anrufer möchte wohl, dass die Tatsache sehr schnell bekannt wird.« Sie schwieg eine Weile nachdenklich.

»Der Entführer wollte der Presse noch eine Information zuspielen«, meinte sie dann. »*Wie ist Beckmann in den Besitz der Firma gekommen?* Was soll das heißen? Er war Gründungsmitglied, dann Erbe. Was soll die Frage? Er hat die Firma doch von Anfang an besessen.«

Die Medizinische Hochschule Hannover war ein riesiger, weitläufiger Betonkomplex an der Ernst-Wiechert-Allee, nur wenig mehr als einen Kilometer vom Firmensitz der SecuCom entfernt. Die verschiedenen Kliniken, Abteilungen, ineinander geschachtelten Parkdecks und Hubschrauber-Landezonen schufen eine Atmosphäre von Anonymität und Technomedizin, wie sie in den siebziger Jahren gewünscht worden war. Nichtsdestotrotz besaß die Hochschule international einen ausgezeichneten Ruf und hatte auch im Bereich der Krebsforschung eine Reihe von Erfolgen aufzuweisen.

Bei Horst Grabbe schienen diese Anstrengungen zu einem vorzeitigen Ende gekommen zu sein.

Früher mochte er einmal ein athletischer Mann gewesen sein, jedenfalls wirkten seine Schultern noch im Rollstuhl breit, aber sein Gesicht war eingefallen, die Haut spannte sich wie Pergament, und durch die Hosenbeine seiner Jeans stachen die Knochen spitz hervor. Er hatte dichte, blonde Haare, doch es war unschwer zu erkennen, dass er eine Perücke trug. Horst Grabbe war vom Tod gezeichnet.

Trotzdem flackerte in seinen Augen noch einmal Interesse auf, als Susanne Breugel und Harry Krüger sich vorstellten.

»Kriminalpolizei?«, fragte er verblüfft, als wäre er erstaunt, dass noch einmal das Leben nach ihm griff und ihn zur Teilnahme an einem Spiel aufforderte, von dem er schon lange Abschied genommen hatte.

Das Zimmer war voll gestellt. Technische Apparate, Transfusionsgeräte, aber auch ein Fernseher und sogar ein Computer standen da, außerdem ein Schachbrett mit einer angefangenen Partie. An der Wand hingen eine Reihe von Fotos, auf denen er mit Freunden zu sehen war. Zeugnisse eines Lebens, das nun zu Ende ging.

»Was kann ein Wrack wie ich Ihnen noch sagen?«, fragte er bitter.

»Sie waren bei SecuCom ein Mann der ersten Stunde«, erwiderte Susanne. »Wir interessieren uns für die Entstehungsgeschichte des Unternehmens.«

»Dann hat Norbert Sie geschickt«, meinte er. »Er ist der Einzige, der sich manchmal noch an mich erinnert und gelegentlich vorbeikommt. Aber was kann ich Ihnen erzählen, was Sie nicht längst schon wüssten?«

»Warum sind Sie nicht der Besitzer der Firma geworden?«, fragte Susanne Breugel. »Immerhin haben damals vier talentierte junge Informatiker eine Firma gegründet ...«

»Warum gehört Microsoft Bill Gates?«, fragte Horst Grabbe zurück. »Wir waren vier, ja, aber wir waren nicht gleich gut. Peter – der war das Ass. Ich glaube, wir fanden es alle ganz okay, dass Peter den Laden behielt. Er hätte sich auch andere Partner suchen können. Wir waren ersetzbar, er nicht. Das war schon in Ordnung.«

»Aber er hat sich dann noch zwei weitere gesucht.«

»Ulrike und seinen Bruder Klaus. Ulrike hatte Geld und war seine Frau – und Klaus, nun gut, er war sein Bruder. Und sicher ist er auch ein guter Kaufmann. War schon ganz in Ordnung.«

Wenn er einmal Bitterkeit empfunden haben sollte, dann war sie nun verschwunden. Für Horst Grabbe gab es Wichtigeres als Firmen, Besitzverhältnisse und Geld.

»Ich habe übrigens noch ein Video«, sagte er plötzlich. »Wollen Sie es sehen?« Ohne ihre Antwort abzuwarten, griff er ins Regal und holte eine Kassette heraus. Es war der Mitschnitt einer Sendung von N3.

»Wir stellen unsere Firma gerade vor«, erläuterte er, während er die Videokassette in den Rekorder einlegte und die Start-Taste drückte. Drei Männer waren zu sehen.

Peter Beckmann stand in der Mitte und gab mit klarer Stimme ein Interview. Er war nur unwesentlich kleiner als sein Bruder, aber er erschien schmächtig neben dem athletischen und gut aussehenden Klaus Beckmann. Obwohl er die Hauptperson war, wirkte er unbeholfen.

»Da stehe ich«, erklärte Horst Grabbe und deutete auf den dritten Mann. Gebräunt, durchtrainiert, selbstbewusst. Für einen Moment schwieg er und betrachtete sein eigenes Bild.

»Sie waren mit Peter befreundet?«, hakte Susanne nach einer Weile nach.

Horst Grabbe nickte abwesend. Seine Pupillen waren winzig, und in seinen Augen lag ein merkwürdiger Glanz, den Susanne nicht einordnen konnte. Er riss sich vom Bildschirm los.

»Mit Peter befreundet«, wiederholte er. »Ja, von den vier Männern der ersten Stunde waren nur wir beide befreundet, so richtig, meine ich, nicht nur über die Firma. Wir kannten uns schon von der Schule. Seit der sechsten Klasse, also ganz schön lange. Wir haben zusammen die Ferien verbracht. Ich war bei seinen Eltern in Everse in der Heide, da hatten sie ein Wochenendhaus, und wir waren auch zweimal gemeinsam in der Türkei, zusammen mit meinen Eltern. Wir haben viel gemeinsam gemacht.« Seine Stimme klang lebhafter.

»Was war Peter für ein Mensch?«

»Mein Gott, was war er für ein Mensch? Auf Außenstehende wirkte er zurückgezogen, würde ich sagen. Er war unglaublich kreativ, was seine Arbeit anging, konnte nächtelang durcharbeiten, und war dann euphorisch, weil er wieder mal ein Problem gelöst hatte. Die ersten Geschichten hatten wir beide noch zusammen gemacht, wissen Sie, diese Spiele für Computer. Die hatten damals schon einen Schutzmechanismus, und den haben wir gecrackt, schon in der Schule, oder Cheats hergestellt, na ja, was man so macht. Aber außerhalb seines Freundeskreises ... Der Computer war seine Welt. Ich habe manchmal darüber nachgedacht, vor allem in letzter Zeit. Ich habe gelesen, Computer verändern den Menschen. Ich glaube das nicht. Bei manchen Menschen richten Computer nichts aus, sie bleiben, wie sie sind; manche werden durch Computer einsam; manchen bieten sie eine Fluchtmöglichkeit – besonders denen, die mit dem Leben nicht zurechtkommen.«

»Galt das auch für Peter?«, fragte sie. »Ich meine, das mit der Flucht?«

»Ich weiß nicht«, antwortete er. »Vielleicht ein bisschen. Je weniger Schnitte er bei Mädchen hatte, desto mehr stürzte er sich auf die Computer. Als glaubte er, mit Erzählungen über Computer irgendwelche Herzen gewinnen zu können. Mein Gott, was haben wir alles probiert, um ihm eine Freundin zu verschaffen ... Es klappte einfach nicht. Woran es lag, weiß ich letztlich auch nicht. Er hat unheimlich darunter gelitten.«

»Und Ulrike Beckmann?«, warf Susanne ein. »Sie war doch seine Frau? Und eine hübsche noch dazu ...«

Horst Grabbe lachte. »Da haben Sie Recht. Ich würde fast sagen: ›Ein blindes Huhn findet auch mal ein Korn.‹ Peter hat sie bei einem Segelurlaub kennen gelernt. Er hatte irgendwo den Auftrag an Land gezogen, ein Navigationsprogramm zu entwickeln, und der Verlag war so freundlich, ihm als Dank einen Segeltörn zu spendieren. Dabei hat er Ulrike getroffen. Seine Göttin, sein Ein und Alles. Mindestens ein halbes Jahr drehte sich alles nur noch um Ulrike. Ulrike hier, Ulrike da. Es war wirklich schwer auszuhalten. Die beiden haben sogar zusammen ein Schiff gekauft, irgendwo an der Ostsee, in Travemünde, glaube ich. Ein- oder zweimal sind wir alle zusammen gesegelt. Ich mache mir nicht viel aus Segeln, aber es war ganz nett.«

»Mögen Sie Ulrike?«

Horst Grabbe blickte überrascht auf. Die Frage schien er sich noch nie gestellt zu haben.

»Ja«, meinte er schließlich. »Ich mag sie. Sie hatte eine direkte, zupackende Art. Doch, ich glaube, alle mochten sie. Nur dass sie nicht einmal ein Jahr gewartet haben, Klaus Beckmann und Ulrike ...«

»Mochten die beiden sich schon vorher?«

»Ich weiß es nicht«, sagte Horst Grabbe auf einmal langsam. Er schien jedes Wort abzuwägen. »Ich habe mir die Frage natürlich auch gestellt: Hatten die etwas miteinander? Vorher, meine ich. Ich kann es nicht beantworten. Ulrike mochten eigentlich alle, und Klaus, der war eher ein Frauentyp, ganz anders als sein Bruder. Charmant, erfolgreich, ich meine, bei Mädchen.

Schon in der Schule war das so. Ich kenne ihn ja auch schon ziemlich lange ... Möglich wäre es schon, aber das werden wir wohl nie erfahren.«

»Und Peter Beckmann? Hat er es gewusst? Geargwöhnt?«

»Weiß ich nicht«, erwiderte Horst Grabbe. »Gesagt hat er mir nichts. Und mir hätte er mit Sicherheit sein Herz ausgeschüttet. Nein, ich glaube nicht, dass er irgendeinen Verdacht hatte, bestimmt nicht. Für ihn wäre auch eine Welt zusammengebrochen. Jeder Mensch hat einen Punkt, an dem er besonders verletzlich ist. Und wenn Klaus und Ulrike vorher schon – Sie wissen, was ich meine– ich glaube, Peter wäre nicht darüber hinweggekommen. Aber, wie gesagt, das ist alles Spekulation. Peter ist seit viereinhalb Jahren tot, und was die beiden, Ulrike und Klaus, hinterher gemacht haben, das ist ganz allein ihre Sache.«

»Und Klaus Beckmann? Wie finden Sie ihn?«

Horst Grabbe zuckte mir den zu breiten und zu dünnen Schultern.

»Ganz umgänglich«, antwortete er schließlich unbestimmt.

Bemerkenswert, wenn man bedachte, dass er ihn nicht zum Teilhaber gemacht hatte, ging es Susanne durch den Kopf.

»Wie ist Peter Beckmann gestorben?«, fragte sie.

»Völlig überraschend«, meinte Grabbe. »Es war während der Urlaubszeit. Peter, Klaus und Ulrike machten einen Segeltörn, ursprünglich sollte, glaube ich, noch eine Freundin von Klaus mitkommen, aber die sagte in letzter Minute ab. Die beiden hatten sich wohl verkracht, ich weiß es aber nicht mehr so genau. Jedenfalls machten die drei · zusammen Urlaub, zentrale Ostsee,

Bornholm, Schweden, Estland, die Ecke; und dabei ist er über Bord gegangen. Es war viel Wind, es war Nacht, und da ist es wohl passiert. Die beiden anderen haben natürlich sofort einen Funkspruch abgesetzt und die Seenotrettung informiert, aber Peter blieb verschwunden. Vierzehn Tagen später ist er in Schonen an Land gespült worden. Ulrike und Klaus sind noch nach Schweden gefahren, um ihn zu identifizieren. Muss furchtbar ausgesehen haben. Die Möwen hatten schon an ihm herumgehackt; die Augen fehlten, es war entsetzlich. Ulrike und Klaus waren jedenfalls ganz fertig.«

»Und dann haben die beiden geheiratet?«

»Ich habe mich auch gewundert«, gab Horst Grabbe zu. »So schnell, doch dann kam die Umstrukturierung der Firma. Sie haben Norbert ja noch die fünf Prozent angeboten, und da hatte ich anderes zu tun ...«

»Sie und Walter Meyer gingen leer aus.«

»Ja«, stimmte Grabbe zu. Und mit einem Mal war so etwas wie Grimm spürbar.

»Wir gingen alle leer aus. Norbert machte das Rennen. Ich habe mich darüber geärgert, Walter noch mehr, er ist ja schließlich auch gegangen, in die Staaten ...«

»Warum sind Sie nicht ebenfalls gegangen?«

Für einen Moment blickte Grabbe auf. Susanne sah wieder die seltsam kleinen Pupillen und den Glanz in seinen Augen.

»Ich wollte gehen«, antwortete Horst Grabbe. »Ich hatte sogar schon ein Angebot. Aber dann ... Hodenkrebs«, fügte er auf einmal hart hinzu. »Dann diagnostizierten die Ärzte Hodenkrebs. Und auf einmal hatte ich andere Sorgen.«

Susanne schwieg.

»Tut mir Leid«, sagte sie schließlich.

»Es ist bald vorbei«, meinte er sachlich. »Zwei Wochen, drei, länger wohl nicht mehr ...«

Hatten Figuren eine Seele? Einen eigenen Willen?

Wenn man einen Springer auf das Feld stellte, blieb er dort stehen, egal, wie die Schlacht um ihn herum tobte. Man konnte einen Bauern zum Angriff schicken, ihn opfern, er lief nicht weg, sondern harrte aus.

Waren Menschen ebenso manipulierbar?

Die Frage war absurd. Natürlich waren sie es nicht. Das wusste er. Sie hatten Gefühle, Angst, Gier. Das unterschied sie von Spielfiguren. Menschen waren schwieriger zu führen. Es war nicht unmöglich, aber schwieriger.

Und sie waren dumm. Viele menschliche Figuren waren einfach nur dumm.

Leichtsinnig. Und das machte sie wirklich gefährlich.

Er schaute auf den Monitor.

Jonas schlief. Er hatte angeordnet, ihm Beruhigungstabletten zu geben. Dann machte er weniger Mühe. Sein lautloses Weinen zerrte an den Nerven aller Beteiligten. Allerdings beschlich ihn der Verdacht, dass Nicolaj das lautlose Schluchzen des Jungen nicht ungern vernahm. Genoss er es etwa? Der Triumph des Versagers, einen noch Schwächeren vor sich zu haben?

Was würde passieren, wenn sie die Diamanten hatten?

Markov hatte sogar schon einmal zugeschlagen. »Hör auf!«, hatte er geschrien, als er Jonas das Essen gebracht hatte. »Hör auf!« Aber Markov verstand nichts von

Kindern, und Jonas hatte weiter geweint. Schließlich hatte Markov zugeschlagen. Seit dieser Zeit war Jonas still. Die Tabletten taten ein Übriges. Und seither durfte nur noch Nicolaj Jonas das Essen bringen.

Er schaute auf den Monitor. Nicolaj drehte die Spaghetti auf dem Löffel und fütterte Jonas. Egal, ob Jonas Hunger hatte oder nicht, Kinder mussten essen. Aber etwas an Nicolajs Bewegungen wirkte fahrig und unkontrolliert. Ärger stieg in ihm auf. Natürlich hatte der Kerl gesoffen. Wieder einmal.

Nicolaj trank.

Keinen Alkohol, hatte er gefordert. Keinen Alkohol. Aber einem russischen Mann den Wodka zu verbieten war ein auswegloses Unterfangen. Daran waren schon andere verzweifelt. Wo sie das Zeug nur herbekamen? Er hatte einmal gesehen, wie ein russischer Offizier, wahrscheinlich ein Leutnant, aber er kannte sich mit Rangabzeichen nicht so aus, einen Rekruten, einen baumlangen Kerl, zu Boden geschlagen hatte. Brutal. Das war die Sprache, die sie verstanden: Brutalität. Aber wie sollte er diese beiden schlagen. Er?

Ohnehin hatte er den Eindruck, dass das Alkoholverbot seine Autorität geschmälert hatte. Gib Befehle und sorge dafür, dass sie befolgt werden. Er gab Befehle, aber an dieses Verbot hielten sie sich nicht.

»Hör auf zu saufen!«, sagte er grob zu Nicolaj, als er wieder aus Jonas' Zimmer trat und die Tür verriegelte. »Hör verdammt noch mal auf zu saufen!«

Nicolaj zuckte zusammen. Jetzt wäre ein Schlag angebracht gewesen. Ein Faustschlag oder wenigstens ein Fußtritt. Das war die einzige Sprache, die sie verstanden.

Er wollte ansetzen, ihm erklären, wie wichtig es war, nüchtern zu bleiben. Und dass sie später so viel saufen konnten, wie sie wollten. Bis zur Halskrause, obwohl er das Wort für Halskrause nicht wusste. Doch als er in Nicolajs Augen blickte, wusste er, dass jedes Wort vergeblich sein würde.

»Verpiss dich«, sagte er auf Deutsch. Und obwohl Nicolaj so gut wie kein Deutsch verstand, zuckte er zusammen und ging nach draußen.

Vermutlich hatten sie sich ein Wodka-Depot auf dem Boden angelegt, dort, wo er nicht hinkam. Scheißkerle, Pack. Sogar zum Fischmehlpacken zu dumm.

Obwohl er sich vorbereitet hatte, hatte er zum ersten Mal das Gefühl, dass die Zeit auch an seinen Nerven zerrte. Es musste zu Ende gehen, bald. Er glaubte nicht, dass er einen Fehler machen würde. Aber wie lange konnte er Markov noch davor zurückhalten. Oder Nicolaj?

Das Fax aus Brüssel kam um neun Uhr fünfundvierzig.

»Ein erster Erfolg«, sagte Harry Krüger, nachdem er es gelesen hatte und es an Susanne weiterleitete.

»Der Fingerabdruck ist identifiziert worden.«

»Nicolaj Kusneztow, geboren zwölfter September neunzehnhundertneunundsechzig in Tallin, mehrfach vorbestraft, Autodiebstahl, gefährliche Körperverletzung ... Das ist ja ein ganzes Register«, murmelte Susanne. Das Dossier stellte in dürren Worten den Lebenslauf eines Versagers vor. Uneheliches Kind, Vater unbekannt, Mutter war Russin, Fabrikarbeiterin in den Fischkonservenfabriken von Tallin, er selbst Hilfsarbeiter, der sich mit verschiedenen Jobs an der Küste durchschlug, Hilfsmatrose auf einem Fischkutter, Hang zur Gewalt, kaum eine der Straftaten war ausgelassen worden, die gemeinhin unter dem Begriff ›Elendskriminalität‹ zusammengefasst wurden, jede Station ein Schritt weiter in Richtung Abgrund.

Bei der Armee war routinemäßig ein Intelligenztest gemacht worden, der ihn mit siebenundachtzig Punkten als deutlich unter dem Normalwert auswies.

»Ein gewalttätiger, wenig intelligenter Täter«, charakterisierte Harry Krüger ihn.

»Als Planer dieser Tat scheidet er wohl aus«, meinte Susanne. »Aber wer engagiert einen so unbedarften Menschen bei einem so komplizierten Verbrechen? Spricht er wenigstens Deutsch?«

»Ich glaube nicht«, erwiderte Harry Krüger und überflog noch einmal das Schreiben. »Von Sprachkenntnissen steht da nichts. Wäre auch unwahrscheinlich.«

»Ein typischer Handlanger. Aber warum einen Russen?«

»Frag mich mal etwas Leichteres«, versetzte Harry Krüger. Seine Stimmung hatte sich gebessert. Zum ersten Mal in diesem Fall hatten sie einen Anhaltspunkt. Der Täter war nicht mehr anonym, er hatte ein Gesicht bekommen, eine Geschichte. Ein Fingerabdruck bei einem Ölwechsel. Ein Zufall. Doch eigentlich passte dieser Patzer zum Charakter des Mannes.

Susanne trat vor die riesige Übersichtskarte der Region. Mit einem großen Zirkel war ein Kreis mit dem Radius von siebzig Kilometern geschlagen worden. Siebzig Kilometer, innerhalb dieses Kreises lag das Versteck der Entführer.

Wenn Sie es nicht gewechselt hatten. Und innerhalb

dieses Kreises lebten mehr als eineinhalb Millionen Menschen.

»Die Heide«, sagte Harry Krüger und deutete auf die großen Waldgebiete im Norden. »Dünn besiedelt, viele Ferienhäuser, Waldwege, auf denen kaum jemals einer fährt. Ein ideales Versteck. Wenn sie vorsichtig sind, sind sie kaum zu finden.«

»Trotzdem«, meinte Susanne. »Es gibt viele Ohren, viele Augen. Und dort fällt jeder Fremde noch auf.«

»Aber auch jeder Polizist, der Fragen stellt.«

»Ich weiß, dass wir ein Risiko eingehen. Aber hast du einen besseren Vorschlag?«

Harry Krüger schwieg und sah seine Chefin an. Es war ihre Entscheidung, sie trug die Verantwortung.

»Setzen wir unsere Leute darauf an«, sagte sie schließlich.

Seit langer Zeit saßen sie wieder allein im Wohnzimmer. Die technischen Geräte in der Nähe des Telefons bemerkten sie nicht mehr, sie hatten sie fast schon als Teil ihres Lebens akzeptiert. Die Beamten hatten sich in den Gästeflügel zurückgezogen. Sie hatten den Fernseher angestellt, und über den Bildschirm flimmerte eine Sendung, von der sie nach kurzer Zeit nicht mehr wussten, worum es ging.

»Ich habe das Geld zusammen«, erklärte Ulrike unvermittelt. »Die Bank hat meine Wertpapiere als Pfand genommen. Sie ist bereit, die Summe für einen Monat vorzustrecken. Danach werden die Papiere verkauft.«

Papiere, dachte Klaus Beckmann grimmig. Es hörte sich an, als spräche sie von Pfandbriefen und Spareinlagen. Papiere. Es war die Firma. Fünfundzwanzig Millionen in Aktien, das war fast das ganze Paket, das Ulrike besaß. Wenn sie den Täter nicht fanden, dann wurde es eng. Es fiel ihm plötzlich auf, dass sie »ich« gesagt hatte, nicht »wir«.

Ohne seinen politischen Einfluss hätte sie noch schlechtere Konditionen gehabt. Der Innenminister hatte vermittelt, die Bank war bereit, weit über ihr Limit hinauszugehen. Allerdings bekam sie auch umfangreiche Sicherheiten. Mehr als genug. Wenn es schief ging, dann gehörte ihr der größte Teil der Firma.

»Die Diamanten werden beschafft. Ich habe mich darum gekümmert.«

Wider Erwarten war auch dies ohne große Schwierigkeiten möglich gewesen. Beide hatten sie keinen Bezug zu Diamanten, aber es war eine gängige Handelsware, und dank der Hilfe von Experten des Landeskriminalamtes stellte der Erwerb dieser Summe in den Handelshäusern in Amsterdam kein Problem dar. Übermorgen sollten die Steine geliefert werden.

Warum erzählte sie ihm nur, was er schon wusste?

»Hältst du die Entscheidung für klug?«, fragte er seine Frau.

Er kannte ihre Antwort, aber ein innerer Zwang trieb ihn zu der Frage. Noch konnte alles rückgängig gemacht werden. Es war merkwürdig, dass Jonas auf einmal zwischen ihnen stand. So, als hätte er ihn entführt. Oder wollte ihn ermorden.

Ulrike wirkte angespannt, aber nachdem sie den Entschluss gefasst hatte, das Lösegeld zu zahlen, schien eine Last von ihr abgefallen zu sein. Er empfand diesen Stimmungsumschwung als unbegründet, es war, als hielte sie den Strohhalm, nach dem sie griff, auf einmal für ein rettendes Ufer.

Sie saßen nebeneinander, redeten wenig, und er wusste instinktiv, dass sie eine falsche Entscheidung getroffen hatte. Aber er ahnte, dass sie das Gleiche von ihm dachte. Wie lange war es her, dass sie beide einer Meinung gewesen waren?

»Ob wir neue Nachrichten haben?«, fragte sie nach einer Weile.

»Ich glaube nicht«, sagte er. »Wir hätten ein Glockenzeichen hören müssen.«

»Aber es wäre doch möglich«, beharrte sie.

So standen sie auf, riefen das Programm auf und bemerkten erneut, dass außer dem neuen Kinoprogramm nichts eingegangen war.

Sie gingen früh zu Bett.

»Hast du etwas herausgefunden?«, wollte Susanne Breugel wissen.

»Ich habe mir die Akten geben lassen und mit dem zuständigen Beamten gesprochen«, meinte Harry Krüger. »Aber die Zuständigkeiten sind ja sehr kompliziert, Stockholm, auch Lübeck, weil das Schiff in Travemünde registriert war – und natürlich Hannover. Außerdem liegt es ja auch schon eine Weile zurück.«

»Und?«

»Hier«, sagte Harry Krüger und legte einen Stapel Papier auf den Schreibtisch. »Das Wichtigste habe ich ausdrucken lassen.«

»Kannst du es mir nicht erzählen?«

»Eigentlich ein klarer Fall.« Er blätterte in seinen Unterlagen. »Die drei brechen am sechzehnten Juni neunzehnhundertfünfundneunzig zu einem Segeltörn auf – mit der Yacht von Ulrike und Peter Beckmann. Es ist eine HR vierunddreißig, was immer das heißen mag.«

»Hallberg Rassy vierunddreißig, eine mittlere hochseegängige Yacht, ein nobles Schiff«, sagte Susanne. »Wir haben das gleiche.«

»Richtig«, meinte Harry. »Ich hab ganz vergessen, dass du auch eine Seglerin bist.«

»Am fünfundzwanzigsten Juni gerät das Schiff in schweres Wetter. Die drei sind in der Nähe von Gotland, genauer gesagt ...«

»Lass mich mal sehen«, bat Susanne und beugte sich vor.

»Västervik«, las sie. »Also zwischen Gotland und Schweden. Und wann, sagtest du, sind sie losgefahren?«

»Am sechzehnten Juni.«

»Und nur neun Tage später sind sie schon in Gotland? Die müssen ganz schön gebrettert sein. Wo haben sie denn überhaupt angelegt?«

»Weiß ich nicht«, erwiderte Harry Krüger gereizt.

Warum hast du nicht selbst nachgeschaut?, lag ihm auf der Zunge. Doch er antwortete nur: »Hier steht etwas von Rönne.«

»Das ist Bornholm, ziemlich weit weg.«

»Am fünfundzwanzigsten Juni gerät das Schiff also in schweres Wetter. Und während einer Bö, mitten in der Nacht, geht Peter Beckmann über Bord. Die beiden anderen setzen sofort einen Notruf ab, versuchen Peter die Nacht hindurch und den ganzen folgenden Tag zu finden. Dann brechen sie die Suche ab. Die schwedische Küstenwacht sucht noch weiter, aber sie findet keine Spur von Peter Beckmann. Es dauert fast vierzehn Tage, bis die Leiche Beckmanns in Schweden an Land gespült wird. Klaus und Ulrike Beckmann fahren hin und identifizieren den Toten. Beisetzung am ...«

»Was sagt der Bericht des Seeamtes?«, unterbrach Susanne ihn.

»Menschliches Versagen, Leichtsinn, unseemännisches Verhalten. Peter Beckmann trug weder eine Schwimmweste, noch hatte er einen Lifebelt. Grobe Fahrlässigkeit, wenn man so will.«

Fahrlässig, aber nicht unüblich, ging es Susanne durch den Kopf. Auch ihr Mann turnte zu ihrem Schrecken häufig ungesichert auf dem Vordeck herum, wenn es ernst wurde. »Wann ist Jonas geboren?«, fragte sie plötzlich.

»Er hat doch gerade seinen vierten Geburtstag gefeiert, am sechzehnten März. Worauf willst du hinaus?«

»Sie hatten es sehr eilig mit einem Kind«, bemerkte Susanne versonnen. »Ob das so geschmackvoll ist? Der Ehemann ist gerade über Bord gegangen, und schon denkt die Witwe an Nachwuchs?«

»Weiß ich nicht«, brummte Harry. »Vielleicht ist das Kind ja von Peter Beckmann. Wäre doch auch möglich. Was ist schon dabei, wenn die beiden das Kind als ihr gemeinsames ausgeben?«

»Eigentlich nichts«, stimmte sie zu. »Warum soll man ein Kind auch damit belasten?«

»Es würde mich trotzdem interessieren«, meinte sie nach einer Weile. »Weißt du, mal ganz ins Blaue gesprochen: Ist es nicht ein merkwürdiger Tod? Unfälle auf See kommen natürlich vor, selbstverständlich. Unser Stegnachbar in Heiligenhafen ist zu Tode gekommen, weil er sich beim Pinkeln an einer ungesicherten Leine festgehalten hat. Das Schiff war auf Autopilot eingestellt, die Besatzung unfähig, ausschließlich Geschäftsfreunde. Nach vierzehn Tagen haben sie ihn schließlich in Schweden gefunden. Er war auch ein erfahrener Segler. Ich kenne solche Geschichten. Erfahrene Leute sind häufig leichtsinnig. Aber war Peter Beckmann erfahren?«

»Er besaß ein eigenes Schiff, er hat seine Frau bei einem Segelkurs kennen gelernt ...«

»... den er zwei Jahre zuvor gemacht hatte.« Susanne lehnte sich zurück.

»Die Geschichte stimmt nicht«, erklärte sie plötzlich. »Nach zwei, drei Jahren ist man noch Anfänger. Anfänger hängen sich alles um den Leib, was sie finden können. Sie vertrauen Lifebelts, Rettungswesten und Elektronik geradezu blind. Ich kann mir nicht vorstellen, dass es bei Peter Beckmann anders war. Und was hatten die überhaupt in dieser Ecke zu suchen?«

»Vielleicht wollten sie einfach segeln, Urlaub machen?« Harry Krüger schätzte es nicht, als Stichwortlieferant benutzt zu werden, wenn er von der Sache wenig verstand.

»Wenn man zwei Jahre segelt, dann macht man in Dänemark Urlaub. Man schippert in der dänischen Südsee herum, rund um Fünen, und wenn man ganz mutig ist, mal ins Kattegatt. Das Äußerste ist Bornholm. Aber keinesfalls machen Anfänger einen Törn nach Gotland, der viele Tage und Nächte dauert. Ich habe das noch nie gehört, Harry.«

»Was willst du damit sagen?«

»Ich weiß es nicht«, meinte Susanne. »Ich habe keine Ahnung. Aber da sind ein merkwürdiger Törn, ein merkwürdiger Tod und ein merkwürdiges Geburtsdatum eines Kindes.«

»Wir haben eine Entführung aufzuklären«, stellte

Harry fest. »Susanne, wir bearbeiten keinen ungeklärten Todesfall, der Jahre zurückliegt.«

»Du magst Recht haben«, sagte sie. »Vielleicht ist dies einfach eine kleine Marotte von mir. Immer wenn ich etwas von Schiffen höre ...«

»Ich weiß«, lachte Harry. »Dann spielst du verrückt. Am liebsten würdest du wohl einen Mord im Seglermilieu aufklären. Aber hier haben wir es mit einem anderen Fall zu tun.«

Dann wurde er wieder ernst.

»Warum segelten sie zu dritt?«, ließ Susanne nicht locker. »Warum zu dritt? Klaus Beckmann war doch ein Frauentyp? Warum nur zu dritt?«

»Wir haben noch eine Besprechung mit Obermüller«, lenkte Harry ab. Auf einmal wirkte er müde. »Lass uns nicht zu spät kommen.«

»Die Schwierigkeit«, erläuterte Susanne, »aber das ist Ihnen sicher aus Kriminalfilmen bekannt, ist die Übergabe des Geldes. Fast alle Entführungen scheitern an diesem Punkt. Genau an diesem. In den meisten Fällen sind wir erfolgreich.«

»Ich möchte nicht, dass Sie eingreifen«, erklärte Ulrike Beckmann. »Ich möchte nicht, dass Jonas gefährdet wird.«

»Wir werden nichts tun, was Jonas gefährden könnte«, beruhigte Susanne Breugel sie. »Das ist selbstverständlich.«

»Wir halten es für sinnvoll«, stellte Harry Krüger fest, »dass wir die Diamantenladung mit einem kleinen Sender versehen. Einem Miniatursender, der uns jederzeit die genaue Position der Steine angibt.«

»Das kann doch wohl nicht Ihr Ernst sein!«, begehrte Ulrike Beckmann empört auf. »Halten Sie die Leute für so naiv, die Steine nicht mit einem Detektor zu untersuchen? Das fliegt sofort auf!«

»Wir haben uns über diesen Punkt auch Gedanken gemacht«, führte Harry Krüger weiter aus. Er verschwieg, dass sie über diese Frage fast eine Stunde in der Dienststelle erbittert gestritten hatten. Die technischen Experten hatten ebenfalls Bedenken geäußert, aber Obermüller hatte schließlich den Streit mit den Worten beendet: »Wenn wir es ihnen nicht vorschlagen, sind wir später dran. Sollen die Beckmanns doch ablehnen.«

»Wir haben Sender, die sich erst nach einer gewissen Verzögerung einschalten«, fügte Krüger erklärend hinzu. »In der Anfangsphase sind sie inaktiv, und erst nach einer gewissen Zeit oder nach einem Funksignal aktivieren sie sich. Einer Eingangsüberprüfung würden sie jedoch standhalten.«

»Das klingt plausibel«, meinte Klaus Beckmann zögernd. Er schien sich noch nicht festgelegt zu haben.

»Und danach?«, fragte Ulrike Beckmann scharf. Sie warf ihrem Mann einen Blick zu, der Ärger, Enttäuschung, Ablehnung und Wut verriet.

»Was ist nach der Eingangsüberprüfung? Wissen Sie, so sehr es mir auch widerstrebt, das Geld fortzugeben, so sehr ärgert mich der Gedanke, für dumm verkauft zu werden. Verzeihen Sie meine Offenheit. Jonas ist nicht Ihr Kind.«

»Ein gewisses Restrisiko bleibt«, musste Harry Krüger einräumen. Es waren exakt die Bedenken, die er selbst tags zuvor geäußert hatte.

»Wir sollten trotzdem ...«, meinte Beckmann zögernd.

»Abgelehnt«, unterbrach Ulrike Beckmann schroff. »Wenn dir dein Kind egal ist und du an deinem Geld klebst – ich tue es nicht.«

Beckmann schwieg.

»Es ist Ihre Entscheidung«, fügte Susanne versöhnlich hinzu. »Ganz allein Ihre Entscheidung«

»Sie sichern sich ab«, bemerkte Klaus Beckmann brüsk. »Noch ist Jonas in der Gewalt der Entführer, und Sie kommen mit juristischen Winkelzügen.«

Ihm war bewusst, dass er ungerecht war. Die Beamten taten nur ihre Pflicht, er selbst hätte sich auch so verhalten. Aber das Bewusstsein, dass Ulrike ihr gemeinsames Vermögen aufs Spiel setzte, sowie die Anspannung und Unsicherheit der letzten Tage entluden sich in diesen Vorwürfen.

Susanne Breugel sah ihn prüfend an. »Sie wissen, dass dieser Vorwurf an den Haaren herbeigezogen ist. Aber Sie sind müde, und die Erschöpfung zehrt an uns allen. Wir tun unser Bestes.«

Klaus Beckmann schwieg.

Susanne fuhr fort, als wäre nichts geschehen: »Trotzdem werden wir versuchen, den Weg der Steine zu verfolgen. Großräumige Beschattung. Aber ganz einfach wird das nicht sein, obwohl wir natürlich auch über entsprechende Hilfsmittel verfügen.«

Ulrike Beckmann erwiderte nichts, obwohl Susanne ihr ansah, dass sie auch diese Maßnahme für zu gefährlich hielt.

»Die Steine kommen morgen mit der Vormittagsmaschine aus Amsterdam«, meinte Beckmann. »Ich habe vor einer halben Stunde mit *Anderlecht Diamants,* die die Sendung zusammenstellen, gesprochen. Es handelt sich um vier kleine Säckchen.«

»Der Entführer hat sich noch nicht wieder gemeldet«, fuhr Susanne fort, »aber wenn er sich meldet, dann halten Sie ihn wieder hin, vielleicht haben wir Glück. Und bestehen Sie auf einem Lebenszeichen von Jonas.«

»Du verrennst dich da in etwas«, sagte Harry, als sie wieder in der Dienststelle waren. »Es geht um eine Entführung und nicht um einen möglichen Mord vor viereinhalb Jahren, schlag dir das mal aus dem Kopf. Was immer damals passiert ist, es hat mit dem heutigen Fall nichts zu tun. Gar nichts.«

»Bist du da so sicher?«

»Hör mal«, meinte Harry Krüger. »Das eine oder andere ist vielleicht ein wenig merkwürdig, aber die Kollegen haben den Fall vor viereinhalb Jahren schon untersucht. Sowohl in Deutschland als auch in Schweden ... Sie haben nichts gefunden. Und was bitte sollte diese Entführung mit dem Tod von Peter Beckmann zu tun haben?«

»Ich weiß es auch nicht«, gab Susanne zu. »Aber ich habe trotzdem so ein Gefühl.«

Harry seufzte gequält.

»Wir sollten uns lieber damit beschäftigen, ob wir eine funktionierende Fangschaltung hinbekommen. Das letzte Mal war es ja das totale Debakel.«

Susanne gab ihm Recht. Beim letzten Mal hatten sie die Spur irgendwo zwischen Sydney und New York verloren.

»Trotzdem«, beharrte sie. »Irgendwo muss es doch ein Motiv geben!«

Das Telefon klingelte.

Susanne ahnte, dass der Anruf mit dem Fall zu tun

haben würde, und nahm ab. Trotzdem registrierte sie erstaunt, dass Klaus Beckmann am Telefon war. Sie hatten doch eben erst miteinander gesprochen.

»Gibt es etwas Neues?«, fragte sie. »Haben die Entführer sich gemeldet?«

»Nein«, antwortete Beckmann. »Das nicht. Aber ...« Er machte eine Pause, von der Susanne argwöhnte, dass sie wohl bedacht war.

»Halten Sie die Entscheidung, keinen Sender zu platzieren, für richtig?«, fragte er unumwunden.

»Es war *Ihre* Entscheidung«, erwiderte Susanne zögernd. Was wollte Beckmann?

»Mir sind Bedenken gekommen«, fügte er hinzu. »Wissen Sie, das was Ihr Kollege vorhin über die Sender erzählte, die sich erst später aktivieren lassen, klang eigentlich ganz vernünftig, und ich habe mir die Angelegenheit noch einmal durch den Kopf gehen lassen.«

Susanne griff neben sich und stellte das Telefon auf Mithören. Harry Krüger sah auf.

»Mit anderen Worten: Sie würden Ihre Entscheidung gern revidieren?«, fragte sie direkt zurück.

»Ich halte die Argumente Ihres Kollegen für zwingend«, antwortete Beckmann. »Wir gefährden Jonas durch einen Sender nicht, aber wir haben die Chance, die Täter zu fassen.«

... und das Lösegeld zu behalten, ging es Susanne durch den Kopf. Natürlich schrieb man fünfundzwanzig Millionen nicht gern in den Wind. Sie konnte das verstehen. »Und Ihre Frau?«, wollte sie wissen. »Soweit ich weiß, hat sie sich besonders gegen den Sender ausgesprochen.«

»Ich glaube, dass meine Frau im Augenblick psychisch nicht sehr belastbar ist«, meinte Beckmann diplomatisch. »Die Entführung geht über ihre Kräfte; ich weiß nicht, ob Sie es sich vorstellen können. Sie haben ja täglich mit Verbrechen zu tun. Aber für uns ...«

Gelaber, dachte Susanne. Ich kann mir schon vorstellen, wie Ihnen zumute ist. Sie gehen durch die Hölle. Durchwachte Nächte, Angst, Erinnerungsfetzen. Vor einigen Tagen noch Kinderlachen im Ohr, heute die Leere. Aber rechtfertigte das Klaus Beckmanns eigenmächtiges Vorgehen?

»Ihre Frau weiß also nichts von Ihrem Anruf«, unterbrach sie ihn sanft.

»Nein«, gab er zu. »Und in Anbetracht der Umstände scheint es mir auch besser zu sein, wenn Sie nichts davon erfährt. Ich glaube, es würde sie nur unnötig aufregen. Und, wie gesagt, ich glaube, dass sie psychisch zu belastet ist, um eine vernünftige Entscheidung treffen zu können.«

Belastet ja, aber unfähig, eine Entscheidung zu treffen?

»Mit anderen Worten: Sie möchten nicht, dass wir Ihrer Frau von diesem Gespräch erzählen, aber wir sollen ohne ihr Wissen einen Sender zum Einsatz bringen, ist das richtig?«

Sie hatte das Gefühl, dass Beckmann sich ein wenig wand, aber schließlich sagte er doch: »Ja.«

»Ihnen ist klar, dass bei solchen Maßnahmen immer ein Restrisiko besteht?«, vergewisserte sie sich eindringlich.

»Es ist mir klar«, versicherte er, und auf einmal schien alles Zögerliche von ihm abgefallen zu sein. »Mir ist klar, dass ein gewisses Risiko besteht, aber ich glaube, dass dieses Risiko vertretbar ist. Und es ist selbstverständlich meine Entscheidung. Ich möchte das ganz deutlich machen: Es ist meine Entscheidung, und ich habe nicht vor, mich hinter Ihnen zu verstecken und die Verantwortung abzuschieben.«

»Wir werden die Frage überdenken«, meinte Susanne. »Obwohl es mir, offen gesagt, nicht ganz behagt, dass Ihre Frau nicht darüber informiert werden soll.«

»Es behagt mir auch nicht«, entgegnete Klaus Beckmann. »Aber ich halte die Entscheidung für sinnvoll.«

»Der will das Geld behalten«, meinte Harry Krüger, als Susanne aufgelegt hatte. »Den Krach mit der Frau möchte er vermeiden – aus welchen Gründen auch immer –, aber bei dem Geld will er sich absichern.«

»Ich kann es ihm nicht verdenken«, entgegnete Susanne. »Ich weiß nicht, wie ich mich entscheiden würde. Mich stört nur, dass er die Entscheidung hinter dem Rücken seiner Frau trifft.«

»Sie hat einen klaren Standpunkt«, stellte Harry Krüger klar. »Sie will auf keinen Fall ihr Kind gefährden, und Beckmann ist anderer Meinung. Er traut sich aber nicht, es laut zu sagen. Er will zu Hause den Konflikt vermeiden. So einfach ist das.«

»Mag sein«, murmelte Susanne. »Aber wie verhalten wir uns?«

»Ich bin von dem Sender auch nicht sonderlich überzeugt, – das weißt du ja«, erwiderte Harry. »Erstens: Wo wollen wir ihn verstecken? Die Steine werden in vier Samtsäckchen geliefert. Nicht gerade ideal, um Sender darin zu verstecken. Zweitens: Ihre Reichweite ist begrenzt. Wir müssen sie also recht schnell nach der Übergabe aktivieren. Das ist natürlich möglich, aber risikoreich. Frau Beckmann mag vielleicht emotional reagieren, doch unvernünftig ist ihre Entscheidung nicht. Und was mich bei Herrn Beckmann stört, ist nicht, dass er fünfundzwanzig Millionen nicht gefährden will, das kann ich verstehen, sehr gut sogar, aber dass er sich nicht offen dazu bekennt.«

»Er hat Theater gespielt«, gab Susanne zu, »diese Unsicherheit zu Anfang des Telefonats kam mir gespielt vor. Aber andererseits: Ist das verwerflich?«

Wolfgang Bleichröder war schon in vielen Verkleidungen in Erscheinung getreten. Er war bereits Lieferant eines Kaufhauses gewesen, Sperrmüllfahrer, Passant, Installateur der Gaswerke, Postbote. Diese und noch mehr Rollen hatte er bisher erfolgreich gespielt. Zweimal war sogar dank seines »Auftritts« eine Verhaftung erfolgt. Heute war er als Techniker der Telekom im Einsatz. Diese Rolle bot sich an, wenn es nötig war, mobil zu sein.

Das Haus lag einsam, am Ende eines Waldweges. Der Weg schlängelte sich direkt auf das Haus zu, aber der dichte Kiefernwald verhinderte eine zu frühe Sicht. Der Weg war ausgefahren, und obwohl der Wagen mit dem Telekom-Logo angeblich auch für schlechte Wegstrecken geeignet war, setzte er mehrfach auf. Die Räder mahlten im Sand. Schließlich tauchte eine hell gekalkte Mauer auf. Der Weg verzweigte sich und führte am Grundstück vorbei. Irgendwo schlug ein Hund an.

Wolfgang Bleichröder fuhr in die gepflasterte Einfahrt, hielt an und stieg aus. Sein Beifahrer blieb im Wagen sitzen.

Die Mauer hatte etwas Abweisendes, ein Türschild fehlte, aber der Schlitz des Briefkastens war sauber, und in der Einfahrt lagen keine Kiefernadeln, Blätter oder Äste herum. Es war ein gepflegtes Grundstück.

Die Klingel bestand aus angelaufenem Messing und hatte Patina angesetzt, doch als Bleichröder sie betätigte, glitt der Klingelknopf in die Vertiefung, ohne zu verkanten.

Das Hundegebell wurde lauter.

»Was ist?«, hörte er eine Männerstimme durch den Lautsprecher. Normalerweise verzerrten diese Gegensprechanlagen, aber diese schien von sehr guter Qualität zu sein, denn die Stimme des Mannes wurde klar und deutlich übertragen.

»Telekom«, erklärte Bleichröder. »Wir sollen einen Telefonanschluss legen, aber ich glaube, wir haben uns verfahren.«

»Und?«, kam es aus dem Lautsprecher. Die Stimme klang abweisend.

»Vielleicht könnten Sie uns helfen«, erwiderte Bleichröder. »Wir kommen extra aus Hannover, doch unsere Wegbeschreibung ist ungenau. Es wäre wirklich nett, wenn Sie uns behilflich sein könnten.«

Der Bewohner des Hauses schien zu überlegen. Fremden öffnete man nicht einfach. Nicht in dieser Einöde.

»Ich komme zur Tür«, sagte er schließlich sachlich.

Es dauerte eine Weile, dann wurde die Tür neben dem Eingangstor geöffnet.

Der Mann mochte knapp fünfzig sein, war mittelgroß und hielt einen großen Hund neben sich an der Leine. Bleichröder kannte sich mit Hunden nur mittelmäßig aus, aber dieser schien ein Rottweiler zu sein, obwohl auch noch ein paar andere Rassen diesem Exemplar ihr Erbgut hinterlassen hatten.

»Wie kann ich Ihnen helfen?«, fragte der Mann.

»Birkenfeld«, meinte Bleichröder. »Wir suchen Birkenfeld Nummer zehn.«

»Birkenfeld Nummer zehn?« Der Mann sah ihn unverwandt an und schien zu überlegen. »Birkenfeld? Das gibt es hier nicht. Nein. Sind Sie sicher, dass Sie im richtigen Ort sind? Wen suchen Sie denn?«

»Einen Doktor Wanniger«, las Bleichröder von seinem Auftragszettel ab. »Dr. Edmund Wanniger.«

»Ach, Dr. Wanniger!«, lachte der Mann. »Da sind Sie in der Tat falsch. Den finden Sie im nächsten Dorf. Sie müssen auf die Hauptstraße zurück, nach der Kirche rechts rein, und dann ist es das zweite oder dritte Haus auf der linken Seite. Aber das ist nicht das Birkenfeld, sondern die Birkenstraße.«

»Da hätte ich ja lange suchen können«, brummte Bleichröder. »Wir fahren hier nämlich schon seit fast einer halben Stunde herum. Und ob Sie es glauben oder nicht: Keiner konnte uns helfen. Dabei sind die Leute, die in dieser Gegend wohnen, doch sicher hier aufgewachsen. Oder nicht?«

»Ich glaub schon«, antwortete der Mann. »Fremde gibt es hier kaum. Aber Dr. Wanniger – den hätten die meisten kennen müssen. Er ist der praktische Arzt hier. Schon seit zwanzig Jahren. Kam aus Bayern und hat dann hier geheiratet – aber warum erzähle ich Ihnen das alles?«

Bleichröder bedankte sich und startete den Wagen. Als sie außer Sichtweite waren, hielt er erneut an und schaute zu seinem Beifahrer hinüber.

Dieser schüttelte den Kopf.

Dann machte er einen dicken Strich durch seine Liste.

»Wo ist das nächste Haus?«, fragte Bleichröder.

Jetzt, wo es ernst wurde, erfasste ihn doch auf einmal eine eigenartige Faszination – die Faszination der Gefahr. Aber machte es Spaß, immer nur ohne Risiko zu gewinnen?

Haben Sie die Steine?, tippte er in den Rechner.

»Er meldet sich wieder«, sagte Hohenstein, als er die Meldung auf seinem Bildschirm sah.

Ja, gab Beckmann in den Computer ein. *Wie geht es Jonas?*

Ihrem Sohn geht es gut. Er freut sich auf zu Hause.

Wir brauchen ein Lebenszeichen.

»Finnland«, rief Hohenstein. »Er benutzt denselben Server wie beim letzten Mal.«

Welches Zeichen wollen Sie?

An seinem dritten Geburtstag wurde es Jonas schlecht, und er musste sich übergeben. Was war der Grund?

Ich melde mich.

»Tokio«, erklärte Hohenstein. »Es ist ein Server in Tokio, aber es geht schneller als beim letzten Mal. Halten Sie ihn hin, wir könnten es schaffen.«

Wie schnell würden sie sein?, fragte er sich. Wenn sie schnell sein wollten, dann mussten sie den Computer vernetzen, eine Verbindung direkt zum Polizeirechner herstellen. Die ideale Fangschaltung mit der gewaltigen Rechenleistung des Zentralrechners. Aber die Kette der Server, über die er sich eingeloggt hatte, war gut gelegt, er hatte einige Schleifen eingebaut. Die würden sie aufhalten. Ein wenig. Aber er war sicher, dass sie dahinter kommen würden. Er hatte es mit Profis zu tun. Gut so. Profis waren berechenbar. Das war ihre Schwäche.

Und während er online war und die Zeit raste, setzte er sein Programm ab. Es war ein kleines Programm, eine Art Virus, ein trojanisches Pferd. Es raste durch das Netz, glitt in Beckmanns Computer, durchsuchte die Verzeichnisse, Festplatten, fand das Netzwerk des Polizeirechners. Einen einfacheren Weg, einen Zugang zu einem fremden Computer zu finden, gab es nicht.

Passwörter. Zugangsprozeduren. Die Passwörter stellten immer ein Problem dar. Die Zugangscodes. Aber zu jeder Zeit griffen Tausende aus dem ganzen Land auf die Daten zu. Und diesmal wurde jeder Zugang protokolliert. Von einem Programm, das im Hintergrund blieb, das unsichtbar war, das keiner bemerken würde. Ein Polizeimeister aus Cuxhaven fragte nach einem gestohlenen Fahrzeug und einem Verdächtigen. Und ein Polizeikommissar Weber aus Lüneburg erkundigte sich nach dem Vorstrafenregister eines Alois Möller, geboren am dritten Mai neunzehnhundertfünfundsechzig in Pfaffenhofen. Das waren die Fragen, über die er an ein Passwort kam und an denen die Sperren bröckelten, durchlässig wurden. Virtuell.

»Sydney«, sagte Hohenstein. »Er ist noch online, wir kriegen ihn.«

»Er bleibt lange online«, murmelte Susanne Breugel. »Warum?«

»Jeder macht einen Fehler. Experten fühlen sich zu sicher. Glauben, dass sie selbst Profis und die anderen dumm sind. Das ist ihr Fehler, ihre Schwäche.«

Er war noch nie in die Datenbank von Interpol eingedrungen. Eine Hochsicherheitsdatenbank, geschützt von Sperrnummern, Zugangscodes, Protokollen.

Es hieß warten. In jeder Stunde gingen Hunderte von Anfragen ein. In jeder Minute mindestens eine. Statistisch gesehen. Aber er brauchte jetzt keine Statistiken, er brauchte nur eine einzige Antwort.

Mach schon, dachte er. Frag nach. Frag nach Bankräuber Grzeskow oder Scheckbetrüger Müller. Frag nach, aber frag bald.

Es ging um einen simplen Einbruch. Alfonso Juarez. Und die Anfrage kam aus Braunschweig.

Er war drin.

»Wir haben einen neuen Server. Continental. Internationale Spedition, Gifhorn«, berichtete Hohenstein. Auf den Monitoren glitten Zahlenkolonnen vorbei.

»Der Server hat einen Firewall«, meinte der Beamte neben Hohenstein. »Das dauert wieder eine Weile.«

»Wir sind nah dran«, sagte Hohenstein. »Noch eine Station, und wir haben ihn. Das ist die letzte. Ich weiß es.«

Es juckte ihn in den Fingern nachzusehen, was sie wussten. Alle Daten der Polizei wurden in Rechner eingegeben. Jedes Fahndungsergebnis, jede Anfrage, jedes Protokoll. Es war ein unendlicher Verbund von Rechnern. Die High-Tech-Perfektion moderner Kriminalistik. Sie ermöglichte zu jeder Zeit und von jedem Ort aus den Zugriff.

Aber er wusste, wann er aufhören musste. Er wollte sein Glück nicht überstrapazieren.

»Er ist draußen«, bemerkte Hohenstein enttäuscht. »Er hat die Verbindung abgebrochen.

»Er hat Herrn Beckmanns Frage nicht beantwortet«, stellte Susanne fest. »Warum hat er die Verbindung nicht gleich unterbrochen? Warum ist er so lange im Netz geblieben? Warum dieses Risiko?«

Jonas schlief.

»Weck ihn auf«, wie er Nicolaj an.

Nicolaj entriegelte die Tür, rüttelte wenig zart fühlend an dem Jungen und knurrte etwas auf Russisch.

Jonas schlug die Augen auf.

Zuerst hatte er geweint, dann leise gewimmert, schließlich geschwiegen.

Für einen Augenblick empfand er so etwas wie Mitleid mit Jonas. Er war ein Kind, das nichts dafür konnte.

»Hörst du mich?«, fragte er über den Lautsprecher.

Über den Monitor beobachtete er, wie Jonas sich umsah.

»Schau in die Kamera«, ermahnte er ihn.

Nicolaj stieß Jonas an und sagte etwas, was der Junge mit Sicherheit nicht verstand.

Es war keine gute Form der Befragung. Besser wäre es gewesen, er wäre zu Jonas gegangen. Er hatte eine sanfte Stimme, und obwohl er keine eigenen Kinder hatte, glaubte er, dass er gut zu ihnen gewesen wäre. Aber er wollte nicht, dass der Kleine ihn sah. Noch nicht.

Nicolaj stieß Jonas grob an.

»Sag, los!«, knurrte er.

Der Junge blickte nur starr vor sich hin. Auch auf dem Monitor konnte man sehen, dass seine Augen glänzten. Jonas war apathisch, apathischer als gestern. Ob es an den Medikamenten lag?

»Du hattest vor einem Jahr Geburtstag«, begann er erneut sanft. »Vor einem Jahr wurde dir an deinem Geburtstag schlecht. Warum?«

Jonas schwieg.

Nicolaj stieß ihn an.

»Los, reden!«, befahl er.

Irgendetwas war befremdlich. Sonderbar.

»Kannst du mich hören?«, fragte er. »Jonas, kannst du mich verstehen?«

Der Kleine schwieg.

Nicolaj gab ihm eine Ohrfeige, ohne dass er hätte einschreiten können. Jonas sackte zur Seite.

»Lass das«, wies er Nicolaj scharf an.

Der grinste. »Tut mir Leid, Boss«, meinte er. »Los«, drängte Nicolaj erneut und griff nach Jonas. »Los, reden!«

Das Kind blieb liegen.

»Nicolaj, du bist ein Idiot«, fuhr er auf. »Du bist sogar zu blöd für eine Fischmehlfabrik. Willst du ihn töten?«

Warum war Markov nicht da?

Jonas bewegte sich nicht.

»Ich nicht stark geschlagen«, rechtfertigte sich Nicolaj.

»Mach die Tür auf, ich komme selbst«, erklärte er. Er zog sich eine Kapuze über und bewegte sich langsam in den Raum. Diese Verkleidung würde Jonas noch weiter verunsichern, falls in diesem Punkt noch eine Steigerung möglich war. Aber Nicolaj war einfach zu blöd, und obendrein konnte er kein Deutsch.

Der Russe sperrte ihm die Tür auf und half ihm. Nach einer Minute erreichte er das Bett. Er fasste Jonas behutsam an der Schulter und drehte ihn zu sich herum.

»Mach die Augen auf«, bat er sanft. Hoffentlich erschreckte ihn die Maskierung nicht.

Jonas glitt willenlos zur Seite wie ein kleines Kind, das sich im Tiefschlaf befand.

»Schau mich an«, sagte er und berührte leicht den Kopf des Jungen. »Komm, Jonas, wach auf.«

Es dauerte eine Weile, bis der Kleine die Augen öffnete, aber sie sahen durch ihn hindurch. Da strich er über Jonas' Gesicht. Es war glühend heiß. Das Kind hatte hohes Fieber.

Er beugte sich zu dem kleinen Kopf hinunter.

»Dein letzter Geburtstag«, flüsterte er suggestiv.

»Warum warst du krank, Jonas?«

Er streichelte das glühende Gesicht.

Wenn er einen Sohn gehabt hätte, hätte er sich auch so verhalten, ihm etwas vorgelesen, ihm Wadenwickel gemacht ...

»Warum warst du krank, Jonas?«

Für einen Moment glitt ein Schein des Verstehens über Jonas' Gesicht. Dann kam die Furcht.

»Du hast Angst vor der Kapuze?«, fragte er. »Jonas, das musst du nicht. Das ist nur eine Verkleidung, mehr nicht. Eine Verkleidung, wie ein Zauberer sie hat. Das ist nur ein Spiel, ein Abenteuer.«

Er zog sich die Kapuze vom Kopf.

Kinder hatten meist kein gutes Gedächtnis für Personen.

»Siehst du?«, meinte er.

Für einen Moment schien Jonas zu lächeln.

»Dein Geburtstag«, wiederholte er. »Sag mir, warum bist du krank gewesen? Ich hab es vergessen.«

»Schokoladenpudding«, antwortete Jonas, und für einen kurzen Moment wich der fiebrige Glanz aus seinen Augen. »Das weißt du doch, Schokoladenpudding. Ich hatte Julias Schokoladenpudding aufgegessen und Alexanders auch noch ...«

»Richtig«, meinte er. »Ich hatte es vergessen.«

Er fühlte noch einmal Jonas' Stirn.

»Papa« hatte er ihn genannt. Der Junge hatte hohes

Fieber. Nein, Jonas würde sich an seinen Anblick nicht mehr erinnern. Er würde ihn leben lassen können.

Wahrscheinlich jedenfalls.

»Er wendet immer wieder das gleiche Verfahren an«, erläuterte Hohenstein. »Der letzte Server verwendet den Firewall von SecuCom. Dieser schirmt ihn vollständig ab. Danach verliert sich seine Spur. Immer wieder.«

»Weiß er, dass wir ihn beschatten?«, fragte Susanne.

»Keine Ahnung«, meinte Hohenstein. »Aber wenn er intelligent ist, dann wird er eins und eins zusammenzählen.«

»Ich bin, was Computer angeht, ein Laie«, versetzte Harry Krüger. »Aber ist es nicht merkwürdig, dass er immer wieder einen Server benutzt, der von SecuCom installiert und geschützt worden ist? Die Niedersächsische Hypo, jetzt diese Spedition, und nie gibt es eine Spur. Wie ist das möglich?«

»Wenn ihr mich fragt«, meinte Hohenstein, »dann gibt es dafür eine einfache Erklärung. Er geht auf Nummer sicher. Das Programm von SecuCom ist exzellent. Es ist der fast perfekte Schutz. Man kann es nicht umgehen, nicht austricksen. Dafür ist es gebaut. Ich habe die Chefentwickler bei SecuCom befragt, ich habe auch die Experten hier im Hause interviewt, alle sagen das Gleiche: Wenn es stimmt, was SecuCom in seiner Werbung erzählt, und daran ist wohl nicht zu zweifeln, dann ist das Programm nicht zu knacken. Nicht einmal für einen Superhacker. Es gelingt vielleicht einmal per Zufall, aber nicht mehrfach. Und unser Mann umgeht die Sicherheitsvorkehrungen so leicht, als existierten sie nicht. Das ist nicht möglich. Es sei denn ...«

»... er selbst kennt mehr von dem Programm als wir«, vollendete Susanne den Satz. »Es könnte einer der Chefentwickler sein.«

»An wen denkst du?«, fragte Harry Krüger.

Hohenstein, der den gleichen Gedanken gehabt hatte, schwieg abwartend.

»Gehen wir sie durch: Müller-Warden. Er war zum Zeitpunkt der Entführung mit einer Grippe zu Hause. Es gibt keine Zeugen. Der Mann der ersten Stunde.«

»Der hat nicht das Format dazu«, wandte Krüger ein. »Das hat er selbst zugegeben. Er habe nicht die Klasse.«

»... hat *er* gesagt«, griff Susanne den Einwurf auf. »Aber entspricht das der Wahrheit?«

»Das Motiv?«, fragte Harry. »Er hält fünf Prozent der Aktien. Er ist ein reicher Mann. Jedenfalls solange SecuCom etwas wert ist. Warum sollte er das alles riskieren? Oder will er die ganze Firma an sich reißen?«

»Zweitens: Langenscheidt. Ein Hacker, wie er im Buche steht. Der Zweite. Ohne Beteiligung an dem Unternehmen, angestellt, ehrgeizig. Möglicherweise bestechlich. Er könnte es schaffen.«

»Eventuell«, murmelte Hohenstein.

»Horst Grabbe.«

»Ist todkrank. Er hat nur noch ein paar Wochen zu leben. Außerdem sitzt er im Rollstuhl.«

»Aber er steckt voller Ressentiments. Rache ist ein gutes Motiv, Hass ebenfalls. Und den Computer kann er auch vom Krankenbett aus bedienen.«

»Du vergisst, dass wir einen Fingerabdruck haben. Von einem russischen Gewohnheitsverbrecher. Einem Underdog, der mit Sicherheit kein Deutsch spricht. Wie soll Grabbe an so einen Mann kommen? Kann er überhaupt Russisch?«

»Finden wir es einfach heraus«, meinte Susanne. »Welche Schule hat er besucht, welche Sprachen hat er gewählt, lebte er eine gewisse Zeit im Ausland?«

»Walter Meyer bliebe noch übrig«, bemerkte Hohenstein. »Walter Meyer, ebenfalls ein Mann der ersten Stunde. Zwar auch nur zweite Garnitur, wie Müller-Warden meint, aber ebenfalls voller Verärgerung. Er ist nicht auserwählt worden. Beckmann hat Müller-Warden genommen. Dieser Koofmich, der von Computern nur weiß, dass man sie an- und ausstellt, setzt sich über ihn hinweg. Ist das auch kein Motiv?«

»Wenn wir die russische Mafia und den amerikanischen Geheimdienst einmal außen vor lassen«, erklärte Susanne, »dann haben wir vier Verdächtige. Und zudem eine sehr ungeklärte Firmenübernahme mit einem Todesfall vor viereinhalb Jahren ...«

»Bitte nicht«, seufzte Harry. »Bitte nicht schon wieder diese Geschichte!«

»Ich möchte«, fuhr Susanne ungerührt fort, »dass wir die vier beschatten lassen. Rund um die Uhr. Ich möchte weiterhin, dass wir Horst Grabbes Anschluss im Krankenhaus überprüfen, dass wir Walter Meyer in Amerika finden und von Müller-Warden erfahren, ob er wirklich eine Grippe hatte. Außerdem interessiert mich, wo Langenscheidt das vergangene Wochenende verbracht hat. Dies alles will ich wissen.«

»Und das möglichst bis gestern«, meinte Harry.

»Bis vorgestern«, entgegnete Susanne. »Wir haben nicht mehr viel Zeit.«

Die Maschine aus Amsterdam landete pünktlich um elf Uhr fünfundvierzig auf dem hannoverschen Flughafen.

Unter den Reisenden fiel der zurückhaltend gekleidete Mann nicht auf, der sein Handgepäck, einen aluminiumfarbenen Aktenkoffer, wie die anderen auch oben bei der Gepäckablage verstaut hatte. Er trug ein Leinensakko mit blauem Rollkragenpullover und hatte seinen Trenchcoat lässig über den Arm gelegt. Ein leger gekleideter Geschäftsmann. Vielleicht hätten Eingeweihte sehen können, dass der Koffer nicht aus Aluminium, sondern aus einer Edelstahlverbindung bestand, und dass auch das Zahlenschloss nur so aussah, als könnte es jeder Gelegenheitsdieb mit dem Schraubenzieher öffnen. Doch auch ihnen wäre kaum aufgefallen, dass sich hinter ihm zwei Geschäftsleute mittleren Alters befanden, die sich zwar ungezwungen gaben, doch ihre Umgebung ungewöhnlich aufmerksam musterten. Eine Passkontrolle gab es bei Flügen innerhalb der Europäischen Union nicht, sie hatten auch keine Koffer aufgegeben, sodass sie am Gepäckförderband im Erdgeschoss des Flughafens vorbeigehen konnten. Sie reihten sich in den Strom der Passagiere ein, die an der Zollkontrolle vorbei in den Korridor des Flughafens traten. Dort wurden sie von drei Beamten in Zivil empfangen, die sie zu einem bereitstehenden Wagen geleiteten und zum Polizeipräsidium fuhren. Das Lösegeld war angekommen.

Das Dorotheen-Gymnasium lag zwischen Herrenhausen und Stöcken, zwei Stadtteilen Hannovers, die nach dem Krieg fast vollständig neu aufgebaut worden waren. Doch nach über fünfzig Jahren waren die Bäume groß geworden, die ehemals kahlen Plätze lauschig, selbst die einfallslosen Wohnblocks wirkten, beschattet von sich langsam begrünenden Platanen und Ahornbäumen, wie eine bevorzugte Wohnlage.

Sie waren angemeldet, und die Schulsekretärin Frau Wehringer, eine adrette Dame mittleren Alters, die sich mit Geschmack zu kleiden wusste, zeigte ihnen bereitwillig die Schülerakten.

»Welche Abiturjahrgänge brauchen Sie?«, fragte sie Harry Krüger.

»Ich weiß es nicht genau«, meinte er. »Ich suche das Abiturzeugnis von Horst Grabbe. Er müsste Ende der achtziger Jahre hier Abitur gemacht haben. Das genaue Datum kenne ich aber nicht.«

Sie hatten vermeiden wollen, Klaus Beckmann oder Horst Grabbe direkt nach ihren Sprachkenntnissen zu befragen, aber da Klaus Beckmann, sein Bruder Peter und Horst Grabbe Schulkameraden gewesen und Peter und Horst sogar in dieselbe Klasse gegangen waren, schien ihnen dies die einfachste Möglichkeit zu sein, eine Antwort auf ihre Fragen zu erhalten.

»Horst Grabbe?«, hakte die Sekretärin nachdenklich nach. »Das könnte neunzehnhundertsiebenundachtzig gewesen sein. Oder ein Jahr später, wenn ich mich recht erinnere.«

»Sie erinnern sich noch nach so langer Zeit an einzelne Schüler?«

»An manche schon«, erwiderte sie. »Und dieser Jahrgang hatte mir ein besonders schönes Geschenk zum Abschied gemacht. Die Schüler hatten gesammelt und mir eine Flugreise geschenkt. Nach London. Nett, nicht wahr? Und Horst Grabbe war damals Schülersprecher.«

Es war dann doch nicht siebenundachtzig, sondern sechsundachtzig, wie sich schließlich herausstellte. Die

Zeugnisse lagen noch ordentlich verwahrt in Aktenschubern und waren alphabetisch geordnet.

»Hier«, sagte sie. »Das Zeugnis von Horst Grabbe.«

Harry Krüger überflog die Zensuren. Es war ein gutes Zeugnis, Schnitt zwei Komma eins. Besonders gute Leistungen in Mathematik und den Naturwissenschaften. Sprachen schienen ihm weniger gelegen zu haben.

»Er hat Englisch bis zum Schluss gehabt«, bemerkte er. »Aber er muss doch noch eine zweite Fremdsprache erlernt haben.«

»Hier«, meinte die Sekretärin und wies auf eine Bemerkung im Zeugnis. »Russisch von Klasse sieben bis Klasse elf.«

»Er hat also Russisch gehabt?«

»Ja, wussten Sie nicht, dass wir Russisch als zweite Fremdsprache anbieten? Wir sind eine der wenigen Schulen Hannovers, die das seit Jahren tun. Wir haben schon recht früh damit angefangen. Damals war Russisch sogar ganz beliebt. Aber heute?«

»Wie waren Grabbes Leistungen?«, fragte Harry Krüger nach. »Beherrschte er die Sprache?«

Die Russisch-Noten gingen aus dem Abiturzeugnis nicht hervor. Erst als die Sekretärin wieder aus dem Archiv kam, in dem die Unterlagen der Klassen lagen, konnten sie weiterarbeiten.

»Manchmal sind die Klassenunterlagen unvollständig«, erklärte sie entschuldigend. »Es sollte eigentlich nicht vorkommen, aber ...«

In der Tat fehlten die Zeugnisse aus der elften Klasse komplett. In der zehnten Klasse hatte Horst Grabbe in Russisch eine Drei gehabt.

»War das nun gut oder schlecht?«, wollte Harry Krüger wissen.

»Mittelmäßig würde ich sagen«, versetzte sie. »Ich selbst kann kein Russisch, aber ich glaube, dass die Sprache ziemlich schwer ist. Vermutlich wird er auch nach Minsk gefahren sein. Wir hatten damals noch einen Schüleraustausch mit der Sowjetunion. Er ist heute ebenfalls eingeschlafen. Aber früher sind manche Jahrgänge komplett hinübergefahren. Vielleicht hat er also eine ganz gute Sprechpraxis gehabt.«

Harry Krüger blätterte in den Unterlagen.

Er war selbst nie ein guter Schüler gewesen, eher mäßig als mittelmäßig, wie er manchmal mit einem Anflug von bissigem Humor zu sagen pflegte. Und Zeugnisse waren zu jener Zeit kein Quell der Freude gewesen. Trotzdem übten diese Akten auf einmal eine Faszination auf ihn aus, die er sich schlecht erklären konnte. Aus der Distanz von über fünfzehn Jahren war es so nebensächlich, ob nun eine Drei oder eine Zwei auf dem Zeugnis stand.

Trotzdem schlug er die Aktenseite um.

Carsten Wiechert hatte noch im Zeugnis der zehnten Klasse einen Tadel für seine unzureichende Arbeitseinstellung erhalten.

Peter Beckmann. Auch er hatte Russisch belegt. Sogar als Leistungskurs. Dreizehn Punkte. Ohnehin hatte er ein vorzügliches Abiturzeugnis. Eins Komma vier. Und glänzende Leistungen in Mathematik, fünfzehn Punkte.

Harry Krüger kannte sich mit dem Punktesystem nicht mehr aus, aber Frau Wehringer erläuterte ihm, dass es sich um eine »Eins plus« handelte. Und in Russisch habe er eine »Eins minus« gehabt. Ja, der Peter sei schon ein intelligenter Bursche gewesen. Von seinem frühen Tod habe sie in der Zeitung gelesen. Schreckliche Sache.

»Ein Walter Meyer oder Norbert Müller-Warden gingen nicht hier zur Schule?«, fragte Harry Krüger noch nach.

Frau Wehringer suchte im Register und verneinte.

»Sie scheinen nach Sprachen zu suchen«, stellte sie fest. »Nach Russisch-Kenntnissen?«

»Merkt man das so deutlich?«, erwiderte Harry und grinste.

»Ein bisschen schon«, antwortete sie und verzog ihren Mund zu einem schelmischen Lächeln.

»Vielleicht kann ich Ihnen helfen. Gehen Sie davon aus, dass es nur ganz wenige Schulen in Niedersachsen gibt, an denen damals Russisch angeboten wurde. Außer unserer in Hannover nur eine, die Bismarckschule, und dann noch das Gymnasium Langenhagen im Landkreis. Das sind eigentlich auch schon alle. Doch wenn ich Ihnen einen Tipp geben darf: Im Immatrikulationsamt der Universität werden die Ablichtungen der Abiturzeugnisse aufbewahrt. Vielleicht schauen Sie dort einmal nach.«

Im Immatrikulationsamt der Universität Hannover fanden sich, ebenfalls säuberlich geordnet, die Kopien der Abiturzeugnisse, mit denen sich die jungen Studenten damals beworben hatten. Norbert Müller-Warden hatte Englisch und Französisch gehabt, Walter Meyer ebenfalls. Waren die beiden damit aus dem Kreis der Verdächtigen auszuschließen? Und wie sah es mit Langenscheidt aus?

SIE WERDEN SEIT JAHREN BESTOHLEN!!!
ÜBERPRÜFEN SIE EINFACH EINMAL DIE ZINSABRECHNUNGEN DER HYPOTHEKEN!

»Können Sie damit etwas anfangen?«, fragte Borchers.

Schröder zuckte die Schultern. Er war Leiter der Controlling-Abteilung und von Borchers, dem Vorstandsvorsitzenden der Niedersächsischen Hypo, zum Rapport gebeten worden.

Der Brief, computergeschrieben und anonym, war heute mit der Morgenpost gekommen.

Schröder drehte das Scheiben hin und her. »Unsere Abrechnungen sind in Ordnung«, versicherte er. »Es ist völlig ausgeschlossen, dass über Jahre hinweg Gelder zweckentfremdet werden. Das fiele bei der doppelten Buchführung sofort auf. Ein Spinner.«

Borchers hatte sich angewöhnt, die anfallenden Aufgaben in drei Kategorien einzuteilen: »Wichtig«, »Hat Zeit«, »Unwichtig«. Den stetigen Aufstieg in seinem langen Berufsleben verdankte er unter anderem der fast nachtwandlerischen Sicherheit, mit der er zwischen diesen drei Kategorien unterschied. Seine Maxime war es, sich nie mit Unwichtigem zu beschäftigen, sich auf die Alpha-Aufgaben zu konzentrieren und die Betas, Gammas und Epsilons denen zuzuschieben, die dafür weder Anerkennung noch Macht ernten würden.

Zusätzlich hatte er sich jedoch noch ein weiteres Gespür im Laufe seines Lebens angeeignet: das Gespür dafür, wann eine weitere Kategorie anzuwenden war: »Möglicherweise tödlich«. In einem solchen Fall war es wichtig, frühzeitig die Verantwortlichkeit festzulegen. Und diese lag selbstverständlich bei der Abteilung Controlling – und damit bei Schröder.

»Ein Spinner«, wiederholte der schon aus eigenem Interesse.

»Vielleicht«, meinte Borchers. »Aber Spinner schreiben meist andere Briefe. Und ich möchte dem Fall nachgehen. Überprüfen Sie stichprobenartig die Korrektheit unserer Abrechnungen.«

»Ich werde es veranlassen«, versprach Schröder. »Es wird vermutlich nichts dabei herauskommen, aber ich werde es machen. Sicher ist sicher.«

»Angeblich stimmen unsere Hypothekenabrechnungen nicht«, sagte er wenig später seinem Gruppenleiter. »Überprüfen Sie, ob unserer Firma Schaden entstanden ist.«

Möller, Gruppenleiter Buchführung, erwog, die Anfrage an einen Sachbearbeiter weiterzugeben, aber er fühlte sich in der Hierarchie zu weit unten, um im Falle von Schwierigkeiten glaubhaft eine mögliche Schuld abwälzen zu können. Schröder war fein heraus, der hatte nur Borchers und die Aktionärsversammlung im Nacken. Bei ihm selbst sah das anders aus.

»Willkürlich?«, fragte er. »Irgendwelche Stichproben? Oder gibt es einen konkreten Verdacht?«

»Nein«, versetzte Schröder. »Es gibt keinen konkreten Verdacht, nur einen allgemein gehaltenen anonymen Hinweis, wir würden seit Jahren bestohlen. Mehr nicht. Überprüfen Sie, ob an der Behauptung etwas dran ist.«

Das Ausrechnen von Hypothekenzinsen war eine Wissenschaft für sich. Restlaufzeiten, Zinstermine, Tilgungszahlungen, das alles war unendlich kompliziert, aber wozu gab es Rechner? Möller nahm eine Reihe von Vorgängen, ließ die Berechnungen erneut durch den Zentralrechner laufen und verglich. Bis auf den Pfennig genau waren die Beträge identisch mit denen in den Unterlagen. Es gab keinen Betrug, wie er erleichtert feststellte.

Und doch blieb ein Zweifel. Wenn das Programm nun einen systematischen Fehler hatte? Möller unterzog sich der Prozedur, mit einem PC die Zahlenkolonnen nachzurechnen.

2645,5643 DM musste ein Herr Steckelberg monatlich bezahlen. Eine stattliche Summe für einen einfachen Häuslebauer. Er war auch schon gelegentlich mit Zahlungen in Rückstand geraten, wie aus dem Aktenvermerk hervorging, den ein Sachbearbeiter angelegt hatte. Und da er Zehntel- und Hundertstel-Pfennige kaum überweisen konnte und sollte – die Bank war ja schließlich großzügig, wenn es um Kleinigkeiten ging – musste er nur 2645,56 DM bezahlen. Selbstverständlich wurde abgerundet. Kulanz. So wie in anderen Fällen aufgerundet wurde.

Trotzdem hatte Steckelberg 2645,57 DM überwiesen, einige Zehntelpfennige zu viel. Es würde ihn zwar nicht ruinieren, aber diese Unstimmigkeit war trotzdem ungewöhnlich. Möller rechnete nach, doch zu einem anderen Ergebnis kam er nicht. Er zog einen neuen Vorgang aus dem Computer. Aber auch nach einer weiteren Viertelsunde ergab sich kein anderes Bild. Und beim übernächsten Fall war er sich schon sicher, dass auch diesmal nichts anderes erscheinen würde: Von jedem Vorgang, jeder Zinsberechnung, jeder Buchung wurden die Zehntelpfennige einbehalten. Und es gab Tausende, Hunderttausende, Millionen von Buchungen. Möller war Kaufmann genug, um zu begreifen: Viele Zehntelpfennige addierten sich zu Tausenden, Zehntausenden, Hunderttausenden von Mark. Oder gar zu Millionen? Und da das Geld der Bank nie gehört hatte, war es auch keiner Buchprüfung aufgefallen. Und einem Herrn Steckelberg war es gleichgültig, ob er einen Pfennig mehr oder weniger bezahlte. Eine perfekte Gelddruckmaschine.

Wo tauchte das Geld auf? Wo wurde dieser Posten verbucht? Wer steckte sich diese Summen in die Tasche?

Nach einer halben Stunde rief er Abteilungsleiter Schröder an.

»Ich glaube«, begann er zögernd, »wir haben da ein Problem.«

»Sind Sie an einer interessanten Story interessiert?«, fragte die Stimme.

Weber hatte sie nicht gleich erkannt. Immerhin riefen tagtäglich viele Leute an, und die Stimme war nicht auffällig. Der Anrufer sprach ein ganz unauffälliges, gebildetes Hochdeutsch. Doch nach einem kurzen Augenblick des Zögerns spürte Weber einen Adrenalinstoß.

»Immer«, antwortete er, aber er konnte nicht verhindern, dass es gepresst klang.

»Millionenbetrug bei der Niedersächsischen Hypo«, sagte der andere. »Jedem einfachen Häuslebauer wurden zu viele Zinsen berechnet. Die Zehntelpfennige wurden beim Abrunden immer nur draufgeschlagen, nie abgerundet. Sie verstehen?«

»Ja«, murmelte Weber, obwohl er nicht ganz verstand.

»Viele Zehntelpfennige addieren sich zu Millionen von Mark«, fuhr der andere fort. »Millionen, die einfachen Sparern, einfachen Menschen gestohlen werden. Systematisch. Seit Jahren. Ist das nicht eine Story?«

»Woher haben Sie Ihre Infor ...«, setzte Weber an,

aber das Besetztzeichen verriet, dass der andere schon aufgelegt hatte.

Millionenbetrug. Wieder so eine Story. Leider hatte sein Chefredakteur diese brandheiße Entführungsgeschichte erst einmal auf Eis gelegt. Opferschutz.

Insgeheim dachte Weber zwar, dass man die Rücksichtnahme in diesem harten Geschäft auch übertreiben konnte, aber da er nun einmal in der Hierarchie ganz unten und der andere oben war, hatte er sich gefügt. Dies war wieder so eine Story. Woher hatte dieser Kerl die Informationen? Aber diesmal war es eine Geschichte, die er bringen würde.

Konkret setzt sich für Sie ein. Diese Kampagne aus den siebziger und achtziger Jahren war ein voller Erfolg gewesen. *Konkret* setzt sich für den einfachen Mann auf der Straße ein. Millionenbetrug bei einer Bank. Der arme Häuslebauer wird geschröpft, geplündert, vertrieben – und dann noch Betrug. Zu abnorm hohen Bearbeitungsgebühren, Disagios, Kontokorrentzinsen und so weiter kam auch noch schlichter Betrug! Morgen würde es in der Zeitung stehen. Und *er* würde den Artikel schreiben! Vielleicht war er auf eine Goldader gestoßen. Vielleicht packte sein Informant noch weiter aus. Opferschutz! Diesmal waren die Opfer die einfachen Menschen, Menschen wie du und ich. Nein, diesmal würde kein Chefredakteur sein Veto einlegen.

»Walter Meyer können wir streichen«, sagte Harry Krüger. »Erstens kann er kein Russisch, und zweitens hat er die USA seit zwei Jahren nicht verlassen.«

»Und woher weißt du das so genau?«, fragte Susanne interessiert.

»Weil er sitzt«, meinte Harry lakonisch. »Scheckbetrug. Seit zwei Jahren sitzt er in San Diego im Knast. Ich habe nicht alles verstanden, was die Kollegen mir gefaxt haben, aber seit zwei Jahren ist er jedenfalls nicht mehr in Freiheit gewesen.«

»Dann können wir ihn wirklich streichen«, murmelte Susanne. Sie wusste nicht, ob sie erfreut sein sollte oder nicht, doch es erleichterte immerhin ihre Arbeit.

»Konzentrieren wir uns auf die anderen.«

Er ging offline. Das Blau des Bildschirms flimmerte.

Zum ersten Mal hatte er das Gefühl, dass er die Maschen des Netzes spürte, das sie nach ihm auswarfen. Es war eine gute Idee gewesen, den Rechner der Polizei anzuzapfen, selbst um den Preis, dass er länger online geblieben war, als er es eigentlich hatte vertreten können.

Ein simpler, dämlicher Fingerabdruck. Ein überflüssiger Ölwechsel. Alles andere war für die Polizei Routine. Interpol, Karteien, Archivbilder.

Nicolaj würde sich die nächste Zeit nicht mehr auf die Straße trauen können. Nun gut, in zwei, drei Tagen würde alles vorbei sein. Trotzdem.

Er ertappte sich dabei, dass er darüber nachdachte, ob es richtig gewesen war, den Ford in Hannover abzustellen. Aber wo sonst? Hätten sie ihn in einer einsamen Kiesgrube verbrennen sollen? Einen Wagen mit Hannoveraner Kennzeichen irgendwo in Wiesbaden oder München zurücklassen sollen, wo er aufgefallen wäre wie ein bunter Hund? Nein, es waren Zufälle, wie sie eben passierten. Pannen. Nie lief alles exakt nach

Plan. Es gab immer Schwierigkeiten, aber gute Vorbereitungen schufen ein Polster von Elastizität, das abfederte. Nicht jede Panne führte zur Entdeckung.

Dass sie Sender installieren wollten, nun, damit hatte er fast gerechnet. Aber dass Klaus Beckmann hinter dem Rücken seiner Frau dafür gestimmt hatte ... Na ja, es passte zu ihm – zu seiner Gier, seiner Verlogenheit, seinem Ehrlichkeitsgetue. Eigentlich erstaunlich, worüber alles Aktenvermerke angelegt wurden. Es gab kaum einen Vorgang, der nicht protokolliert wurde. Vermerke, Beobachtungen. Und neuerdings geschah dies alles digital. In Polizeirechner konnte man ja auch normalerweise nicht eindringen.

Er blickte auf den Monitor der Videoanlage. Jonas lag genauso da, wie sie ihn vor drei Stunden verlassen hatten. Das Essen hatte er nicht angerührt. Nicht, dass er allzu großes Mitleid mit dem Jungen verspürte. Er war ein Pfand, ein Faustpfand, mehr nicht, und er zwang sich, all das Mitgefühl, das gestern in ihm aufgestiegen war, in sein Unterbewusstes zu verdrängen. Jonas war eine Figur. Mehr nicht.

Aber wahrscheinlich würden sie noch ein Lebenszeichen fordern. Das war das Problem. Irgendeine Information, die er nicht erraten konnte. Doch Jonas lag apathisch auf dem durchgeschwitzten Laken.

Er brauchte dringend einen Arzt.

Ob Aspirin half?

Natürlich hatte er auch an Medikamente gedacht. Es gab Antibiotika, gelagert in dem kleinen Medizinschrank, es gab Augentropfen, Mittel gegen Durchfall, Tropfen gegen eine Mittelohrentzündung, Verbandszeug – es gab sogar Gipsbinden gegen Knochenbrüche. Er hatte an alles gedacht.

Er war kein Arzt, aber Aspirin half meist gegen Fieber. So viel wusste er.

Und eine ordentliche Dosis würde Jonas zwar nicht heilen, aber wenigstens wieder ansprechbar machen. Als er den Schrank öffnete, lag alles fast genauso da, wie er es eingeräumt hatte. Bunte Medikamentenpackungen, säuberlich geordnet, blaue, grüne, rote. Sogar die Etiketten der Hamburger Apotheke klebten noch dran.

Doch wo war das Aspirin?

Natürlich hatte er welches gekauft. Drei Packungen, er entsann sich genau. Jetzt waren sie fort.

»Nicolaj, Markov!«, er bemühte sich, nicht zu schreien, es wirkte irgendwie lächerlich, wenn er es tat, aber er musste dennoch entschieden geklungen haben, denn die beiden tauchten nach kurzer Zeit auf. Zumindest Markov war nicht mehr ganz nüchtern. Seine Bewegungen wirkten zu kontrolliert, um natürlich zu sein. Wieso hatte er zu den oberen Zimmern keinen Zugang? Wieso lagerte dort Alkohol, den er nicht überprüfen konnte?

»Das Aspirin«, sagte er scharf. »Wir haben drei Packungen Aspirin gekauft. Wo sind sie?«

Markov grinste dümmlich. Nicolaj ebenfalls.

»Hast du auch Kopfschmerzen?«, fragte Nicolaj schließlich zurück.

»Nein, ich habe keine Kopfschmerzen!«, entgegnete er, und auf einmal merkte er, dass er brüllte. Ja, er brüllte, obwohl er insgeheim wusste, dass er lächerlich wirkte. Und auf einmal begriff er, wo die Aspirinpackungen geblieben waren.

»Was regst du dich auf, Chef?«, meinte Markov. Es war erstaunlich, wie akzentuiert er noch sprechen konnte, obwohl er beim Heruntergehen leicht geschwankt hatte und seine Augen glasig wirkten. »Was regst du dich auf, Chef? Morgen haben wir das Geld, dann brauchen wir den Kleinen nicht mehr.«

»Morgen«, erwiderte er ruhiger. »Morgen, aber nicht heute. Und wenn sie noch ein Lebenszeichen wollen? Was dann?«

Nicolaj grinste blöde.

»Wir könnten ja noch eine Packung kaufen«, schlug Markov vor. »Uns kennt doch keiner.«

»Das stimmt nicht«, versetzte er. »Sie haben Nicolajs Fingerabdrücke, und sie haben Nicolajs Foto.«

»Wieso?«, wollte Markov wissen. Obwohl er getrunken hatte, war er der deutlich Klügere der beiden.

»Weil er so dämlich war, in dem Lieferwagen seinen Fingerabdruck zu hinterlassen. Deswegen. Beim Ölwechsel, du Idiot.«

»Stimmt nicht«, sagte Nicolaj. »Ich habe immer Handschuhe angehabt.«

»Ich war im Polizeicomputer«, erklärte er. »Sie haben schon deine Unterlagen von Interpol angefordert. Und sie haben einen wunderschönen Fingerabdruck von dir.«

Markovs Gesicht verzerrte sich.

»Du Idiot!«, schrie er. »Du verdammter Idiot! Zu doof zum Scheißen!« Und dann stieß er eine Reihe von Flüchen aus.

Nicolaj murmelte etwas Unverständliches.

»Wissen sie, wo wir sind?«, fragte Markov.

»Nein«, antwortete er. »Ich glaube nicht. Aber sie suchen uns. Und wir werden morgen das Geld nicht bekommen, wenn wir ihnen nicht noch ein Lebenszeichen vom Kleinen geben.«

Für den Fall, dass sein Russisch nicht gut genug war, wiederholte er: »Ohne Lebenszeichen kein Geld. Versteht ihr? Und wenn der Junge weiter so im Fieber liegt, dann kann er uns morgen nichts sagen. Ist das klar?«

Markov nickte. Die Betrunkenheit war von ihm abgefallen.

Er trank viel, war leichtsinnig, aber nicht dumm. Im Afghanistan-Feldzug war er Feldwebel gewesen. Das wurde auch nicht jeder.

»Sollen wir das Versteck wechseln, Chef?«, schlug er vor.

Sie hatten ein Ausweichquartier hundert Kilometer entfernt. Aber ein »Umzug« barg immer ein Risiko. Eine aufmerksame Nachbarin, Kinder, die Autonummern aufschrieben, Passanten, die nach dem Weg fragten. Und ob Jonas transportfähig war, wusste er nicht. Von der Installation der Elektronik einmal ganz zu schweigen.

Einen Tag würden sie es noch aushalten.

»Nein«, entschied er. »Aber wir brauchen Aspirin.«

»Wir holen Aspirin«, versetzte Nicolaj unterwürfig. »Es gibt im Dorf eine Apotheke. Ich habe sie gesehen.«

»Ich kaufe selbst ein«, entgegnete er. »Aber, Markov, du fährst mich am besten. Und wir kaufen es auch nicht im Dorf.«

Die Mitarbeiter gingen Klaus Beckmann in der Firma aus dem Weg. Manchmal kam Knollinger vorbei und erkundigte sich nach dem Stand der Ermittlungen, aber da Klaus ihm keine klare Auskunft gab, blieb es bei stereotypen Beileidsbekundungen.

Die anderen ahnten nichts. Trotzdem hatte er das Gefühl, dass alles stillstand. Früher hatte er Dutzende von Telefonaten am Vormittag geführt, es hatte Konferenzen, Besprechungen, Planungen gegeben. Jetzt hingegen ...

Möglicherweise bildete er sich alles ein. Wahrscheinlich sogar. Es war das Schwangerschaftssyndrom. Wenn eine Frau schwanger war, sah sie überall nur Schwangere. Er sah jetzt eben überall Probleme.

Er hatte ein Blatt Papier herausgenommen und addierte verschiedene Posten. Börsenwert des Unternehmens minus fünfundzwanzig Millionen ... Der Kurs hatte sich gestern wieder leicht erholt, natürlich war die SecuCom ein gesundes Unternehmen, eines der besten der Branche, das hatte er auch den sturen Kerlen von der Bank immer wieder erklärt: Wir sind die Besten, und ihr könnt uns in dieser schwierigen Situation nicht hängen lassen ...

Klaus überflog die Rechnungen in seiner Hand. Wenn es nicht allzu vertrackt lief, konnte er die Firma gerade so halten. Trotz der fünfundzwanzig Millionen.

Ob die Polizei den Sender installieren würde? Die Kommissarin war so einsilbig gewesen. Dabei lag es doch nahe. Die Beamten hatten es selbst vorgeschlagen. Und ob Ulrike nun davon erfuhr oder nicht, änderte doch nichts, oder?

Seine Gedanken drehten sich im Kreis.

An Jonas dachte er merkwürdigerweise weniger. Ob Ulrike Recht hatte? Ging es ihm nur ums Geld? Jederzeit?

Aber waren Geld, Macht und Sex nicht die wichtigsten Triebkräfte im Leben eines Mannes überhaupt?

Leider gehörte ihm die Firma nicht vollständig oder zum größten Teil. Als Ehefrau hatte Ulrike Peters Anteile geerbt, und damit besaß sie fast dreimal mehr als er. In ihrer ersten Zeit hatten sie einmal überlegt, ihre Anteile zusammenzulegen, aber irgendwie war es unterblieben. Leider. Trotzdem würde er sich nicht sein Leben zerstören lassen, Jonas hin, Ulrike her.

Müller-Warden und Langenscheidt kamen zum Rapport. Zusammen. Seltsam, diese Eintracht. Sie hatten für das Hackerproblem immer noch keine Erklärung. Von einer Lösung ganz zu schweigen. Nur dass es ein Problem gab, ja, das gaben die beiden inzwischen zu.

Er verstand von den technischen Einzelheiten zu wenig, konnte mit Kernels, Schleifen und Algorithmen wenig anfangen, und er hörte auch nicht richtig zu. Schließlich gingen sie wieder. Ob sie in die Sache verwickelt waren?

Langenscheidt traute er alles zu, aber Müller-Warden? Oder machten sie gemeinsame Sache?

Warum war er auf Leute angewiesen, denen er nicht mehr voll vertrauen konnte?

Er listete Zahlen auf, aber während er es tat, wusste er, dass er keine gesicherte Kalkulation betrieb, sondern ein Ratespiel, dass er sich die Zahlen so zurechtlegte, wie er sie haben wollte oder, noch eher, wie sie seiner momentanen Stimmung entsprachen. Kopf, Zahl, gerade, ungerade, Erfolg, Versagen.

Für Ulrike ging es einfach nur um ihr Kind. Für ihn ging es um mehr. Nicht um fünfundzwanzig Millionen, sondern um alles. Um sein ganzes berufliches Leben. Und nicht nur um sein berufliches.

Den Anruf von der Niedersächsischen Hypo nahm er wie betäubt entgegen.

Die Tatsache, dass sie seinen Vertrag zum nächstmöglichen Termin kündigten, überraschte ihn nicht mehr. Morgen würde ein Artikel in der Zeitung stehen.

»Sie haben um vierzehn Uhr noch eine Besprechung«, erinnerte Frau Kleinhäuser ihn, als er ging.

»Sagen Sie sie ab«, sagte er matt und trat aus der Tür. »Es ist sowieso egal.«

»Horst Grabbe hängt also ständig im Netz«, fasste Susanne Breugel die Berichte zusammen. »Und er ist auch gelegentlich noch außerhalb des Krankenhauses zu finden. Gestern war er sogar wieder in seiner alten Wohnung in der Alleestraße?«

»Zumindest haben unsere Ermittlungen das ergeben«, meinte Harry Krüger. »Er verließ das Krankenhaus am späten Nachmittag und ließ sich in seine Wohnung in der Alleestraße fahren. Wie wir erfahren haben, ist das sein Elternhaus. Im Krankenhaus ist er bisher noch nicht aufgetaucht.«

»Ich denke, er ist schwer krank?«, hakte Susanne nach. »Braucht er nicht ständig ärztliche Betreuung?«

»Ja, aber die Entlassung erfolgte auf eigenen Wunsch und auf eigenes Risiko.« Harry Krüger sah, wie es hinter der Stirn seiner Chefin arbeitete.

»Das macht ihn nicht automatisch verdächtig«, betonte er. »Horst Grabbe ist todkrank, und wenn er für seine letzten Tage nach Hause will – vielleicht einfach, um dort ein würdiges Ende zu haben, im Kreise der Familie, ohne Apparatemedizin, in vertrauter Umgebung –, dann macht ihn das nicht automatisch verdächtig. Auch wenn er Russisch kann.«

»Wohl nicht«, gab Susanne zu. »Aber dennoch ist der zeitliche Zusammenhang auffällig. Es passt zu gut. Doch ich sehe allerdings auch nicht, wie man vom Krankenlager aus eine Entführung durchführen kann. Aber wollen wir ihn deswegen von der Liste streichen?«

Harry zuckte mit den Schultern.

»Müller-Warden?«

Der Bericht der Kollegen, die ihn beschattet hatten, lag vor.

»Müller-Warden hat den größten Teil des Tages ...«

»Bitte konkreter«, unterbrach Susanne ihn unwirsch. »Mit *größtem Teil* kann ich nicht viel anfangen.«

»Er arbeitete bis zweiundzwanzig Uhr neunzehn«, präzisierte der Beamte. »Es sah zunächst so aus, als fahre er nach Hause. Dann bog er allerdings ab, sodass wir seine Spur verloren. Zu Hause tauchte er erst um ein Uhr fünf wieder auf.«

»Und falls du mich fragst«, fügte er fast aggressiv hinzu, »dass wir ihn verloren haben, war reiner Zufall. Ein Unfall, ein Auffahrunfall an einer roten Ampel durch einen Betrunkenen. Wir standen eingekeilt ...«

»Ist schon gut«, meinte Susanne. Aber man sah ihr an, dass es nicht gut war.

Es ging zu viel schief. Und die Geldübergabe sollte bald stattfinden.

»Und Langenscheidt?«

»Hat noch etwas länger als Müller-Warden gearbeitet. Bis ...«, der Beamte zögerte und erlaubte sich den Anflug eines Grinsens, »... zweiundzwanzig Uhr siebenunddreißig, dann ist er nach Hause gefahren. Er erhielt dort allerdings Besuch von einer jungen Dame, die über Nacht blieb. Sie kam um zweiundzwanzig Uhr achtundvierzig in einem schwarzen Golf, polizeiliches Kennzeichen ...«

»Ist die Fahrerin überprüft worden?«

»Es handelt sich um eine Tatjana Wrede, einundzwanzig Jahre alt, Reisekauffrau aus Hannover, wohnhaft in Kleefeld.«

»Scheint eine private Sache zu sein«, mutmaßte Harry Krüger. Er ertappte sich bei dem Gedanken, dass es ganz angenehm wäre, wenn auch er wieder mal etwas Privatleben hätte. Dieser Fall hatte ihn in der letzten Woche sehr beansprucht. Und zu Hause gab es die ersten Anzeichen eines handfesten Krachs. Nicht offen natürlich, niemand konnte ernsthaft das Leben eines Jungen gegen etwas private Nestwärme aufrechnen, aber den »Warum-habe-ich-bloß-einen-Polizisten-geheiratet-Blick« seiner Frau spürte er immer häufiger auf sich gerichtet. Harry vermutete, dass es Susanne ähnlich ging.

»Sollen wir sie noch überprüfen?«, wollte der Kollege wissen und schaute Susanne auffordernd an.

Sie nickte gleichgültig. Und in der Tat schien niemand davon auszugehen, dass diese Spur zu etwas führte. Eine private Liebschaft, mehr nicht.

»Wo war Müller-Warden?«, fragte Susanne. »Er war drei Stunden weg. Nachts. Wo hat er gesteckt?«

»Ich halte ihn nicht für verdächtig«, meinte Harry noch einmal. »Was wird er in der Nacht gemacht haben? Er lebt allein, vielleicht hat er eine Bar oder eine Kneipe besucht. Er arbeitet fast rund um die Uhr. Natürlich braucht er Entspannung. Und es macht ihn nicht automatisch verdächtig, dass er unser Team abgehängt hat. Genauso gut könnte Langenscheidt seiner Geliebten Informationen gegeben haben.«

»Wir stehen am Anfang, und wir drehen uns im Kreis«, versetzte Susanne.

Dann fasste sie sich. Das Lamentieren half nichts.

»Setzen wir Schwerpunkte«, fuhr sie fort. »Einer der

vier Verdächtigen, Walter Meyer, ist ausgeschieden, er ist im Gefängnis. Von den anderen dreien kann nur einer mit Sicherheit Russisch. Der ist aber todkrank – doch nicht so krank, wie er uns hat glauben lassen. Die anderen sprechen höchstwahrscheinlich kein Russisch, jedenfalls wissen wir nichts davon. Und ausgerechnet dieser eine, der die Sprache beherrscht, sitzt im Rollstuhl und hat nur noch wenige Wochen zu leben, tummelt sich aber die ganze Zeit im Netz. Ist die Leitung wenigstens angezapft worden?«

»Der Bericht liegt vor«, seufzte Harry. »Er hat sich viele Stunden über T-Online eingeloggt, aber was er sich im Netz angesehen hat, wissen wir nicht. Es ist auch ohne großen technischen Aufwand nicht herauszufinden. Seit gestern Abend hält er sich zu Hause auf, was die Sache zusätzlich erschwert hat. Und die Frage ist doch: Lohnt sich der Aufwand? Ich meine, wir sollten auf die Übergabe des Lösegeldes setzen. Beckmann befürwortet die Installation eines Senders, dazu die großräumige Beschattung durch unsere Beamten – da haben wir eine realistische Chance, sie zu verfolgen. Und vielleicht ergeben ja unsere Untersuchungen in der Lüneburger Heide noch einen Hinweis.«

»Bisher sind die im Sande verlaufen«, meinte Susanne sarkastisch. »Den gibt es da ja auch zur Genüge.«

Aus Praktikabilitätsgründen waren zunächst nur die einzeln stehenden Häuser der Region vorsichtig untersucht worden, aber auch deren Zahl ging in die Tausende. Die ersten Ergebnisse waren dementsprechend mager. Wagen der Marke Ford Transit gab es viele, und auch in einer dünn besiedelten Gegend fielen sie nicht weiter auf. Es war die sprichwörtliche Suche nach der Nadel im Heuhaufen. Zusätzlich erschwert wurde die

Suche dadurch, dass sie im Verborgenen stattfinden musste. Ein großer Teil der Streifenpolizisten hatte zwar inzwischen das Bild von Nicolaj Kusneztow, aber bisher war er noch nicht aufgefallen.

»Haben wir weitere Hintergrundinformationen?«

Harry Krüger kannte seine Vorgesetzte inzwischen zu lange und zu gut, um nicht zu erkennen, dass sich ein resignierter Unterton in ihre Stimme geschlichen hatte.

Die Zeit war knapp, und sie verstrich mit atemberaubender Geschwindigkeit.

»Bei Müller-Warden gibt es nichts«, antwortete Harry. »Ich habe zwar nur oberflächlich recherchieren können, aber er hat einen ganz normalen Werdegang hinter sich. Abitur, Studium, Firmeneintritt. Und was Langenscheidt angeht ... Er scheint ein ziemlicher Hacker gewesen zu sein, jedenfalls dem Vernehmen nach. Einmal stand er – da war er allerdings erst siebzehn, sogar auf einer Liste von Verdächtigen, als damals eine Gruppe von Computer-Freaks einige amerikanische Internetprovider lahm legten, doch das ist inzwischen auch schon einige Zeit her. Seitdem nichts Auffälliges.«

»Gut«, erwiderte Susanne und beendete die Besprechung. »Die Beschattung geht weiter. Vielleicht führt sie ja doch zu etwas. Wir brauchen irgendeinen Zufall.«

Es wird keinen Zufall geben, ging es Harry Krüger durch den Kopf. Dieses Unternehmen war zu gut geplant.

Sie hatten gestern noch mit Klaus Beckmann gesprochen. Nicht, dass man ihm da die Anspannung nicht angesehen hätte. Natürlich, er hatte müde ausgesehen, die Falten, die er in einigen Jahren einmal haben würde, hatten sich in seinem Gesicht angedeutet, alle Attribute mangelnden Schlafes waren sichtbar gewesen, und doch erschien Klaus Beckmann ihr von einem auf den anderen Tag verändert. Hatte er sich noch gestern stark gegen seine Frau zur Wehr gesetzt, um das Geld gekämpft, versucht, Initiative zu zeigen, so saß er heute da und starrte nur mit merkwürdig leeren Augen vor sich hin. Er ließ nicht die Schultern hängen, im Gegenteil, er hielt sich aufrecht, schließlich war er sportlich, aber sein Gang wirkte eine Spur verlangsamt, und vielfach hatte Susanne den Eindruck, dass er ihr gar nicht zuhörte, als sie die einzelnen Maßnahmen schilderte, die in der vergangenen Nacht noch von dem Einsatzstab ausgearbeitet worden waren, um Wagen und Lösegeld verfolgen zu können.

Schock, dachte sie plötzlich. Dieser Mann stand unter Schock. Er hatte etwas erlebt, das er noch nicht verarbeitet hatte. War es die verspätete Reaktion auf Jonas' Entführung? Sie kannte Fälle, wo erst nach Tagen das ganze Begreifen einsetzte, wo die Erkenntnis die Beteiligten erst nach einer Woche oder zehn Tagen wie ein Schlag traf. War es das?

Ulrike Beckmann hatte die letzten Tage immer teilnahmsloser dagesessen, von dem Streit um das Lösegeld einmal abgesehen. Doch heute wirkte sie agiler als ihr Mann. Eine merkwürdige Verkehrung der Rollen. Gab es eine Entwicklung, von der sie, Susanne, noch nicht wusste?

»Haben Sie gestern eine Nachricht erhalten?«, fragte Susanne schließlich direkt.

Beckmann lachte bitter.

»Nachricht erhalten ist gut! Das ist sehr gut!«

Sein Lachen klang gehässig, aufgesetzt und sehr unfroh.

Ulrike Beckmann schwieg.

»Hat es mit der Entführung zu tun?«, hakte Susanne nach einer Weile nach.

»Hat es mit der Entführung zu tun?«, äffte er sie nach. »Was hat denn nicht mit der Entführung zu tun? Nennen Sie mir etwas, was nicht mit der Entführung zu tun hat!«

Als hätte dieser Ausbruch ihn erschöpft, schwieg er nun und lehnte sich zurück.

»Mein Mann hat gestern einen Anruf von der Niedersächsischen Hypo erhalten«, sagte schließlich Ulrike Beckmann.

»Und?«

»Sie sollten mal die Zeitung *Konkret* lesen«, meinte Klaus Beckmann abschätzig. »Da erfährt man etwas.«

Dann aber stand er auf und murmelte nur: »Entschuldigen Sie, die Nerven, wissen Sie? Es ist alles etwas viel für mich, für uns.«

Und nach einer Weile wiederholte er: »Entschuldigung, es war nicht so gemeint.«

»Was für einen Anruf haben Sie erhalten?«, fragte Susanne nach. »Was steht in der *Konkret*?«

Wortlos reichte ihr Ulrike Beckmann die Zeitung. Die fette Überschrift stach ins Auge:

MILLIONENBETRUG!

»Und?«, fragte sie, nachdem sie den kurzen Artikel überflogen hatte. »Was hat das mit Ihnen zu tun?«

»Verstehen Sie nicht?«, fragte Beckmann. »Es ist *unser* Sicherheitssystem, das dies zugelassen hat. Wenn sich das herumspricht, und das ist ja wohl kaum noch aufzuhalten, nachdem es schon in der *Konkret* steht, dann sind wir erledigt. Es ist aus. Wir haben nicht einmal die fünfundzwanzig Millionen. Streng genommen, gehören nicht einmal die uns noch. Wir sind pleite.«

Wieder lachte er unfroh.

»Nun malen Sie mal nicht gleich den Teufel an die Wand«, versuchte Susanne Breugel die beiden aufzumuntern. »Das renkt sich schon wieder ein.«

Sie hatte zwar nicht viel Ahnung vom Geschäftsleben, aber von zu Hause – ihr Mann hatte eine Immobilienfirma – kannte sie die Sorgen Selbstständiger.

»Nein«, sagte Klaus Beckmann. Und mit einem Mal wirkte er gänzlich erschöpft. »Das ist das Ende. Wir verkaufen Sicherheit. Vertrauen. Und dies ist ein solcher Vertrauensbruch, ein solch eklatantes Versagen, dass wir uns von diesem Schlag nicht wieder erholen werden. Wissen Sie, die moderne Form des Banküberfalls wird in diesem Jahrhundert per Mausklick erfolgen. Eine Mafia könnte ganz risikolos den Banken Sicherheitssoftware verkaufen – und sie insgeheim abzocken. Und deswegen ist Vertrauen in unserer Branche so wichtig. Gestern hat uns die Hypo die Kündigung ausgesprochen. Ganz folgerichtig. Die anderen Kunden werden folgen. Wir sind am Ende. Wer auch immer dies eingefädelt hat – er hat ganze Arbeit geleistet und wusste ganz genau, was er tat.«

»Warum hat es der Täter öffentlich gemacht?«, wollte Susanne wissen. »Warum ruft er die Bank an und bringt sie auf diese Idee? Das System war doch eine Gelddruckmaschine. Einfach perfekt.«

»Verstehen Sie es nicht?«, rief Beckmann. »Verstehen

Sie es wirklich nicht? Unsere Firma soll ruiniert werden. Total. Vollständig. Das ist es. Diese Aktion allein hätte gereicht. Diese ganz allein.«

»Aber warum dann die Entführung?«

Beckmann starrte vor sich hin.

Eine perfekte Dramaturgie, ging es Susanne durch den Kopf. Eine sorgfältig geplante Steigerung. Was würde am Ende stehen?

»Weiß die Bank schon, wohin das Geld überwiesen worden ist?«, fragte sie nach einer Weile, um das Thema zu wechseln.

»Keine Ahnung«, meinte Beckmann. »Ich weiß es nicht, aber wenn der Kerl so raffiniert war, sich so gut zu tarnen, wird er sich schon etwas Bankensicheres ausgedacht haben. Irgendein verborgenes Konto. Es ist ein Millionenschaden. So viel ist sicher: ein Millionenschaden.«

»Wir werden ihn finden«, versprach Susanne Breugel. »Wir bringen Ihren Sohn wohlbehalten nach Hause, und wir finden den Täter. Sie werden sehen. Alles wird gut.«

In einem seltenen Einvernehmen sahen die beiden sie an. Die Beckmanns glaubten ihr nicht. Das schien das Einzige zu sein, was sie noch verband. Sie saßen getrennt voneinander. Ulrike berührte ihren Mann nicht, und er blickte sie nicht an.

»Ich möchte, dass Sie unser Kind finden«, erklärte Ulrike Beckmann nach einer Weile des Schweigens. Ihre Stimme klang fest. »Alles andere ist mir inzwischen egal. Nur Jonas zählt für mich noch.«

»Wenn man sich vorstellt, dass man für so viel Geld einen Mord begehen kann«, sagte Klaus Beckmann nachdenklich, »und auf einmal ist alles weg. Ganz einfach weg. So, als hätte man es nie gehabt und nie dafür gearbeitet.«

»Lass es gut sein«, murmelte Ulrike. »Lass es einfach gut sein.«

»Ich möchte wissen, wer es war«, fuhr Beckmann fort. »Es klingt furchtbar abgedroschen, aber wer hat ein Interesse daran, uns alles zu nehmen: unser Kind, unser Geld, unsere Firma? Wer hasst uns so sehr? Das ist doch keine normale Entführung, oder?«

»Ich glaube es auch nicht mehr«, gab Susanne vorsichtig zu.

»Wann werden sie sich melden?«, fragte Ulrike Beckmann unvermittelt. »Wann melden sich Entführer? Wissen Sie es, Frau Breugel? Am Vormittag, so wie jetzt, nachmittags, abends? Gibt es ein Schema?«

»Es gibt kein Schema«, erwiderte Susanne wahrheitsgemäß. »Jede Entführung ist anders. Aber ich glaube nicht, dass er noch lange warten wird.«

»Unter der Voraussetzung, dass er die bisherige Strategie beibehält«, erklärte Hohenstein, »können wir ihn vielleicht schnappen. Ich habe seine Vorgehensweise analysiert und ein Muster herausgefunden, einen möglichen Schwachpunkt. Der letzte Server ist immer einer von SecuCom. Das wussten wir bereits. Aber«, er machte eine Pause und erhob die Stimme, »es ist immer ein Server, den SecuCom bereits vor einigen Jahren eingerichtet hat. Bei alten Kunden sozusagen. Und von diesen alten Kunden gibt es nicht so viele. Ich habe die Firmenunterlagen gesichtet. Es gibt genau achtunddreißig Kunden, die vor fünf bis drei Jahren dieses System installiert haben. Nur achtunddreißig. Wir haben einige gebeten, ihren Server abzuschalten. Die meisten spielen mit. Es bleiben zehn Server, die wir überwachen können. Wir umgehen die Schutzvorrichtungen und kontrollieren die ein- und ausgehenden Telefonverbindungen direkt. Handarbeit, wenn man so will. Vielleicht klappt es ja. Es ist ein Test. Und wenn es wirklich funktioniert, dann haben wir zum ersten Mal einen zeitlichen Vorsprung – einen Vorsprung, von dem unser Freund nichts ahnt. Wenn dies nicht klappt, dann weiß ich auch nicht mehr weiter.«

»Beckmann hat mir vorhin mitgeteilt, dass bei der Niedersächsischen Hypo ein Computereinbruch erfolgte. Es stand heute sogar in der *Konkret*«, meinte Susanne und wechselte das Thema. »Wisst ihr davon?«

»Ich habe es vor zehn Minuten erfahren«, gab Hohenstein zurück. »Obermüller hat mir eine Notiz hingelegt. Hoher Schaden?«

»Beckmann spricht von einem Millionenschaden für die Bank. Die Geschäftsverbindungen zu seiner Firma werden aufgelöst.«

»Kann ich verstehen.«

»*Ich* verstehe eines nicht«, bemerkte Susanne. »Wenn unser Entführer so souverän per Computer eine Bank überfallen kann, könnte er doch spielend das Lösegeld verdienen. ›Der Bankeinbruch der Zukunft funktioniert per Mausklick‹, hat Beckmann mir vorhin erklärt. Warum also dieses Risiko einer Entführung eingehen? Von der Moral mal ganz zu schweigen.«

Hohenstein schwieg.

»Das werden wir wohl erst wissen, wenn wir den Täter haben«, sagte er schließlich.

Obermüller trat ein. »Was Neues?«, erkundigte er sich.

Susanne verneinte. »Wir sitzen in den Startlöchern«, meinte sie. »Es kann losgehen.«

»Ich habe aber etwas Neues«, stellte Obermüller fest. Trotz der angespannten Lage schien er fast guter Laune zu sein. »Ist zwar nicht so ganz unser Metier, aber trotzdem ... Die bei der Niedersächsischen Hypo haben herausgekriegt, auf welches Konto ein großer Teil des Geldes verschoben worden ist.«

»Und?«, fragte Susanne gespannt.

»Auf ein Nummernkonto in Guernsey; das ist eine englische Kanalinsel – für diejenigen, die in Geografie nicht aufgepasst haben.«

»Der Inhaber des Kontos konnte ermittelt werden?«

Obermüller lächelte. »Normalerweise sind die Burschen, was das Bankgeheimnis angeht, ja sehr zugeknöpft. Auf Cayman Islands kann man das schon mal gleich vergessen. Hier geht es aber um ein Konto der Deutschen Bank. Richtig, die hat dort auch eine Niederlassung. Und die waren in diesem Fall ausnahmsweise recht kooperativ. Dreimal dürft ihr raten, wem das Konto gehört?«

»Müller-Warden«, rief Hohenstein. »Müller-Warden oder Langenscheidt.«

»Ich tippe auf Horst Grabbe«, sagte Susanne.

»Falsch«, meinte Obermüller. »Ihr liegt alle falsch. Es gehört ... Klaus Beckmann! Es ist sein eigenes Konto! Und er hat sich seit Jahren illegal Geld auf dieses Konto überwiesen. Kontostand: mehr als drei Millionen Mark. Das ist ein großer Teil der Summe, die bei der Niedersächsischen Hypo fehlt. Und diese neue Erkenntnis lässt natürlich auch die Entführung in einem anderen Licht erscheinen.«

»Das macht doch keinen Sinn«, widersprach Susanne. »Das ist Quatsch. Warum soll er sein eigenes Kind entführen? Warum soll er selbst die Zeitung *Konkret* über die Entführung informieren? Das ist verrückt! Der ist doch nicht bescheuert.«

»Wer weiß«, meinte Obermüller. »Vielleicht ein langfristig eingefädelter Plan, bei dem er sich zu guter Letzt mit seinen Kumpanen verkracht hat? Außerdem gehört die Firma ihm ja nicht allein. Der größte Teil gehört seiner Frau. Peter Beckmann hatte fünfzig Prozent der Firma selbst behalten, Ulrike und Klaus Beckmann jeweils fünfundzwanzig Prozent. Vor der Kapitalerhöhung. Und diese fünfzig Prozent hat Ulrike geerbt, nicht Klaus. Vielleicht wollte er alles.«

»Glaub ich nicht«, erwiderte Susanne.«

»Klaus Beckmann hat nicht das Format dazu«, wandte Hohenstein ein. »All diese Aktionen tragen die Handschrift eines Computerspezialisten, und das ist Klaus Beckmann mit Sicherheit nicht. Entweder hat er mit einem Spezialisten gemeinsame Sache gemacht, oder aber hier ist eine Lunte gelegt worden, die ihm endgültig den Rest geben soll. Auch moralisch. Wäre doch auch eine Möglichkeit, oder nicht?«

»Vielleicht«, antwortete Obermüller. Aber überzeugt schien er nicht zu sein.

»Was hältst du davon?«, fragte Helga Richter ihren Mann.

Der Brief war ein normaler graubrauner DIN-A5-Umschlag, die Adresse mit einem Klebeetikett befestigt. Abgestempelt im Briefzentrum drei, Hannover. Das Schreiben war völlig unauffällig, weißes Schreibmaschinenpapier, eine normale Computerschrift.

Gerd Richter überflog den Text zum wiederholten Male.

Sehr geehrte Frau Richter,
sehr geehrter Herr Richter.

Zunächst möchte ich mich bei Ihnen ganz ausdrücklich und aufrichtig für die Unannehmlichkeiten und die Angst entschuldigen, die Ihre Tochter Julia bei der Entführung von Jonas Beckmann für einige Stunden erdulden musste. Es war nie meine Absicht, Unbeteiligte, schon gar nicht Kinder, in den Fall mit hineinzuziehen. Ich kann mir vorstellen, dass das Erlebnis für Julia traumatisch war, aber ich hoffe, dass Ihre Tochter den Vorfall gut überstanden und verarbeitet hat. Dennoch aber noch einmal meine wirklich ernst gemeinte Entschuldigung.

Ich bitte Sie um einen Gefallen: Wir alle möchten gern diese Entführung schnell und ohne Gefahr für Jonas zu Ende bringen. Bitte geben Sie den beiliegenden Brief, ohne ihn zu öffnen, an Ihre Nachbarin Frau Ulrike Beckmann. Teilen Sie ihr mit, dass er irrtümlich von der Post bei Ihnen abgegeben worden sei. Falls Sie sie ungestört sprechen können, weisen Sie sie darauf hin, dass sie diesen Brief unbedingt lesen sollte.

Ein Wort noch an Sie: Ich kann mir gut vorstellen, dass Sie sich nun ernsthaft überlegen, die Polizei einzuschalten und ihr den Brief vorzulegen. Wie gesagt, ich kann Ihre Überlegungen nachvollziehen.

BITTE TUN SIE ES NICHT.

Sie würden Jonas' Leben ernstlich in Gefahr bringen. Übergeben Sie den Brief und überlassen Sie Frau Beckmann die Entscheidung. Wenn Frau Beckmann die Polizei verständigen will, kann sie dies selbstverständlich tun. Aber es ist dann ihre Entscheidung!

SPIELEN SIE NICHT SELBST SCHICKSAL!!!

Ich danke für Ihre Hilfe. Und ich glaube, auch Jonas wird Ihnen später dankbar sein.

Mit freundlichen Grüßen

NN

»Und was ist das für ein Brief?«, fragte Gerd Richter.

Seine Frau gab ihm ein Schreiben der Nordwestdeutschen Klassenlotterie. *Persönlich. Nur für Sie.* Normalerweise ein glatter Fall für den Papierkorb.

»Das steckte im Umschlag«, sagte sie.

»Du hast es angefasst?«, murmelte er entgeistert.

»Die Entführer werden doch nicht so blöd sein, ihre Fingerabdrücke darauf zu hinterlassen«, entgegnete sie. »Spuren wird die Polizei an diesem Brief nicht finden. Aber was machen wir? Das ist doch die Frage«, wiederholte sie. »Deswegen habe ich dich angerufen. Wie verhalten *wir* uns?«

Gerd Richter zögerte eine Weile.

»Ich glaube, wir sollten den Brief der Polizei geben«, meinte er schließlich. »Egal, was die schreiben. ›Keine Polizei‹ – das sagen sie immer.«

»Ich weiß nicht«, gab sie zu bedenken. »Er hat uns ausdrücklich gewarnt. Und es ist doch eigentlich auch eher Ulrikes Entscheidung, oder nicht?«

»Ich bin unschlüssig«, gestand er. »Ich habe ein ungutes Gefühl. Hier soll doch etwas an der Polizei vorbeilaufen. Vielleicht ein Treffen, von dem die Polizei nichts erfährt. So was könnte ich mir jedenfalls vorstellen. Und sie hoffen, dass Ulrike darauf eingeht.«

»Aber dann wäre es immer noch ihre Entscheidung«, beharrte sie. »Und ich frage mich, ob wir berechtigt sind, ihr diese Entscheidung abzunehmen, nein, genauer: Dürfen wir diese Entscheidung über ihren Kopf hinweg treffen? Eine Entscheidung, die Jonas' Leben betrifft?«

Gerd Richter sah eine Weile aus dem Fenster. Das Wohnzimmer öffnete sich in einen Park, der um die Jahrhundertwende angelegt worden war. Das erste Grün war zu sehen; unter dem alten Kirschbaum breitete sich ein malerischer Teppich von Frühblühern aus. Ein Anwesen, auf dem er gern lebte, ein Idyll. Doch für einen Moment hatte ihm Julias Entführung gezeigt, wie bedroht dieses Idyll war. Er hatte erkannt, dass das Glück manchmal nur an einem seidenen Faden hing.

»Wir sollten Ulrike die Entscheidung überlassen«, meinte er schließlich. »Ich möchte die Verantwortung nicht übernehmen.

Aber ein ungutes Gefühl habe ich trotzdem«, fügte er hinzu. Und es klang, als wollte er sich vor sich selbst rechtfertigen.

»Der Übergabetermin sollte heute sein«, meinte Ulrike. »Der sechste April, das hat er gesagt.«

Klaus Beckmann schwieg.

»Es ist schon Mittag«, meinte sie. »Glaubst du, er meldet sich heute noch?«

»Ich weiß es nicht«, erwiderte er. »Es ist auch ziemlich egal. Das, was er erreichen wollte, hat er schon erreicht. Wir sind am Ende.«

»Es geht dir tatsächlich nur ums Geld?«

»Nein«, antwortete er matt. »Es geht mir um unser Leben. Ein Leben, so wie wir es uns vorgestellt haben. Mit Firma, mit Kind, mit allem.«

Ulrike schwieg eine Weile. »Vielleicht zahlen wir jetzt?«, murmelte sie dann. »Vielleicht muss man für alles im Leben bezahlen. Und jetzt sind wir eben dran.«

Klaus Beckmann schnaubte durch die Nase, aber er sagte nichts. Das Klingeln an der Tür enthob ihn ohnehin einer Antwort.

Ulrike stand mühsam auf und ging in die Halle.

»Sie, Frau Richter?«

Die Nachbarin hielt einen Briefumschlag in der Hand. Sie blickte sich hastig um. »Ich wollte mal kurz vorbeischauen, Sie verstehen schon. Wissen Sie etwas Neues?«, erkundigte sie sich.

»Nein«, seufzte Ulrike. »Er hat sich noch nicht gemeldet.«

»Das ist ja furchtbar«, murmelte Helga Richter mitfühlend. Dann dämpfte sie ihre Stimme. »Ich habe einen Brief für Sie«, berichtete sie leise. »Er ist vorhin bei uns abgegeben worden.« Sie händigte ihr das längliche Kuvert mit dem bunten Aufdruck aus.

»Danke«, sagte Ulrike geistesabwesend. »Aber Sie hätten ihn eigentlich auch gleich wegwerfen können. Lotterie haben wir noch nie gespielt.«

»Diesen Brief sollten Sie lesen«, erklärte die Nachbarin eindringlich und noch eine Spur leiser. »Er ist uns zugespielt worden. Ich sollte ihn abgeben, ohne die Polizei zu informieren. Wir waren uns nicht sicher, ob wir richtig gehandelt haben, aber wir wollten Ihnen mit der Entscheidung nicht zuvorkommen.«

Eine Welle von Adrenalin durchflutete Ulrikes Körper. War das das Zeichen? »Sie meinen ...«

Helga Richter nickte kurz.

»Lesen Sie, und überlegen Sie es sich, wie Sie verfahren wollen. Ich würde Ihnen raten, was immer Sie auch tun, die Polizei einzuschalten. Aber es ist selbstverständlich Ihre Entscheidung.«

»Ja, natürlich«, erwiderte Ulrike hastig und nahm den Brief an sich.

»Was war?«, wollte Klaus wissen, als sie zurück ins Wohnzimmer trat.

»Nichts«, log sie. »Nur Werbung. Nordwestdeutsche Klassenlotterie. War bei Richters abgegeben worden. Nichts weiter.«

Dann ging sie ins Badezimmer. Sie schloss die Tür ab, was sie normalerweise nicht tat, und riss hastig den Umschlag auf.

Das Schreiben war länger, und sie musste es mehrfach lesen, um den Sinn zu verstehen.

Liebe Frau Beckmann,

Zunächst das Wichtigste: Jonas geht es gut, aber er möchte natürlich nach Hause.

Ihr Mann hat leider die Polizei eingeschaltet, obwohl ich dies ausdrücklich untersagt hatte. Gravierender ist, dass er eingewilligt hat, die Steine mit einem Sender zu markieren. Sie können sich vorstellen, dass dies die Übergabe nur erschwert.

Ich mache Ihnen folgenden Vorschlag: Sie fahren kurz zum Kindergarten. Vor dem Kindergarten finden Sie in einem Papierkorb eine kleine Tasche. Diese enthält Glasstücke, die so ähnlich aussehen wie Diamanten. Nehmen Sie diese Glas-Imitate an sich, tauschen Sie sie gegen den Inhalt der Diamantensäcke aus und legen Sie die echten Diamanten in die Tasche. Der Zeitpunkt zum Vertauschen der Steine ist vermutlich dann am günstigsten, wenn ich über E-Mail wieder Kontakt aufnehme. Danach nehmen Sie Ihr Handy und die Dia-

manten und fahren damit zum Einkaufen. Fahren Sie ein wenig ziellos in der Stadt herum und achten Sie darauf, dass Ihnen keiner folgt.

Wir nehmen mit Ihnen Kontakt auf.

Wenn Sie uns die Steine übergeben haben, wird Jonas frei sein.

Dass Sie die Polizei nicht einschalten werden, halte ich für ein Gebot der Klugheit. Bitte fassen Sie es nicht als Drohung auf, wenn ich Ihnen mitteile, dass es keinen zweiten Übergabeversuch geben wird.

Als Codewort hatten wir bisher »Freiheit für Jonas« vereinbart. Für unsere private Vereinbarung – es ist doch eine Vereinbarung? – nehmen wir das Codewort: Regenbogen.

Mit freundlichen Grüßen

NN

Bitte fassen Sie es nicht als Drohung auf ...

Für einen Moment kochte Ärger in ihr hoch. Ausdrücklich hatte sie erklärt, keine Sender haben zu wollen. Und offensichtlich hatte Klaus hinter ihrem Rücken anders entschieden. Woher der Entführer diese Information haben mochte? Ob sie stimmte? Aber tief in ihrem Innern wusste Ulrike, dass sie stimmte. Ein solches Vorgehen würde zu Klaus passen.

›Regenbogen‹ – ein seltsames Wort. Es berührte sie wie eine schöne Erinnerung. Am Ende eines Regenbogens findest du einen Topf mit Gold. *At the end of a rainbow* ... Die Musik hatte sie noch im Ohr. Eine Studentenparty fiel ihr ein. Es war an jenem Tag gewesen, an dem sie ihre Segelprüfung bestanden hatten. Ein Lied, das immer gespielt wurde. Und dann der linkische Peter ... Und am nächsten Tag – sie waren noch einmal zusammen ausgegangen – hatten sie wirklich einen Regenbogen gesehen. Wäre es mit Peter besser geworden? Mit seiner linkischen, tapsigen, ehrlichen Art?

Denk nicht daran, ermahnte sie sich. Geschehen ist geschehen. Vorbei ist vorbei. Seltsam, dass ihr all das gerade jetzt in den Sinn kam ...

Sie zwang sich zur Konzentration. Früher hatte sie doch auch Entscheidungen fällen können. Ja oder nein. Der Entführer wollte eine risikolose Geldübergabe.

Sollte sie die Polizei einschalten?

Mit Klaus konnte sie nicht reden, sich mit der netten Kommissarin nicht beraten. Diese Entscheidung war ihre, ganz allein ihre.

Sie haben keine Sicherheit, dass Jonas freigelassen wird, wenn Sie das Lösegeld bezahlen, hatte die Kommissarin gesagt. Wahrscheinlich hatte sie Recht. Eine Sicherheit gab es nicht, aber die gab es nie. Und sie hatte das untrügliche Gefühl, dass der andere, der da so akademisch mit ›NN‹ unterschrieben hatte, nicht bluffte. Sie konnte annehmen oder ablehnen. *Tertium non datur.* Es war schon pervers, wie ihr jetzt die Entscheidung über Leben und Tod überlassen wurde – ihr, der Mutter.

Aber als sie darüber nachdachte, wurde ihr klar, dass sie ihre Entscheidung längst getroffen hatte.

Susanne Breugel hatte den Eindruck, dass sie bei diesem Fall mehr zwischen der Polizeidirektion und dem Haus der Familie pendelte, als das bei anderen Fällen nötig gewesen war. Bei Entführungen war es fast immer notwendig. Auf der einen Seite mussten sie den Kontakt zu der Familie pflegen. Sie musste schließlich merken, dass sich die Polizei um sie kümmerte. Das war schon allein deswegen nötig, um sie von Panikreaktionen abzuhalten. Andererseits gingen die Meldungen meistens in der Zentrale ein. Dort standen die Rechner, dort saßen die Experten, dort kam der Stab zusammen. Zu allem Überfluss befand sich das Rechenzentrum noch im alten Gebäude auf dem Hanomag-Gelände, mindestens zehn Autominuten von der Hardenbergstraße entfernt. Da hieß es pendeln. Zweimal, manchmal dreimal am Tag. Doch über Handy war sie stets erreichbar, und der Polizeifunk blieb unangetastet.

Heute war der sechste April. Heute sollte die Übergabe stattfinden. So jedenfalls hatte der Entführer sich geäußert, und bisher hatte Susanne noch keinen Zweifel daran gehabt, dass er seine Ankündigungen wahr machte.

Frau Beckmann war nicht anwesend, als sie eintraf. Eigentlich merkwürdig, weil sie alle jetzt auf die Meldung des Entführers warteten, aber Susanne konnte Ulrike Beckmann verstehen. Diese ewige Warterei, dieses stumpfsinnige Sitzen. Vermutlich war es am besten, wenn sie zur Kosmetikerin oder einkaufen gehen würde, irgendetwas unternehmen, egal, was, nur raus. Herr Beckmann kam ja wenigstens noch gelegentlich in seine Firma.

Susanne war froh, dass sie Obermüller ausgeredet hatte, Klaus Beckmann wegen des Kontos auf Guernsey anzusprechen. Sie glaube nicht an seine Schuld, und jetzt hatte zunächst einmal die Entführung Vorrang. Die Beckmanns machten viel durch, und man brauchte sie weiß Gott nicht noch zusätzlich zu belasten.

Über Handy meldeten sich die Beschatter der Verdächtigen. Langenscheidt machte Mittagspause und fuhr in die Stadt, Müller-Warden blieb offensichtlich in der Firma, Horst Grabbe war gerade aufgestanden und sprach mit seiner Mutter. Es war erstaunlich, was diese Richtmikrofone heute alles auffingen.

Hohenstein hatte ihr versichert, dass es diesmal schneller gehen würde. Schließlich überwachten sie dieses Mal die Leitungen direkt. Es konnte losgehen.

Der Server war tot. An einem Werktag war die *Norddeutsche Zement und Baustoff GmbH* vom Netz gegangen. Und auch die *EuroCar-Re-Importe aus EU-Ländern* war nicht mehr ansprechbar. Bei der Zementfirma konnte er es zur Not noch verstehen, aber Eurocar? Sie warben doch lauthals mit ihrem Internet-Einkauf: *Bestellen Sie ein Auto einfach online ...*

Es war der letzte Tag. Und obwohl er das Ende kannte (oder jedenfalls zu kennen glaubte), fühlte er sich unsicher. Glücklicherweise ging es Jonas wenigstens wieder etwas besser. Er hatte ihn mit Antibiotika voll gepumpt und ihm Aspirin verabreicht. Die Fahrt in die Innenstadt von Hamburg war ein Albtraum gewesen. Markov angetrunken am Steuer, aber er fuhr sogar volltrunken noch besser als manch anderer nüchtern. Dann die Apotheke. Natürlich hatte man ihn nicht gefragt, was er mit Aspirin wolle. Ihm gegenüber, einem hilfsbedürftigen Rollstuhlfahrer, waren ohnehin alle freundlich. Da konnte jeder zeigen, wie unvoreingenommen und nett er doch war. Überall begegnete er Mitleid. Es war zum Kotzen. Das Leben war zu Ende, bevor es eigentlich angefangen hatte.

Sieh dies hier nicht als Sport, ermahnte er sich. Sieh es nicht als Spiel, obwohl es das auch war. Jener Abend stand ihm wieder vor Augen – lag das wirklich alles so lange zurück? Seine Fassungslosigkeit, sein Entsetzen, sein Argwohn und dann, viel später, die endgültige Erkenntnis, dass sein Leben zu Ende war. Ein lebenswertes Leben jedenfalls. Und zurück blieb Hass. Nur dafür lebte er noch.

Aber warum waren die Server vom Netz gegangen?

Er konnte natürlich x-beliege Server benutzen, eine große Kette um den Globus spannen, aber alle Wege würden letztlich zu ihm zurückführen – zu seinem Telefonanschluss. Nein, es musste der Server eines Kunden von SecuCom sein. Nur darauf konnte er alle Spuren verwischen.

Es war eine Jagd. Aber wer war das Wild? Wer war der Jäger? Er fühlte sich nicht wie ein kapitaler Hirsch auf einer Lichtung. Eher wie ein Tiger im Dschungel oder ein Panter bei Nacht? Faire Chancen für alle? Vielleicht.

Er glitt in den Polizeicomputer und fand den Protokollvermerk über die Sender, Klaus konnte wohl mal wieder nicht vom Geld lassen. Na ja, er hatte ja auch Wirtschaftswissenschaften studiert. Er hatte unbedingt reich werden wollen und war es schließlich sogar geworden. Da, ein Einsatzplan der Beschattungsfahrzeuge. Die Heide galt als bevorzugtes Ziel.

Nicht schlecht. Die Beamten waren gut. Obwohl sie auf das Naheliegende gar nicht kamen – es wäre ja auch zu simpel gewesen. Trotzdem. Sie hatten das Netz gut geknüpft. Es würde schwierig werden wegzufahren, nachdem sie den Jungen freigelassen hatten. Ob Markov und Nicolaj sich des Risikos bewusst waren? Dennoch war er enttäuscht. Wichtige Neuigkeiten fand er nicht auf dem Rechner.

Markov hatte vor einer Viertelstunde angerufen. Ulrike Beckmann hatte die Tasche gefunden und abgeholt. Jetzt wartete sie sicher auf seinen Anruf. Die Zeit drängte.

Industrielacke GmbH.

Für eine kurze Minute glitt er in den Computer. Dieser Server war am Netz. Warum dieser?

Undeutlich spürte er, dass etwas nicht in Ordnung war. War es ein Köder? Hatte die Polizei die Server abgeschaltet? Wurden die eingehenden Anrufe manuell überwacht?

Ein vergiftetes Stück Fleisch als Köder. Ein Stück Käse in der Falle.

Vielleicht. Vielleicht nicht.

Klaus Beckmann stand ihm vor Augen. Dieses verkommene, miese Schwein mit seinem charmanten James-Bond-Blick. Komm, Baby, alles nur ein Spiel ...

Bring es hinter dich, sagte er sich. Lass es vorbei sein. Er drückte die Eingabe-Taste.

»Er meldet sich!«, rief Hohenstein im Rechenzentrum aufgeregt. »Er ist drin!«

Codewort: Freiheit für Jonas. Wir sollten mit der Geldübergabe beginnen.

»Sydney«, flüsterte Hohenstein im Rechenzentrum. »Halte ihn, Junge. Frag nach Jonas. Erzähl irgendetwas.«

Wir wollen ein Lebenszeichen von Jonas.

Was für ein Zeichen?

Jonas hat einen Pinguin. Wie heißt er?

»Bangalore, New York«, resümierte Hohenstein. »Die üblichen Schleifen.«

Der Pinguin heißt Pitty-Platsch.

»London.«

»Wir haben den deutschen Server«, rief einer der Beamten im Rechenzentrum. »Er benutzt den Server der Industrielacke GmbH.«

»Bingo«, murmelte Hohenstein. »Jetzt haben wir ihn.«

Herr Beckmann, steigen Sie in Ihr Auto und fahren Sie in einer Viertelstunde in Richtung Messegelände. Fahren Sie allein. Keine Polizei. Nehmen Sie Ihr Handy mit. Zur Identifikation unserer Gespräche schlage ich eine Änderung des Codewortes vor: Seefalke.

»Er ist offline«, sagte Hohenstein. »Aber jetzt werden wir ihn kriegen.«

Warum ist sie nicht im Raum geblieben?, ging es Susanne Breugel durch den Kopf. Sonst saßen doch die Eltern entführter Kinder meist zusammen und nahmen die Anrufe der Kidnapper entgegen. Ausgerechnet Ulrike Beckmann sollte das nicht tun?

»Entschuldigung«, murmelte Ulrike, als sie wieder ins Zimmer trat. »Ich musste austreten. Habe ich etwas verpasst?«

Klaus Beckmann schwieg. Er wirkte benommen.

»Wir hatten eben Kontakt mit dem Entführer«, berichtete Susanne. »Er will, dass wir in einer Viertelstunde mit der Geldübergabe beginnen.«

Ulrike Beckmann trat an den Monitor.

»Er hat ein neues Codewort vereinbart«, erklärte ihr Mann tonlos. »Seefalke.«

Für einen Moment schien Ulrike Beckmann die Farbe zu wechseln. Sie erwiderte nichts, aber in ihren Augen flackerte es.

Susanne Breugel kannte den Blick. Sie hatte ihn häufig gesehen. Bei Amateuren, Gelegenheitsmördern, Profis, bei Frauen wie bei Männern. Meist nach langen Vernehmungsnächten, dann, wenn die Indizien übermächtig wurden und sie eine Verhaftung vornahmen: Der Blick verriet Angst.

»Hat das Codewort eine Bedeutung?«, fragte Susanne.

»Nein«, antwortete Klaus Beckmann gepresst. »Es hat keine Bedeutung. Das ist sicher nur ein Zufall. *Seefalke* ist der Name unserer Yacht in Travemünde.«

»Warum wählt er diesen Namen?«, hakte Susanne nach. Obwohl sie es nicht beabsichtigt hatte, klang die Frage scharf. Wie bei einer Vernehmung. Auch Harry Krüger hatte aufgemerkt.

»Es ist vermutlich nur ein Zufall«, wiederholte Klaus Beckmann schleppend. »Vielleicht ist der Entführer auch ein Spaßvogel.«

Er blickte an seiner Frau vorbei durchs Fenster.

»Ich glaube, ich sollte jetzt losfahren«, fügte er dann hinzu, stand auf und ging auf die Tür zu. Noch immer wirkte er benommen.

Er hatte die Klinke schon in der Hand, als er sich plötzlich umdrehte.

»Haben Sie einen Revolver für mich?«

»Haben wir ihn?«, wollte Obermüller wissen, als er hinzugetreten war.

»Wahrscheinlich«, meinte Hohenstein. »Wir überspielen gerade die Daten der Industrielacke GmbH.« Über den Monitor flimmerten lange Zahlenreihen.

»Zum Zeitpunkt der Kontaktaufnahme hielt der Server der Industrielacke GmbH achtzehn Verbindungen zu anderen Computern im Netz. Einer von diesen achtzehn ist seiner.«

»So viele?«, murmelte Obermüller. Achtzehn mögliche Anschlüsse waren weniger als hundert, sicher, aber es schienen ihm trotzdem noch viele zu sein. Vermutlich lag wieder eine umfangreiche Recherchearbeit vor ihnen.

»Weiten wir den Suchzeitraum aus«, sagte einer der Kollegen.

Die Liste der Zahlen erweiterte sich.

»Eine IP taucht doppelt auf«, stellte ein anderer fest.

»IP?«, wiederholte Obermüller irritiert.

»Internet Protokoll Nummer«, erklärte Hohenstein mechanisch. »Jeder Benutzer im Netz erhält eine solche Nummer, solange er im Netz ist.«

»Er ist das erste Mal nur ganz kurz drin geblieben«, meinte Hohenstein, aber er sprach nicht mehr zu Obermüller, sondern zu seinen Kollegen, die genauso wie er gebannt die Zahlen verfolgten.

»Er hat kurz reingeschaut, vermutlich war er unsicher. Sind die anderen Server ausgefallen?, wird er sich gefragt haben: Ist das eine Falle? Dann der Entschluss, kurz in den Rechner zu gehen. Er hat genauso reagiert, wie wir erwartet haben. Ich wette um meine Pension, dass er es ist.«

»Und von welchem Telefon aus hat er angerufen?«, fragte Obermüller ungeduldig nach.

»Die Einwahl erfolgte über eine Call-by-Call-Nummer«, erklärte ein Beamter nach einer Weile des Suchens.

Für einige Zeit war das Sirren der Lüfter das einzige Geräusch im Raum, es wurde nur vom Klappern der Tastaturen unterbrochen. Millionen von Informationseinheiten wurden in Mikrosekunden angefordert, abgerufen, verglichen und geordnet.

»Wir haben die Nummer«, stellte Hohenstein endlich befriedigt fest. »Wir haben den Anschluss identifiziert.«

»Und wo steht er?«

»Es ist eine Handynummer«, präzisierte ein Kollege. »Als Telefon hat er ein Handy verwendet.«

»Das rettet ihn auch nicht«, meinte Hohenstein grimmig. »Auch Handynummern sind gespeichert. Dafür gibt es ebenfalls Telefonbücher.«

»Probleme?«, erkundigte sich Obermüller nach einer Weile, als er die angestrengten Gesichter sah.

»Der Kerl hat eine Einmalkarte verwendet«, knurrte Hohenstein. »Er hat eine anonyme Karte gekauft, per Karte ein Guthaben eingezahlt, sein Handy betriebsbereit geschaltet, und das war's. Den Namen kriegen wir nicht heraus. Und wahrscheinlich wirft er diese Karte heute noch weg. Ein Anschluss, den er nur für einen einzigen Anruf gebraucht hat: für diesen hier.«

»Wie geht es weiter?«

»Helfen uns die Übertragungsreichweiten weiter?«, fragte einer.

»Wäre eine Möglichkeit«, überlegte Hohenstein. »Ja, das klappt meistens. Aber das kriegen wir nicht per Computer heraus. Wir müssen bei der Telefongesellschaft anrufen.«

Auf den fragenden Blick Obermüllers hin drehte er sich um.

»Mal ganz einfach ausgedrückt: Was die wenigsten wissen – und möglicherweise hat es auch unser Computerexperte nicht gewusst – ist, dass jeder Handy-Anruf gespeichert wird. Von jedem Anruf wird festgehalten, von welchem Funkmast das Signal aufgenommen wurde. Damit können wir ungefähr die Position des Entführers feststellen. Diese Sendemasten haben keine allzu große Reichweite. Zehn, zwanzig Kilometer, mehr nicht. Und in machen Gegenden stehen sie recht dicht. In den Städten zum Beispiel. Oder im Gebirge. Da haben wir zum Teil eine Reichweite von weniger als einem Kilometer. Auf dem platten Land, das dünn besiedelt ist, ist der Radius etwas größer. Vielleicht haben wir Glück. Aber aus irgendeinem Grund, den wir noch nicht kennen, funktioniert das Verfahren bei manchen Pre-paid-Karten nicht so gut. Keine Ahnung, warum.«

Die Telefonate zogen sich in die Länge. Jetzt ging es nicht mehr um das Abrufen von Informationen per Knopfdruck. Handarbeit war nun gefragt, manuelles Ablesen, Eingreifen in Programmroutinen. Doch nach einer guten Viertelstunde war es geschafft.

»Der Sendemast vier-zwei-fünf-drei-Strich-drei hat das Gespräch aufgenommen«, verkündete einer der Kollegen. Es folgten die Koordinatenangaben.

Sie traten vor die Übersichtskarte der Region. Hohenstein markierte mit einer Stecknadel die Position des Sendemastes. Sie lag am südwestlichen Rand der Lüneburger Heide.

»Die genaue Gebietsabdeckung des Sendemastes wollen uns die Mitarbeiter der Telefongesellschaft in den nächsten Minuten herüberfaxen. Aber in dieser Gegend scheint der Mast eine durchschnittliche Reichweite von fünfzehn Kilometern zu haben. Innerhalb dieser fünfzehn Kilometer«, Hohenstein zog mit einem Zirkel einen Kreis auf der Karte, »haben die Entführer ihren Schlupfwinkel.«

»Das Gebiet ist groß«, bemerkte Obermüller. »Aber

es ist nicht zu groß. Und es enthält keine größeren Ortschaften.«

»Sie haben gute Verbindungen zur Autobahn«, meinte Hohenstein. »Die Ausfallstraßen sind zahlreich: In östlicher Richtung nach Hannover, Celle ist nah, Uelzen und Lüneburg. Auch wenn wir ungefähr wissen, wo sie sind, könnten sie uns noch entkommen.«

»Wir sollten Straßensperren vorbereiten«, schlug Obermüller vor. »Sobald das Kind in Sicherheit ist, sperren wir das Gebiet großräumig ab.«

Eine Pistole hatten sie ihm nicht gegeben.

Die Kommissarin hatte ihn nur angestarrt, und auch ihr Adlatus hatte sich wenig kooperativ gezeigt. Ob er denn überhaupt einen Waffenschein habe? Und was diesen Sinneswandel provoziert habe? In Fernsehfilmen war es einfacher. So war Klaus Beckmann unbewaffnet losgefahren.

In der Stoßstange seines Wagens war ein Sender angebracht, der in regelmäßigen Abständen ein kodiertes Funksignal aussandte. Über jede seiner Richtungsänderungen würde die Polizei genau informiert sein. Die Verfolgung würde kein Problem darstellen. Schließlich sollten die Polizeiwagen nicht in einem Abstand von hundert Metern hinter ihm herfahren. Trotzdem verschaffte es ihm ein Gefühl der Sicherheit, zu wissen, dass ihm eine Reihe sorgfältig getarnter Einsatzfahrzeuge in einiger Entfernung folgte.

Harry Krüger hatte ihm gestern eindringlich auseinander gesetzt, wo die Sender der Diamanten versteckt waren. Es waren Miniatur-Hochleistungssender, die sich in der leicht verdickten Kordel befanden, mit der die Säckchen verschnürt worden waren. Fast unauffindbar, wie Kommissar Krüger ihm immer wieder versichert hatte. Für Klaus' Geschmack hatte er es ihm ein paarmal zu oft versichert. Inzwischen ruhten die vier Beutel in einem Stahlkoffer.

Wahrscheinlich würden die Entführer darauf bestehen, dass der Koffer bei Übergabe ausgetauscht wurde, dies hatte Krüger jedenfalls vermutet. Es sei eine vorauszusehende Sicherheitsmaßnahme. Da der Koffer jedoch keinen Sender enthielt, würde diese Maßnahme sie in falscher Sicherheit wiegen. Erst nach einer halben Stunde nach Übergabe der Steine sollte der Sender aktiviert werden.

Ihn vor der Übergabe zu aktivieren, erschien sogar der Polizei zu gefährlich.

Sie hatten es schließlich nicht mit Amateuren zu tun.

Klaus glitt mit dem Strom der Fahrzeuge aus der Stadt hinaus in Richtung Messegelände. Es war zu einer riesigen Baustelle geworden; futuristische Architektur kündigte die in wenigen Wochen beginnende Weltausstellung an. Er fuhr nach Süden, aber wie ihm die Beamten mitgeteilt hatten, lag der Schlupfwinkel der Entführer im Norden, vermutlich irgendwo in der Heide.

Klaus kannte die Heide gut. Seine Eltern hatten dort ein größeres Wochenendhaus gehabt. Als sie Kinder gewesen waren, waren sie häufig hingefahren.

Seefalke. Warum hatte der Entführer dieses Codewort gewählt?

Jetzt, nach fast einer halben Stunde erschien ihm seine Reaktion auf dieses Erkennungswort unverständlich. Nun gut, der Entführer hatte gründlich recherchiert, aber das hatte er von Anfang an gemacht. Die Auswahl des Codewortes war ein Zufall, eine Laune, mehr nicht.

Trotzdem hätte Klaus gern eine Pistole bei sich gehabt.

Das Messegelände lag hinter ihm, und der Schnellweg ging in einen Autobahnstutzen über. Klaus beschleunigte. Sein Handy lag neben ihm. Es war beruhigend zu wissen, dass jeder Anruf von der Zentrale registriert werden würde. Kein einziges Wort, das er über Telefon sprach, würde unbemerkt bleiben. Ob die Entführer wussten, auf was sie sich eingelassen hatten?

Das einzig Beunruhigende blieb das Codewort.

Er fädelte sich gerade in den Verkehr der A7 in Richtung Kassel ein, die dreispurige Autobahn war nur mäßig befahren, als er das Klingeln des Handys hörte.

»Herr Beckmann?«

Zum ersten Mal vernahm er die Stimme des Entführers. Sie klang dunkel, etwas schleppend, und Klaus Beckmann beschlich der Verdacht, dass ein Verzerrer eingesetzt worden war, der die Stimme unkenntlich machen sollte. Fast musste er lächeln. Er hatte nicht viel Ahnung von Technik, aber er konnte sich vorstellen, dass in den modernen Elektroniklabors die Stimme so wiederhergestellt werden konnte, dass sich der Entführer diesen Trick hätte sparen können.

»Am Apparat«, erwiderte er.

»Seefalke«, sagte der andere.

Die Stimme blieb auf Grund des Verzerrers ausdruckslos.

Beckmann schwieg und glitt in rasanter Fahrt dahin. Die Landschaft hatte sich geöffnet. Klaus sah eine Ebene, weite, große Felder, nur hin und wieder einen Baum. Im Dunst des Horizonts zeichneten sich die Höhenzüge des Harzes ab.

Die Autobahn machte eine lang gezogene, gut einsehbare Linkskurve. Eine kleine Brücke führte über die Straße. Ein Feldweg

»Halten Sie an der Brücke«, ertönte die Stimme.

Beckmann ließ den Wagen ausrollen und bremste sacht.

»Schalten Sie die Warnblinkanlage ein und verlassen Sie mit den Diamanten den Wagen. Kommen Sie auf die Brücke. Lassen Sie Ihr Handy eingeschaltet im Auto.«

Er drehte den Zündschlüssel um und öffnete die Tür. Obwohl die Autobahn nicht sehr stark befahren war, war der Lärm der vorbeirasenden Wagen ohrenbetäubend.

Klaus ergriff den Koffer, den er auf den Rücksitz gelegt hatte, und verließ den Standstreifen. Für einen Moment dachte er daran, seinen Wagen noch durch das Warndreieck zu sichern, aber die Kurve war gut einsehbar, die Autobahn breit, und der Wagen stellte keine Gefährdung dar. Der Graben neben der Fahrbahn führte kein Wasser, doch er war tief und die Böschung steil. Schließlich stand Klaus auf dem Feldweg und sah sich um.

Rechts ging es zur Brücke hinauf, aber links, im Sichtschatten einer der seltenen Buschgruppen, stand etwa zwanzig Meter entfernt ein Opel Omega. Unschlüssig betrachtete Klaus den Wagen.

Kommen Sie auf die Brücke, hatte der Entführer gesagt.

Auf der Brücke war niemand zu sehen. Nicht einmal ein Trecker war weit und breit zu entdecken. Kurz entschlossen ging Klaus auf den Opel zu. Er war unverschlossen, der Schlüssel steckte im Zündschloss.

Auf dem Fahrersitz lag ein Handy. Durch die geschlossene Tür des Wagens hindurch hörte er, wie es klingelte.

»Hallo?«, meldete er sich.

»Seefalke«, erwiderte der andere. »Steigen Sie ein und legen Sie die Diamanten in die Tüte auf dem Rücksitz. Ihren Koffer werfen Sie weg.«

Klaus Beckmann schaute auf den Rücksitz. In der Tat lag dort eine zusammengefaltete Plastiktüte. Er legte die vier Samtsäckchen hinein und stellte den Koffer neben den Feldweg.

»Wenn Sie fertig sind, fahren Sie los«, hörte er die Stimme.

Der Motor war noch warm, der Wagen sprang sofort an. Klaus musste den Sitz justieren, dann fuhr er los. Der Feldweg war asphaltiert und führte auf eine Bundesstraße.

»Fahren Sie nach links«, sagte die Stimme.

Schlagartig kam Klaus zu Bewusstsein, dass der Sender in seinem Auto sinnlos war, dass er zwar einen Funkimpuls geben würde, jede fünf Sekunden einen neuen, aber er würde keine Bewegung mehr anzeigen. Vermutlich würde die Polizei nachschauen, einen Einsatzwagen zur Autobahnbrücke schicken, vielleicht einen Streifenwagen ...

Das Handy neben ihm war eingeschaltet. Doch über Telefon würden die Beamten ihn nicht orten können. Die Nummer war ihnen unbekannt. Sie konnten nicht mehr abgehört werden. Und zum ersten Mal wurde Klaus deutlich, dass er auf sich allein gestellt war.

Er hätte doch auf einer Pistole bestehen sollen.

Es war Zeit, in die Zentrale zu fahren. Aber konnte man Frau Beckmann in dieser Situation allein lassen? Natürlich musste man als Polizist gelegentlich dienstlichen Erfordernissen den Vorrang geben. Aber hier? Susanne Breugel suchte nach einer passenden Einleitung.

»Ich halte es hier nicht mehr aus«, erklärte Ulrike Beckmann plötzlich. »Ich muss hier raus. Verstehen Sie? Seit Tagen bin ich eingesperrt, immer in Reichweite des Bildschirms. Ich halte es nicht mehr aus. Können Sie das verstehen?«

Natürlich verstehe ich es, dachte Susanne. Aber gerade jetzt? Jetzt, da alle auf den erlösenden Anruf warteten, auf ein Lebenszeichen von Klaus Beckmann oder eine Nachricht des Fahndungsteams? »Ich verstehe Sie«, antwortete sie vorsichtig. »Aber meinen Sie nicht, dass Sie noch etwas warten sollten? Es kann nicht mehr lange dauern.«

»Nein«, versetzte Ulrike Beckmann entschlossen. »Ich halte es nicht aus.«

Sie verstummte und schien nach Worten zu suchen. »Gerade jetzt, wissen Sie? Gerade jetzt ist es unerträglich.«

Ulrike ließ den Kopf hängen, ihre Schultern sackten nach vorn. Es wirkte ein wenig zu theatralisch. Sie war keine gute Schauspielerin.

Warum wollte sie unbedingt gehen?

»Falls etwas ist«, meinte Ulrike Beckmann, »können Sie mich über Handy erreichen. Jederzeit. Und ich bleibe auch nicht lange weg. Ich möchte einfach nur einkaufen, ein wenig raus.«

»Sie wirkten überrascht, als Sie das Erkennungswort hörten«, stellte Susanne Breugel ohne Überleitung fest.

Schien Frau Beckmann eine Spur blasser zu werden?

»Nein, nicht wirklich ... Das heißt, ja, doch ...«

»Sie wirkten sogar erschreckt«, hakte Susanne nach. »Hat das Wort ›Seefalke‹ eine besondere Bedeutung für Sie?«

»Warum sollte ich mich erschrecken?«, begehrte Ulrike Beckmann auf. In ihrer Stimme schwang Aggressivität mit.

»Mein Sohn ist entführt worden, unsere Firma ist angeschlagen, und wir alle stehen seit einer Woche unter einem enormen Dauerstress – und Sie fragen nach einer spontanen Reaktion auf ein Codewort? Ich bin am Ende, wenn Sie es genau wissen wollen. Schlicht und ergreifend am Ende.«

Vertrautes Fahrwasser, ging es Susanne durch den Kopf. Es war die Ausrede, die einem intelligenten Menschen meist spontan einfiel.

»Frau Beckmann«, erwiderte sie sachlich. »Ein offenes Wort: Es geht um Ihren Sohn. Um Jonas, um ihn ganz allein. Und Sie möchten ihn wiederhaben.«

Sie machte eine Pause und fügte dann in sanfterem Ton hinzu:

»Frau Beckmann, natürlich stehen Sie unter Stress, natürlich sind Sie am Ende. Das sehe ich, das sieht jeder. Aber es geht um Ihren Sohn, bedenken Sie das. Hier führt jemand einen Vernichtungsfeldzug gegen Sie. Ich glaube nicht, dass es sich hierbei um eine normale Entführung handelt, die schon gefährlich genug wäre. Hier geht es noch um etwas anderes. Vielleicht wissen Sie es nicht, vielleicht ahnen Sie nur, worum es geht. Aber in Jonas' Interesse: Sie müssen uns helfen. Wenn Sie etwas wissen oder auch nur eine Vermutung haben, sagen Sie es uns.«

Ulrike Beckmann wandte den Blick ab. Sie schaute

ausdruckslos durch das Fenster auf die gegenüberliegende Straßenseite.

»Frau Beckmann«, versuchte Susanne es noch einmal leise. »Manchmal sind Codewörter nur einfach sinnlos. Manchmal rufen sie Erinnerungen wach, und manchmal möchte der Entführer damit ein Zeichen geben. Ich habe den Eindruck, dass man Ihnen ein Zeichen geben wollte. Welches?«

Ulrike Beckmann drehte den Kopf und schaute die Kommissarin gefasst an. Alle Unruhe schien von ihr abgefallen zu sein.

»Ich glaube, man wollte mir kein Zeichen geben«, antwortete sie sachlich. »Wie Sie bereits sagten, die meisten Codewörter machen keinen Sinn. Und jetzt möchte ich fahren.« Sie verließ den Raum. Ihre Schritte klangen auf dem Terrazzo-Fußboden der Eingangshalle fest und entschlossen. Wenig später hörten sie einen Wagen davonfahren.

»Ein merkwürdiges Gespräch«, meinte Susanne nach einer Weile.

»Sie hatte Angst«, stellte Harry Krüger nachdenklich fest. »Erst hatte sie Angst, dann war sie auf einmal ganz sicher.«

»Was hat sie sicher gemacht? Und wovor hatte sie Angst? Was verbarg sie?«

»Er hat Kontakt aufgenommen«, verkündete Hohenstein. »Beckmann hat gerade gehalten.«

Susanne Breugel und Harry Krüger hatten es geschafft, rechtzeitig ins Präsidium zu kommen. Über einen externen Lautsprecher vernahmen sie die Stimme des Entführers:

»Halten Sie an der Brücke. Schalten Sie die Warnblinkanlage ein und verlassen Sie mit den Diamanten den Wagen. Kommen Sie auf die Brücke. Lassen Sie Ihr Handy eingeschaltet im Auto.«

»Er benutzt einen Verzerrer«, erläuterte Hohenstein überflüssigerweise, »aber damit werden wir fertig. Das haben wir gleich.«

»Wie telefoniert er?«, fragte Susanne.

»Mit einer E-plus Karte. Prepaid. Das ist wieder eine dieser anonymen Karten. Standort in der Nähe von Hildesheim. Der Sendemast steht nördlich von Hildesheim.«

»Vermutlich wird er den Wagen wechseln wollen«, meinte Harry Krüger und trat an die Übersichtskarte. Ein Kollege hatte den Standort mit einer Stecknadel markiert.

»Hier ist ein Feldweg«, sagte der Beamte. »Wenn Beckmann den entlang fährt, kommt er auf die Bundesstraße.«

»Und wohin geht's in die andere Richtung?«

Der Beamte studierte die Karte. »Der Weg führt in die Feldmark. Beckmann müsste mehrere Kilometer Feldweg fahren, und dann kommt die Kreisstraße. Ich glaube nicht, dass er diesen Weg nimmt.«

»Trotzdem überprüfen«, entschied Susanne. »Haben wir Fahrzeuge in der Nähe der Bundesstraße?«

Nein, es waren keine Fahrzeuge in der Nähe postiert. Sie warteten an den Autobahnabfahrten und Rasthäusern. Die Umverlegung würde Zeit in Anspruch nehmen.

»Hubschrauber?«, schlug einer vor.

»Auf keinen Fall«, erklärte Susanne. »Jonas' Leben hat Vorrang. Keine Hubschrauber bis zum Auftauchen des Kindes.«

»Können wir Beckmann irgendwie orten?«, fragte sie trotzdem noch nach.

»Nur wenn wir den Sender an den Diamanten aktivieren«, meinte Hohenstein. »Aber willst du die Verantwortung übernehmen?«

»Und das Abhören funktioniert auch nicht?«

»Sein Handy liegt im Auto, der Entführer hat längst aufgelegt und benutzt eine neue Karte. Vermutlich liegt ein neues Handy in dem anderen Wagen bereit. Hör mal ein Telefon ab, dessen Nummer du nicht einmal kennst ...«

»Warum hat Beckmann sein Handy im Auto gelassen?«

»Ich glaube, die Entführer wollten sichergehen, dass er es nicht mitnahm. Es sollte nur den Straßenlärm übertragen. Aber die Verbindung haben sie inzwischen schon längst unterbrochen.«

Die Kollegen in den Einsatzwagen gaben ihre Position durch. Die strategisch wichtigen Punkte, die Kreuzungen – alles wurde überwacht. Vielleicht kam ihnen ja der Zufall zu Hilfe. Vielleicht erkannte einer der Beamten vor Ort zufällig Klaus Beckmann im Wagen. Vielleicht meldete sich Beckmann selbst. Vielleicht ...

An der nächsten Kreuzung links, dann rechts, wieder rechts ...

Die Stimme lotste ihn über eine Reihe kleinerer Kreis- und Landstraßen. Entweder wurde er die ganze Zeit beobachtet, oder der Entführer hatte den Weg vorher genau festgelegt. Aber nach einigen Minuten wurden die Aufforderungen spärlicher. Klaus Beckmann befand sich auf einer kleineren Bundesstraße und fuhr nach Nordosten. Peine, eine mittelgroße Industriestadt, wurde angezeigt.

Beckmann war sich unsicher, ob die Polizei seine Spur bereits verloren hatte. Aber wusste der Entführer noch genau, wo er sich befand? Die Autos, die ihm eine Zeit lang folgten, wechselten an Kreuzungen und Einmündungen.

Nach fünf Minuten war er sicher, dass er weder von der Polizei noch von den Entführern geortet wurde. Die Anweisungen ließen auch zunehmend darauf schließen:

»Fahren Sie in Stederndorf in Richtung Edemissen.«

So gab man keine Anweisungen, wenn man genau wusste, wo sich der Befehlsempfänger befand. Obwohl er sich unsicher fühlte, verschaffte ihm diese Erkenntnis ein Gefühl der Erleichterung. Auch die Gegner improvisierten.

Die Gegend war nur noch dünn besiedelt. Große Dörfer, aber das Verkehrsaufkommen war gering, die Straße kaum befahren. Klaus kannte die Ortschaften, durch die er fuhr, nicht, sie wirkten austauschbar. Fantasielose Siedlungshäuser der sechziger Jahre am Ortsrand, im Ortskern prächtige niedersächsische Bauernhöfe – eine wohlhabende Gegend.

In der Tüte hinter ihm lagen fünfundzwanzig Millionen. Auch wenn es mit der Firma bergab ging, fünfundzwanzig Millionen waren fünfundzwanzig Millionen. Mit ihnen wäre noch einmal ein Neuanfang möglich.

Man wäre nicht ganz unten, nicht ganz oben, sondern so in der Mitte. Und doch stände man sich besser als vor fünf Jahren.

Klaus ertappte sich bei der Frage, ob Jonas wirklich fünfundzwanzig Millionen wert war. Und während er über eine schnurgerade, kleine Bundesstraße dahinglitt, das einlullende Geräusch des fahrenden Wagens im Ohr, wuchs seine Überzeugung, dass seine ehrliche Antwort Nein lauten musste. Nein, Jonas war es nicht wert, dass sein ganzes Leben zerstört wurde. So sehr er den Jungen mochte, liebte – selbstverständlich liebte ein Vater seinen Sohn. Das war ja klar. Aber andererseits ... Jonas musste auch eine Zukunft haben, eine gesicherte Zukunft, auch finanziell gesehen, und dazu gehörten die fünfundzwanzig Millionen, die hinten auf der Rückbank lagen. Und wenn die Täter gefasst waren, würden möglicherweise auch Kunden wiederkommen. Es war noch nicht alles verloren, keinesfalls. Nur nicht in Panik geraten ...

Ein langsam fahrender Trecker ließ ihn für einen Augenblick die Geschwindigkeit drosseln. Klaus konzentrierte sich aufs Fahren, ließ ein paar Fahrzeuge auf der Gegenfahrbahn passieren und überholte dann entschlossen.

Ulrike blieb ein Problem. Sie würde es ihm nie verzeihen, wenn er für den Tod des Jungen verantwortlich war, wenn er seine Entscheidung traf, die Jonas' Schicksal besiegelte. *Wenn.* Streng genommen, war es sogar ihr Geld, das da hinter ihm auf dem Rücksitz lag. Und wer konnte sagen, wozu sie in ihrer Trauer fähig sein würde? Nein, Ulrike durfte nichts erfahren.

Andererseits war er in diesen Minuten allein. Vermutlich hatten die Entführer den Weg auf die Minute genau vermessen, aber sicher würden sie ihn nicht an jedem Punkt der Strecke kontrollieren können. Die Polizei hatte ihn vermutlich längst verloren. Ob sie den Sender an den Diamanten inzwischen aktiviert hatten? Klaus glaubte es nicht. Sie taten es sicher nicht vor der

Übergabe, wann immer die stattfinden würde. Sie warteten auf sein Zeichen.

Ein Ortsschild tauchte vor ihm auf. Ein kleines Dorf, das es noch nicht einmal wert war, durch eine Umgehungsstraße geadelt zu werden. Von weitem leuchtete eine Fußgängerampel. Grün. Das zumindest hatte der Bürgermeister durchgesetzt. »Auch unser Ort, liebe Mitbürgerinnen und Mitbürger, verfügt nun über eine Ampel ...«

Und daneben stand, in leuchtendem Postgelb, ein Telefonhäuschen.

Das Handy war ausgeschaltet. Im Augenblick hatte er keine Verbindung. Klaus war sicher, nicht beobachtet zu werden. Und er wusste, was er zu tun hatte.

In der Einsatzzentrale hatte sich eine gewisse Ratlosigkeit breit gemacht. Ohne Sender, ohne Möglichkeit, die Telefongespräche zu verfolgen, ließ man die verdeckten Einsatzwagen hin und her fahren, verlegte sie von einer Kreuzung zur anderen, von einem Verkehrsknotenpunkt zum nächsten. Trotzdem war allen klar, dass ihnen nur ein Zufall zu Hilfe kommen konnte.

Ein Kollege vom technischen Dienst betrat den Raum und suchte offensichtlich einen Ansprechpartner.

Susanne trat auf ihn zu.

»Gibt es etwas Neues?«, fragte sie.

»Wir haben die Stimme des Entführers«, erklärte er und hielt eine Diskette in der Hand. »Das ist natürlich noch nichts Endgültiges, aber die Stimme klingt schon ziemlich echt.«

»So schnell?«, wunderte sich Susanne. Verzerrte Stimmen wieder zu entzerren und natürlich klingen zu lassen galt zwar als nicht sonderlich schwierig, allerdings war bisher kaum mehr als eine Stunde vergangen.

Die Kollegen hatten ungewöhnlich schnell gearbeitet.

»Kein Problem«, meinte der Beamte. »Die haben ein ganz simples Verfahren verwendet: Sie haben einfach die Stimme etwas langsamer laufen lassen. Daher auch der dunkle Tonfall und die schleppende Sprechweise. War keine große Sache.«

»Dann hören wir es uns mal an«, schlug Susanne vor. »Ist das die Diskette?«

Es war eine der modernen Disketten mit einer enormen Speicherfähigkeit, aber leider gab es in diesem supermodern ausgestatteten Konferenzraum keinen Computer, der eine solche Diskette lesen konnte.

»Habt ihr nicht einfach einen Kassettenrekorder?«, fragte Susanne. »Einfach einen Kassettenrekorder und eine Kassette, auf die ihr uns die Stimme überspielt?«

Man sah den Computerexperten an, dass sie wohl lieber eine komplette voll digitalisierte Kabelübertragung vorgenommen hätten, aber schließlich fand sich im Rechenzentrum doch noch ein altertümlicher Rekorder.

Ein seltsames Gefühl der Spannung hatte sich aller bemächtigt. Sollte dem Entführer mit einer so einfachen Verzerrung der erste schwerwiegende Fehler unterlaufen sein? Es wäre nicht das erste Mal, dass in einer landesweiten Fahndung die über Rundfunk und Fernsehen verbreitete Stimme eines Kriminellen den entscheidenden Hinweis zur Entdeckung lieferte.

»Dann wollen wir mal«, sagte Harry Krüger und drückte auf den Wiedergabeknopf.

Sie hatten einen Halbkreis um das Gerät gebildet.

Obermüller, Breugel, Krüger und noch einige andere.

Zum ersten Mal live dabei. Ohne technischen Firlefanz.

Die Stimme hing in der Luft. Eine sympathische, gebildete Stimme ohne irgendeinen erkennbaren Akzent. Eine leichte Verzerrung war noch zu vernehmen; vermutlich war die Handy-Verbindung nicht ganz perfekt gewesen, oder die Kollegen von der Stimmbearbeitung hatten zu schnell arbeiten müssen und es etwas an der nötigen Sorgfalt fehlen lassen.

Trotzdem war die Stimme unverkennbar.

»Das gibt es doch gar nicht!«, murmelte Obermüller verblüfft. Und fügte dann unwillkürlich hinzu: »Habe ich es mir doch gedacht ...«

Völlig unverwechselbar war dies die Stimme von Klaus Beckmann. Sie hörten Klaus Beckmann, wie er mit sich selbst sprach.

Die Anweisung, an der Brücke zu halten.

Beckmanns Antwort.

»Kein Zweifel«, versetzte Krüger. »Es ist dieselbe Stimme. Ein wenig verzerrt, aber ganz eindeutig. Er ist es.«

»Es ist der Mitschnitt eines Telefonates«, meinte Susanne nachdenklich. »Ich weiß gar nicht, ob es technisch möglich ist, auf diese Weise mit sich selbst zu telefonieren.«

»Sie hören es doch«, erwiderte Obermüller befriedigt. »Das Konto auf Guernsey, die Entführung, jetzt hat er noch die fünfundzwanzig Millionen. Der linkt seine Frau, ist doch ganz klar. Der macht die Biege. Und in einigen Stunden ruft er an und erzählt uns, dass er die Steine übergeben hat. Ganz einfach. Und ganz nebenbei hat er ein paar Millionen Kasse gemacht.«

»Ist doch idiotisch«, ereiferte sich Susanne. »Und vorher hat er noch bei der Zeitung *Konkret* angerufen. Damit wir ihm ja auf die Spur kommen. Das ist doch Quatsch!«

Sie drückte energisch die Rücklauftaste und spulte das Band zurück.

»Hören wir es uns noch einmal an.«

Ein zweites Mal glitt das Telefonat an Ihnen vorbei. Es waren nur kurze Dialoge, und die Aufnahmequalität war, wie Susanne schon festgestellt hatte, nicht allzu gut.

»Ein wenig anders klingen die Stimmen schon«, meinte Harry Krüger nach dem zweiten Hören. »Sie sind sich zum Verwechseln ähnlich. Aber die des Entführers klingt irgendwie heller als Klaus Beckmanns Stimme.«

»Das mag an der Bearbeitung liegen«, beharrte Obermüller. »Wenn die Kollegen in der Technik die Vorlage auch nur eine Winzigkeit zu schnell haben laufen lassen, dann klingt die Stimme heller, ist doch ganz logisch.«

»Trotzdem«, mischte sich der Beamte ein, der die Kassette gebracht hatte. »Die Stimmen sind nicht identisch. Eindeutig nicht. Wir haben uns unten die Aufnahme mehrfach angehört und durch die Analysegeräte gejagt. Auf einem der Geräte kann man klar sehen, dass die Schwingungen beim S und beim N unterschiedlich sind – um nur mal ein Beispiel zu geben. Die beiden Stimmen sind sich sehr ähnlich, aber identisch sind sie nicht, Mängel der Bearbeitung einmal zugestanden. Die Verbindung war auch nicht so super. Und die Zeit war kurz. Aber identisch sind die Stimmen nicht, das war jedenfalls unsere einhellige Meinung.«

Obermüller brummte etwas Unverständliches.

»Ich glaube, ich habe die Stimme schon mal gehört«, murmelte Harry Krüger nach einer Weile. »Irgendwo habe ich sie schon einmal gehört.«

»Kannst du dich erinnern, wo?«, hakte Susanne nach. Ihr eigenes Stimmengedächtnis war nur durchschnittlich.

»Wenn ich nicht daran denke«, meinte Harry Krüger, »dann fällt es mir vielleicht wieder ein. Du kennst das doch. Wenn du dir über etwas den Kopf zerbrichst, dann kommst du nicht drauf. Und wenn du nicht daran denkst, taucht die Erinnerung oft unvermutet wieder auf. Gib mir einfach etwas Zeit.«

»Gehen wir davon aus, dass wir Beckmann verloren haben«, nahm Obermüller den Gesprächsfaden wieder auf. »Was schlagen Sie vor? Sollen wir den Sender aktivieren?«

»Die Reichweite ist nicht so groß«, erwiderte Susanne unschlüssig. »Und das Risiko beträchtlich.«

»Lassen Sie sich eins gesagt sein«, meinte Mehrtens vom MEK, dem Mobilen Einsatzkommando, der die technische Seite der Fahndung leitete. »Das Problem ist die Batterie. Die Reichweite ist recht niedrig, und die Batterie verbraucht sich rasch. Und wenn wir die Reichweite erhöhen, dann ist die Batterie in einer Viertelstunde leer. Ich rate davon ab. Vom Risiko ganz zu schweigen.«

Einer der Beamten hatte hinten im Raum ein Telefonat angenommen, das offensichtlich wichtig war, denn er kam regelrecht auf Susanne Breugel zugestürmt.

»Er ist dran«, flüsterte er hastig. »Wir haben Beckmann am Telefon. Er hat sich gemeldet.«

Susanne nahm das schnurlose Telefon entgegen

»Hallo?«, rief sie. »Sind Sie es, Herr Beckmann?«

»Ihre Fahndungsexperten haben mich wohl verloren«, bemerkte Beckmann. »Und da wollte ich mich wieder melden. Ich stehe hier an einer Telefonzelle in ...«

»Der Anruf kommt aus einer Telefonzelle in Altendorf«, erklärte in diesem Moment einer der Beamten. Auf dem Monitor des Terminals wurden die Rufnummern der eingehenden Gespräche automatisch festgehalten.

»Wir haben Sie geortet«, berichtete Susanne knapp. »Wie viel Zeit haben Sie?«

»Weiß ich nicht«, meinte Beckmann. »Keine Ahnung. Sicher nicht viel. Ich glaube nicht, dass sie mich den ganzen Weg beobachtet haben. Das Handy ist im Augenblick ausgestellt – für einen Moment haben sie mich wohl nicht unter Kontrolle.«

»Was für einen Wagen fahren Sie?«, fragte Susanne nach.

»Einen blauen Opel Omega. Das Baujahr kenne ich nicht. Der Wagen ist aber nicht ganz neu. Reichen Ihnen die Angaben, um mich zu finden?«

»Wir werden es versuchen«, antwortete Susanne. »Wir tun, was wir können. Haben Sie das Kennzeichen des Wagens?«

»Ja, Moment ...«

Beckmann schien einen Blick aus der Telefonzelle zu werfen, dann gab er durch. »HI – Y – zwei – null – acht – neun.«

»Sagen Sie ihm, er solle uns über Handy zurückrufen«, schlug Obermüller vor. »Dann haben wir die Handynummer und können ihn orten.«

»Können Sie uns über das Handy anrufen?«, wollte Susanne wissen.

»Möglicherweise ja«, stimmte Beckmann hastig zu. »Aber was, wenn er mich ausgerechnet in diesem Augenblick zurückruft oder das Gerät für ausgehende Anrufe gesperrt ist? Soll ich das Risiko eingehen?«

»Nein«, entschied Susanne. »Wir werden Sie auch so verfolgen können. Fahren Sie zur Not etwas langsamer. Wir werden Sie finden und den Kontakt halten.«

»Hoffentlich«, murmelte Beckmann. Dann brach die Verbindung ab.

»Er hat aufgelegt«, erklärte der Beamte am Monitor.

»Gibt es hier eine Karte von Altendorf und Umgebung?«, fragte Susanne.

Es gab einen ganzen Stapel von Karten; Harry Krüger entfaltete schließlich eine gewöhnliche Generalkarte im Maßstab 1:200.000. Für die grobe Übersichtsplanung war sie am besten geeignet. Altendorf lag am Rande eines großen Waldgebietes, das von einer Reihe kleiner Straßen durchzogen war.

Die Dörfer lagen weit auseinander; die Karte ließ etliche Feldwege und Einzelgehöfte erahnen. Eine unübersichtliche Gegend.

Ein ideales Revier, um sich zu verstecken, dachte Susanne. Doch für eine Geldübergabe schien es möglicherweise nicht besonders gut geeignet zu sein. Es gab kaum schnelle Ausfallstraßen, die Autobahn war recht weit entfernt und das Verkehrsaufkommen sicher gering. Dies würde eine Verfolgung erleichtern.

»Haben wir Fahrzeuge in der Nähe?«, erkundigte Susanne sich.

»Sie können frühestens in einer Viertelstunde da sein«, meinte Mehrtens vom MEK, »und auch dann müssen sie fahren wie der Teufel.«

»Streifenwagen?«

Harry Krüger schaute gequält auf. Die Vorstellung, eine verdeckte Großfahndung mit Streifenwagen der örtlichen Polizei durchzuführen, behagte keinem von ihnen. »Willst du wirklich die Jungs von der Trachtengruppe hinzuziehen?«

»Wenigstens können die Kollegen von der Schutzpolizei schauen, wohin Beckmann mit seinem Omega fährt«, schlug Susanne vor. »Die nächste Ortschaft müsste er nach zehn Kilometern erreichen. Dafür braucht er vielleicht fünf Minuten. Das könnte Gleynsdorf sein. Wenn er nicht vorher abbiegt. Gibt es in Gleynsdorf eine Polizeiwache?«

Erstaunlicherweise war es kein Problem, den zuständigen Beamten der Wache gleich ans Telefon zu bekommen.

»In Schwiplinghausen gibt es auch noch eine Wache«, sagte Krüger. »Das ist der übernächste Ort.«

»Beckmann könnte in Gleynsdorf auch nach Deutschendorf abbiegen«, gab Susanne zu bedenken. »Dort gabelt sich die Straße.«

»Deutschendorf hat keine Wache«, erklärte Krüger nach einem Blick auf die Karte. »Willst du wirklich alle Polizeidienststellen in der näheren Umgebung mobil machen?«

»Hast du eine bessere Idee?«, fragte Susanne zurück.

»Wir brauchen eine Viertelstunde«, wiederholte Mehrtens. »Eine Viertelstunde, dann sind die ersten Wagen vor Ort. So lange müssen wir improvisieren.«

Beckmann war kaum eine Minute gefahren, als er die Erkennungsmelodie des Handys vernahm. Schlagartig durchfuhr ihn ein Adrenalinstoß. Das war knapp gewesen. Erst beim zweiten Klingeln nahm er ab. Sein Herz raste.

»Ja?«, fragte er gepresst.

»Der nächste Ort ist Gleynsdorf«, sagte die Stimme. »An der großen Kreuzung halten Sie sich rechts und folgen weiter der Bundesstraße.«

Die verzerrte Stimme nervte Klaus Beckmann. Warum konnte der Kerl nicht normal reden? Abgehört wurden sie jetzt mit Sicherheit nicht mehr.

Aus dem Augenwinkel beobachtete er in Gleynsdorf, wie ein grün uniformierter Polizei-Beamter scheinbar sorgfältig einen Pkw am Straßenrand inspizierte.

Es war Klaus nicht ganz klar, ob der Polizist zur verdeckten Fahndung gehörte, aber vorsichtshalber blinkte er demonstrativ schon hundert Meter vor der Kreuzung und fuhr auffällig langsam. Vielleicht passte der Beamte ja auf.

Gleynsdorf war rasch verlassen, ein kleiner Ort, einige Bauernhöfe, ein Lebensmittelgeschäft, eine Tankstelle, eine Ortschaft wie die anderen auch.

Die Straße verlief wieder schnurgerade. Einige Birken säumten den Weg, neben der Fahrbahn zog sich ein schlecht asphaltierter Radweg entlang.

»Sie haben Gleynsdorf verlassen. Nach etwa einem Kilometer kommen Sie an eine kleine Kreuzung. Biegen Sie dort rechts ab.«

Bis jetzt war er eine Stunde gefahren, vielleicht etwas mehr. Zum ersten Mal seit längerer Zeit erhielt er wieder eine Anweisung, die darauf schließen ließ, dass er sich erneut unter Beobachtung befand. Der andere war ganz in der Nähe. Es würde nicht mehr lange dauern. Die Verbindung mit dem Handy blieb bestehen.

Die Kreuzung entpuppte sich als ein kleiner Feldweg, der sich in die Nähe eines Waldstücks schlängelte und dessen Endpunkt nicht ganz ersichtlich war.

Zur Sicherheit fragte er noch einmal nach: »Bin ich richtig? Ist dieser Feldweg gemeint?«

»Folgen Sie dem Feldweg«, erwiderte der andere nur.

In diesem Moment erkannte Beckmann, dass er Recht gehabt hatte. Er stand unter Beobachtung. Er hatte die Polizei gerade noch rechtzeitig informiert. Vielleicht würden die Beamten ihn finden, obwohl dieser Feldweg recht abgelegen wirkte. Möglicherweise konnte der Entführer heute schon überführt werden.

Die Stoßdämpfer des Omega waren nicht die besten; der Wagen holperte und schob sich auf dem ausgefahrenen Weg langsam voran. Nach einer Weile erreichte Klaus das Waldstück und erkannte, dass es sich wie eine Zunge in die Wiesen schob. Im Sichtschatten des Waldes lag eine alte, etwas heruntergekommene Scheune. Das Gras vor der Einfahrt war nicht gemäht, man konnte unschwer einige Wagenspuren erkennen. Vor kurzem waren sie noch hier gewesen. Oder hielten sie sich sogar immer noch darin auf?

»Parken Sie vor der Scheune«, wurde er über Handy aufgefordert.

Klaus ließ den Wagen ausrollen und stellte den Motor ab.

»Nehmen Sie die Diamanten und gehen Sie mit dem Handy in die Scheune.«

Klaus Beckmann stieg aus. Die Scheune war ein wuchtiger Fachwerkbau, groß und, wenn man von den Lichtöffnungen oberhalb der Tür einmal absah, fensterlos. Eine verwitterte, dicke Schiebetür mit einem kleineren Eingang führte hinein. Klaus fühlte sich unwohl.

Zum wiederholten Mal an diesem Tag wünschte er sich eine Pistole. Zur Sicherheit.

Du spinnst, sagte er sich. Bleib ruhig, die wollen das Geld, die Diamanten, mehr nicht. Wenn Sie dich umbringen wollten, dann hätten Sie das gleich hier draußen tun können. Trotzdem behagte es ihm nicht, allein und unbewaffnet in eine dunkle Scheune zu gehen.

»Treten Sie durch die kleine Tür«, forderte die Stimme ihn nachdrücklich auf.

Die Tür ließ sich ohne Schwierigkeiten öffnen. Die Angeln waren offensichtlich vor kurzem geölt worden, denn sie quietschten nicht einmal. Nach kurzem Zögern trat Beckmann ein. Er sah nichts, aber ein durchdringender Geruch nach Stroh schlug ihm entgegen.

»Schließen Sie die Tür.«

Er tat, wie ihm geheißen. Die Scheune wurde schlagartig finster. Allerdings fiel durch die Öffnungen oberhalb der Tür ein breiter Lichtstreifen herein, der das Dunkel aufhellte. Oben im Dach schien eine Reihe von Ziegeln zerbrochen oder verrutscht zu sein, denn auch von dort sickerte Licht ins Innere der Scheune. Außerdem gewöhnten sich Klaus Beckmanns Augen rascher an das Dämmerdunkel, als er erwartet hatte.

Der Innenraum war nicht leer, sondern von einer fast unüberschaubaren Menge von Strohballen ausgefüllt, die, sorgfältig aufeinander getürmt, nur den Eingangsbereich freiließen. Wer sich hier versteckte, war glänzend getarnt.

Ich stehe hier wie auf dem Präsentierteller, dachte Klaus Beckmann unbehaglich. Ich bin dem Kerl hilflos ausgeliefert.

»Ich habe die Diamanten«, erklärte er laut. »Geben Sie mir jetzt meinen Sohn zurück.«

Nichts bewegte sich.

»Ich bin allein und unbewaffnet«, fügte er laut hinzu. *Leider,* ergänzte er stumm.

Wieder erhielt er keine Antwort.

Du musst aus dieser verdammten Scheune raus, dachte er. Hier hast du keine Chance. Vielleicht war der Entführer ja ein Spinner, ein unberechenbarer Psychopath ...

Klaus hielt das Handy noch in der Hand. Plötzlich bemerkte er, wie gesprochen wurde. Den Anfang hatte er nicht mitbekommen, auf Nachfrage wiederholte der andere den Befehl. Die verzerrte Stimme erschien Beckmann auf einmal seltsam vertraut.

Ungläubig hörte er zu. Er sollte noch weiter in die Scheune hineingehen?

»Die zehnte Ballenreihe von links verdeckt einen Gang«, fuhr der andere ungerührt fort. »Räumen Sie den Gang frei und gehen Sie hinein.«

Beckmann setzte Handy und Tragetasche ab, packte die Strohballen und zog sie nach vorn. Sie waren erstaunlich leicht, aber sie waren ineinander verkeilt. Er griff in das Stroh, erwischte einen der Bindfäden, mit denen die Ballen zusammengebunden waren, zog daran, und schließlich fielen raschelnd eine Reihe von Ballen nach vorn. Staub lag in der Luft. Klaus' Jeans und sein Pullover waren übersät mit winzigen Strohteilen. Hinter den ersten Ballen öffnete sich ein Gang, der in einigen Windungen ins Innere des Strohberges führte.

Klaus Beckmann nahm das Handy auf.

»Was soll ich machen?«, fragte er.

»Folgen Sie dem Gang«, befahl der andere, »aber lassen Sie die Diamanten hier vorn.«

»Ich möchte meinen Sohn«, erklärte Beckmann.

»Sie werden Ihren Sohn bekommen«, erwiderte der andere mit seiner seelenlosen, mechanischen Stimme. »Gehen Sie hinein.«

Es widerstrebte Klaus, die Diamanten ohne Aufsicht zurückzulassen, und genauso widerstrebte es ihm, weiter in das Labyrinth dieses Strohhaufens zu kriechen. Was sollte das? War es eine Falle?

Das ist verrückt, sagte er sich zum wiederholten Mal. Wenn man dich erledigen wollte, dann hätte man das viel früher machen können. Dafür bot die Scheune nun wirklich reichlich Gelegenheit. Entgegen der Anweisung nahm er die Diamanten und betrat vorsichtig den Gang. Er war verwinkelt und eng. Zeitweilig hatte man nicht mehr als eine Ballenbreite Raum gelassen. Klaus kam nur langsam voran. Wenn es brenzlig werden sollte, würde er von hier kaum schnell genug fliehen können. Schließlich öffnete sich der Gang zu einer kleinen Kammer. Sie mochte vielleicht zwei mal zwei Meter groß sein.

Nach oben hin war sie offen und gab den Blick auf die Dachbalken frei. Eingerahmt zwischen meterhohen Strohballen steckte er fest. Der Gang führte nicht mehr weiter. Er war angekommen.

»Guten Tag, Klaus«, hörte er plötzlich eine Stimme. Sie war nicht verzerrt und schien von oben zu kommen.

Klaus blickte überrascht auf.

»Schau ruhig nach oben«, sagte der andere. »Ich habe einen Lautsprecher angebracht. Und wenn du nach oben an die Dachbalken schaust, kannst du wahrscheinlich auch eine kleine Kamera sehen, mit der ich dich beobachte.«

Diese Stimme. *Seefalke.*

Erst das Codewort, dann diese Stimme. Schlagartig bekam Klaus Beckmann Angst.

»Was wollen Sie?«, rief er.

»Sie?«, wiederholte die Stimme spöttisch. »Sie? Mensch, Klaus, seit wann siezen wir uns?«

»Wer sind Sie?«, fragte er trotzdem, und um dem Ganzen noch einen Anschein von Normalität zu geben, setzte er hinzu: »Wo ist mein Sohn?«

Der andere lachte. Es klang gutmütig, wieder ein wenig spöttisch, aber bei diesem Lachen gefror Klaus das Blut in den Adern. Unwillkürlich drehte er sich um. Der andere musste von oben ein glänzendes Schussfeld haben, er würde in dem verschlungenen Gang wirklich nicht schnell genug fliehen können. Er steckte fest.

»Wir sollten aufhören, Versteck zu spielen«, meinte der andere. »Es ist deiner nicht würdig. Aber wenn du nicht mit Unbekannten reden möchtest oder mich nicht mehr kennst, bitte schön ...«

Der Spott eines Menschen, der alle Trümpfe in der Hand hielt, sprach aus diesen Worten.

Etwas schnürte Klaus Beckmann die Kehle zu.

Das gibt es nicht, dachte er. Das ist ein Albtraum, nur ein Albtraum.

»Wenn du den Strohballen direkt vor dir wegziehst, dann findest du einen Fernseher. Wenn du willst, kannst du ihn anschalten. Nur für den Fall, dass du mich nach so vielen Jahren noch sehen möchtest.«

Mechanisch räumte Klaus Beckmann das Stroh beiseite. In der Nische stand ein verkabelter kleiner Fernseher.

It's a Sony, ging es ihm seltsamerweise durch den Kopf. Wider Willen drängte sich ihm ein Lachen auf. Es war absurd, völlig absurd.

»Los, schalte ihn ein«, drängte der andere. »Nur für den Fall, dass du vergessen hast, wie ich aussehe.«

Klaus Beckmann drückte auf den Knopf.

Der Bildschirm des Gerätes flammte auf. Ein Mann saß ihm gegenüber, der ihn scheinbar regungslos musterte.

»Guten Tag, Klaus«, sagte er. »Lange nicht gesehen.«

»Tag, Peter«, erwiderte Klaus Beckmann wie betäubt.

»Überrascht?«

Sollte dies nur eine normale Unterhaltung werden? Was wusste Peter? Welchen Sinn machte das alles?

»Kann man wohl sagen«, entfuhr es Klaus Beckmann. Und auf einmal schien seine Rettung möglich zu sein ... »Kann man wohl sagen«, fügte er noch einmal hinzu. »Du weißt gar nicht, was wir durchgemacht haben, Ulrike und ich ...«

»Das kann ich mir denken«, versetzte Peter. »Die Identifizierung der Leiche muss doch eine wahre Erlösung gewesen sein. Endlich war der Weg frei für euch. Endlich gab es eine Leiche. Egal, welche.«

»Du siehst das falsch«, entgegnete Klaus beschwichtigend. »Ich glaube, du siehst das ganz falsch. Wir waren entsetzt. Mein Gott, der eigene Bruder war über Bord gegangen, wir haben dich gesucht! Und unsere Heirat? Mein Gott, du warst ja tot, einfach tot ... Aber die Hauptsache ist jetzt, dass du lebst, dass du wieder bei uns bist ...«

Klaus Beckmann redete und redete. Er drehte sich ein wenig und schätzte aus dem Augenwinkel den Fluchtweg ab. Mit einem blitzschnellen Sprung müsste er die erste Etappe schaffen können. Und befand er sich erst einmal in dem Gewirr des Strohganges, dann war es vermutlich schwieriger, ihn von oben genau auszumachen. Egal, wie gut Peter alles geplant hatte, einen guten Schusskanal würde er kaum haben. In dieser Hinsicht war ihm ein Fehler unterlaufen.

Würde er wirklich seinen Neffen töten? Jonas?

»Hör auf zu labern«, sagte Peter auf einmal mit fester Stimme. »Hör einfach auf, Klaus. Egal, was du erzählst – ich weiß alles. Und auf diesen Augenblick habe ich lange gewartet, sehr lange. Viereinhalb Jahre, um genau zu sein, wenn es dich interessiert.«

»Wir haben lange nach dir gesucht«, fing Klaus Beckmann noch einmal an. »Als du über Bord gingst, haben wir die Küstenwache alarmiert, die Seenotrettung. Wir sind tagelang in dem Gebiet gekreuzt, auch als wir schon alle Hoffnung aufgegeben hatten ...«

Klaus redete weiter. Sag irgendetwas, dachte er. Sag irgendetwas, was diesen Verrückten, der seinen eigenen Neffen entführt hat, zur Vernunft bringt.

Ein Blick auf den Fernseher zeigte ihm, dass Peter offensichtlich an einem Tisch saß. Das schloss eigentlich aus, dass er von oben mit einem Gewehr auf ihn zielte. Möglicherweise hatte Peter einen Komplizen, aber wenn er, Klaus, rasch handelte, dann hatte er vielleicht eine Chance. Er blickte sich verstohlen um. Der Gang lag nur einen Sprung hinter ihm. Nur die ersten Meter waren wirklich gefährlich.

»Erzähl weiter«, forderte Peter ihn auf. »Wahrscheinlich sind euch so viele Tränen in die Augen getreten, dass ihr sogar den armen Kerl, den ihr dann schließlich in Schweden identifiziert habt, gar nicht genau erkennen konntet. Ich kann mich richtig in euch hineinversetzen. Fast bricht es mir das Herz.«

»Du verrennst dich in etwas«, beschwor Klaus ihn und bewegte sich unmerklich einen Schritt nach hinten in Richtung Gang. »Ich weiß nicht, warum du dich nicht gemeldet hast, ich weiß nicht, wo du die ganze Zeit gesteckt hast, ich weiß es wirklich nicht. Nur dass du ziemlichen Schwachsinn redest, das will ich dir ehrlich sagen.«

Er fühlte in seinem Rücken die Strohballen. Nur keine verfrühten ruckartigen Bewegungen machen. Ein kurzer Sprung, dann wäre es geschafft. Irgendwo hinter sich hörte er dumpfes Poltern. Strohballen schienen zusammenzufallen, wo genau, konnte er nicht sehen. War der Gang irgendwo eingestürzt?

»Dies nur, damit du nicht auf die Idee kommst, schnell wegzulaufen«, fügte Peter süffisant hinzu. »Du warst doch immer ein großer Leichtathlet. Und unsere Unterhaltung fängt gerade an, mir Spaß zu machen.«

»Mir macht sie keinen Spaß, und ich finde sie auch nicht besonders witzig«, erwiderte Klaus. »Und wenn du mich hier abknallen willst, weil du dir in diesen Jahren irgendeinen Unsinn eingeredet hast, dann mach es. Aber was Jonas mit der Sache zu tun hat, das weiß ich nicht. Auch nicht, warum du eine Firma mit deinen Hackertricks ruinierst, eine Firma, die dir immerhin zur Hälfte gehört.«

»Gehört hat«, versetzte Peter. »Tote besitzen nichts. Solltest du das vergessen haben?«

»Du kannst jederzeit deinen Anteil wiederhaben«, versicherte Klaus.

»Stimmt«, versetzte Peter. »Den hätte ich immer haben können. Ich hätte jederzeit kommen können. Und vielleicht hätte man euch sogar verurteilt. Hätte die Anklage auf versuchten Mord gelautet? Oder hätte es dein Hausjurist und Busenfreund Knollinger geschafft, es als versuchte fahrlässige Tötung hinzustellen, falls es diesen

Tatbestand überhaupt gibt? Ach, wahrscheinlich sogar nur als Körperverletzung mit Todesfolge. In der dunklen Nacht geht der Bruder über Bord. So etwas passiert immer wieder. Wo ist das Problem?«

»Ich verstehe dich nicht«, sagte Klaus. »Lass mich hier raus, gib mir mein Kind wieder und dann mach, was du willst. Oder knall mich ab, wenn es dir Spaß macht. Aber du täuschst dich. Es war ein Unfall. Mehr nicht.«

»Ein Unfall?«, wiederholte Peter. »Mein Bruder, der eine Patenthalse fährt, sodass ich vom Mastbaum über Bord geschleudert werde? Eine leere Pressluftpatrone in meiner Schwimmweste, die sich nicht aufbläst? Ein Funkspruch, der einen Tag später und in einem ganz anderen Gebiet abgesetzt wird? Nicht mitten auf der Ostsee vor der estländischen Küste, sondern zwischen Gotland und Schweden? Damit die Seenotrettung nun überhaupt nichts findet? Alles Zufall, Klaus? Ich wollte es lange nicht glauben. Aber es passt alles zusammen. Ich habe lange recherchieren können, Klaus. Sehr lange. Und ich habe dieses Unternehmen hier gut vorbereitet. Die Idee mit dem Stroh ist doch genial. Und deine ganze Sportlichkeit nützt dir auf einmal nichts. Du bist gefangen, sitzt wie eine Maus in der Falle.«

Gab es noch einen Ausweg? Nachdem die Gefahr greifbar geworden war, die Bedrohung einen Namen, ja ein Gesicht hatte, fühlte Klaus Beckmann, wie er ruhig wurde. Peter, du warst immer ein Träumer, dachte er. All die großen Gesten. Und meist ging dann doch noch etwas schief. Menschen konntest du noch nie einschätzen. Und auch hier wirst du einen Fehler gemacht haben.

In Sekundenschnelle spielte Klaus Beckmann die

möglichen Alternativen durch. Der Anfang des Ganges war jedenfalls nicht verschüttet. Mochte er auch irgendwo eingestürzt sein – der vordere Teil war frei, und war er, Klaus, erst einmal im Stroh verschwunden, wurde es für Peter schwierig, ihn überhaupt zu finden. Dann war er die sprichwörtliche Nadel im Heuhaufen. Und irgendwann würde die Polizei kommen. Wahrscheinlich war Peter bewaffnet, aber eine Pistole nützte ihm im Stroh sowieso nicht viel. Seine Lage war zwar schlecht, doch wenn er es recht bedachte, dann hätte sie noch viel schlechter sein können. Gut, dass er die Diamanten nicht am Eingang gelassen hatte! Da wären sie mit Sicherheit weg gewesen. Nein, Peter hatte sich verrechnet. Und nach der Kindesentführung hatten auch seine Beschuldigungen kaum noch Überzeugungskraft.

Klaus blickte nach oben. Das Dachgebälk zeichnete sich im Dämmerdunkel klar ab. Ein Teil des Fußbodens war weggebrochen und gewährte freien Durchblick. Unwahrscheinlich, dass sich dort oben einer verstecken konnte.

Im Moment war er ziemlich sicher.

In seiner Hosentasche spürte er ein Gewicht.

Das Handy. Peter hatte vergessen, dass er das Handy noch besaß! Es war eingeschaltet gewesen, er hatte vorher telefoniert, und das bedeutete, dass die Passwortsperre deaktiviert war. Die Nummer der Polizei hatte er nicht im Kopf, aber vielleicht konnte er eins-eins-null wählen.

»Wie bist du denn aus dem Wasser gekommen?«, fragte er nach. Er musste das Gespräch in Gang halten und Zeit schinden. Wahrscheinlich stand er unter Beobachtung einer Kamera, aber er griff unauffällig mit der Hand in die Tasche und tastete nach dem Einschaltknopf. Für einen Moment fühlte er den Summton des eingeschalteten Geräts, er hörte das Freizeichen.

»Ein estländisches Fischerboot, ein Trawler, hat mich aufgegabelt. Mehr tot als lebendig«, antwortete Peter. »Die Leute fragten nichts, die schwedischen Funksprüche interessierten sie nicht. Und sie brachten mich nach Reval. Das war meine Rettung.«

Klaus' Finger glitten über die Tastatur. Die Tastaturen waren fast alle gleich. Die Fünf hatte meist eine Erhöhung, und er fand sie sofort. Jetzt nachdenken. Die Eins lag schräg links über der Fünf. Und die Null? Er versuchte, sich die Tastatur zu vergegenwärtigen. Unzählige Male hatte er sie benutzt. Es war ein Block von zehn Zahlen und zwei oder mehreren Zusatztasten. Zwölf Zeichen in Dreierreihen. Die Null müsste zwei Positionen unter der Fünf sein. Seine Finger drückten die Tasten.

Eins-eins-null. Der Notruf.

Jetzt meldete sich ein Polizeibeamter. Klaus ahnte es mehr, als er es hörte.

»Warum hast du unseren Sohn entführt?«, fragte er unvermittelt.

Er sprach sehr laut. »Ich, Klaus Beckmann, frage dich, warum hast du unseren Sohn entführt?«

Das klang zwar pathetisch, aber vielleicht konnte der Polizeibeamte am anderen Ende damit etwas anfangen.

»Warum bist du nach Hannover gekommen und hast ihn einfach entführt? Warum hast du dich nicht gemeldet?«

Sogar Peter schien etwas verblüfft zu sein.

»Reg dich ab«, erwiderte er. »Jonas geht es gut. Ihm wird nichts passieren.«

Er schwieg eine Weile.

»Aber warum?«, fragte er plötzlich. »Warum, Klaus? Du hast Frauen haben können noch und nöcher. Warum gerade Ulrike? Und warum ein Mord? War es wegen des Geldes?«

Klaus Beckmann schwieg.

»In all den Jahren, in denen ich Zeit hatte nachzudenken«, fuhr Peter versonnen fort, als spräche er zu sich selbst, »habe ich mir immer diese Frage gestellt: Warum? Und ich war so arglos. Bis ich euch auf dem Boot erwischte. Zusammen in der Koje, mitten im Urlaub. Ich bin hinausgegangen. Und ich weiß nicht einmal, ob ihr mich bemerkt habt. Hast du gewusst, dass ich euch erwischt hatte?«

»Ja«, antwortete Klaus zögernd, »ich habe dich gesehen. Nicht deutlich, aber als Schatten. Ich habe geahnt, dass du Bescheid wusstest. Es war auf Bornholm, nicht wahr?«

»Ich hatte nie viel Glück bei Frauen«, fuhr Peter ungerührt fort. »Es ist schon merkwürdig, wenn man sich das eingesteht: Dass man nur am Computer erfolgreich ist. Und dann kamst du und nahmst mir einfach alles weg. Du warst nicht besonders erfolgreich, weißt du das? Dein Vertrag bei United Food war gerade ausgelaufen, wie ich später erfuhr. Meine Firma hat dich erst zu einem großen Manager gemacht. *Ich* war es, wenn du so willst. Und was war der Dank? Der Mord. Warum?«

Weil du die Firma aufgelöst hättest, ging es Klaus durch den Kopf. Weil die ganze Firma nur in deinem Kopf bestand. SecuCom wäre dann keinen Pfifferling mehr wert gewesen. Und weil es selbst Ulrike auf die Nerven ging, dass du sie Tag und Nacht angehimmelt hast. Weil du der geborene Verlierer warst ... Weil du alles zu ernst genommen hättest. Ulrike und ich – ein kleiner Seitensprung, was war denn schon dabei? Aber du hättest deswegen ein Riesentamtam gemacht ...

»Du spinnst«, sagte er stattdessen. »Du bist verrückt. Du bildest dir alles ein. Und wenn ich mit Ulrike ins Bett gegangen bin! Was war denn schon dabei? Und Mord? Bleib auf dem Teppich ...«

»Ich habe dich als Jugendlicher bewundert, Klaus«, fuhr Peter ungerührt fort. »Ich habe dich wirklich bewundert. Deine Härte, dort, wo ich weich war, dein Sport, wo ich nur ein Versager war, dein Erfolg bei Mädchen, wo ich mich abquälte ...«

Und dann fuhr er plötzlich in einem anderen Ton fort: »Weißt du, Klaus, dieses Gespräch langweilt mich. Du wirst mir die Antworten nicht geben, die ich hören wollte. Und im Grunde interessieren sie mich auch nicht mehr. Ich habe mich Jahre auf dieses Wiedersehen gefreut, ich habe es sorgfältig vorbereitet – und jetzt ist es mir auf einmal egal. Aber eines solltest du wissen: Ertrinken ist ein elender Tod. Ich weiß nicht, ob es Todesarten gibt, die schön sind. Erfrieren, sagt man, sei ganz angenehm. Angeblich schläft man einfach ein. Aber Ertrinken ist elendig. Und ihr wolltet mich ersaufen lassen. Mein eigener Bruder, meine eigene Frau! Ich habe lange gebraucht, um darüber hinwegzukommen. Aber ich habe dir eine Todesart zugedacht, die keinen Deut besser ist. Sie gilt sogar als die schmerzhafteste.«

Peter redete leise. Klaus musste sich anstrengen, um ihn zu verstehen. Aber unwillkürlich hatte er Angst. Er hatte soeben den Kontakt zur Polizei hergestellt, sich klar gemacht, dass er in Sicherheit war, und doch hatte er panische Angst.

»Kannst du dir die Todesart nicht vorstellen?«, hakte

Peter nach. Zum ersten Mal, seit Klaus ihn sah, verzog er sein Gesicht zu einem melancholischen Lächeln.

»Hör auf mit dem Scheiß«, versetzte Klaus. »Du bist verrückt.«

»Feuer«, erklärte Peter sachlich. »Feuer. Die schmerzhafteste Todesart. Ich werde dich verbrennen. Jetzt gleich. Was meinst du, warum ich diese Scheune mit den vielen Strohballen gepachtet habe? Damit du es schön warm hast? Und versuche nicht wegzulaufen. Das dauert zu lange. Du kommst nicht mehr rechtzeitig nach draußen. Es ist zu spät.«

Schlagartig bemerkte Klaus Beckmann einen durchdringenden Geruch.

»Benzin?«, flüsterte er.

»Benzin«, bestätigte Peter. »Sechzig Liter Benzin, um genau zu sein. Und du bist zwischen Strohballen gefangen ...«

Zum ersten Mal lachte er.

In Klaus kroch nacktes Entsetzen hoch. »Du machst einen Fehler«, versicherte er. »Du hast dir das alles nur zusammengereimt, es stimmt einfach nicht ...«

»Nein«, widersprach Peter. »Natürlich stimmt es. Jetzt hast du alles verloren, Klaus, alles, worauf du dich so gefreut hast: das Geld, die Firma, deine Frau, dein Kind, alles. Und gleich verlierst du noch dein Leben. Aber es wird nicht so lange dauern. Einige Minuten, mehr nicht. Ich habe länger gelitten ...«

»Du Idiot«, schrie Klaus Beckmann. »Du verdammter Idiot. Meinst du, du kannst das Benzin anzünden und kommst lebend hier raus. Bei sechzig Litern?«

»Ich bin gar nicht hier«, erklärte Peter. »Ich bin nur virtuell da, über eine elektrische Verbindung. Technik war immer meine große Stärke, Menschen leider nicht.«

»Ich habe die Diamanten bei mir«, rief Klaus. »Ich habe sie nicht vorne liegen lassen, wie du es wolltest. Und wenn du mich verbrennst, dann verbrennen sie mit. Fünfundzwanzig Millionen. Peter, du hast dich doch verrechnet.«

»Dein letzter Gedanke gilt dem Geld«, meinte Peter. »Doch irgendwie passt das zu dir. Aber keine Sorge. Du hast nur Steine aus Glas bei dir. Wert: zwanzig Mark achtzig. Und die verbrennen nicht. Mach's gut.«

»Das kannst du doch nicht machen!«

Klaus' Stimme schnappte über.

»Doch«, sagte Peter.

Dann verschwand sein Gesicht vom Bildschirm des Fernsehers. Was blieb, war eine ausdruckslose, matte schwarze Scheibe.

Der Benzingeruch wurde übermächtig.

»Und die Beamten sind sich ganz sicher, dass durch Deutschendorf kein blauer Omega gefahren ist?«, fragte Susanne.

Harry Krüger legte den Hörer aus der Hand. Er hatte in den letzten Minuten eine Reihe von Telefonaten geführt.

»Ganz sicher. Und durch Schwiplinghausen ebenfalls nicht. Es war zufällig eine Streife da. Die Kollegen nahmen eine Geschwindigkeitskontrolle vor.«

»Das heißt, Beckmann muss irgendwo abgebogen sein«, stellte Mehrtens vom MEK fest. »Wahrscheinlich zwischen Gleynsdorf und Deutschendorf.« Obermüller trat an die große Übersichtskarte der Gegend.

»Das ist immer noch ein großes Gebiet«, stellte er missvergnügt fest. Da gibt's eine Reihe von Einzelgehöften. Viele Feldwege. Wald. Jede Menge Platz, um sich zu verkrümeln.«

»Gehen wir vom Wahrscheinlichen aus«, meinte Mehrtens. »Beckmann musste bestimmt hinter Gleynsdorf die Straße verlassen und in einen Feldweg abbiegen. Ich tippe darauf, dass er nach Deutschendorf gefahren ist. Und dann kämen nur diese vier Feldwege ernsthaft infrage. Alle anderen sind Sackgassen und für eine Geldübergabe zu gefährlich, weil sie keine Fluchtmöglichkeiten bieten.«

Er tippte mit einem Kugelschreiber auf eine Reihe von Feldwegen. »Einer von diesen ist es«, murmelte er. »Aber ich gehe davon aus, dass wir noch nicht eingreifen sollen?«

»Erst, wenn Jonas in Sicherheit ist«, stellte Susanne klar. »Postieren wir die Wagen großräumig. Und wenn Beckmann sich wieder meldet, dann schlagen wir zu.«

»Und wenn nicht?«

»Dann warten wir ab.«

Das Fahndungsnetz zog sich zusammen. Über Funk gaben die Wagen ihre Position durch. Sie drangen aus dem Hildesheimer Raum nach Norden vor.

Nicht mit atemberaubender Geschwindigkeit, aber stetig. Die Autobahnabfahrten Soltau-Ost, Fallingbostel und Bispendorf wurden mit einem blauen Fähnchen markiert. Dort stand jetzt ein Wagen, ebenso an den wichtigen Bundesstraßenkreuzungen. Vor Lüneburg, vor Celle, vor Uelzen. Das Muster der blauen Fähnchen wies noch Lücken auf, aber langsam schloss sich der Ring.

Es sah beeindruckend aus, aber Susanne Breugel hatte zu viele Fahndungen noch im letzten Moment scheitern sehen, um wirklich zuversichtlich zu sein. Es waren Annahmen, auf die sie sich stützten, Annahmen, die auf Erfahrungswerten basierten, auf Routine und Übersicht. Aber es blieben Annahmen und Vermutungen, keine Gewissheiten. Noch immer kannten sie nicht den genauen Ort, an dem die Geldübergabe stattfinden sollte.

Warten. Warten war etwas, das für die Polizei typisch war. Und das vermutete in der Öffentlichkeit niemand.

»Wir haben da einen merkwürdigen Anruf«, sagte Woltersdorf nach einer Weile. Er war ein junger Beamter, der erst kürzlich zu ihnen gestoßen war. Er war frisch von der Polizeischule gekommen und versah einen Teil des Telefondienstes.

»Die zentrale Notrufannahme des Landkreises Uelzen ist dran. Vielleicht solltest du mal reinhören, Susanne.«

»Einsatzleitung, Susanne Breugel«, meldete sie sich.

»Ihr habt doch da einen Entführungsfall«, sagte der Dienst habende Beamte am anderen Ende. »Das ist doch richtig?«

Susanne bestätigte.

»Uns hat ein merkwürdiger Notruf erreicht. Ein Mann hat angerufen, aber sich nicht gemeldet. Doch er schien ein Gespräch zu führen. Die Tonqualität war sehr schlecht, aber es fielen einige Worte: Entführung, Hannover, Beckmann oder Beckhaus oder so ähnlich. Und da dachten wir, es könnte für euch von Interesse sein.«

Susanne stellte das Telefon auf Mithören. Ein Kreis hatte sich um sie gebildet. »Das Telefonat könnt ihr uns nicht überspielen?«

»Nein«, bedauerte der Kollege. »Aber wir können

euch das Band am Telefon noch einmal vorspielen. Die Tonqualität ist dann zwar ganz schlecht, aber immerhin.«

In der Tat war die Übertragung geradezu miserabel.

»Ich glaube, es ist Beckmann«, meinte Harry Krüger, als die Übertragung zu Ende war. »Was er genau sagt, verstehe ich nicht. Mir ist nur aufgefallen, dass er auf einmal den Entführer duzt. Aber sein Name ist ganz deutlich zu hören. Beckmann. Und das Stichwort Entführung.«

»Ganz schön clever«, murmelte Obermüller. »Damit dürften wir ihn doch orten können.«

»Den Anschluss habt ihr identifizieren können?«, fragte Susanne.

»Ist ein Handy ...«

»War ja klar«, brummte Harry.

»Die Nummer habt ihr auch? Den Sendemast?«

»Haben wir«, stellte der Kollege aus Uelzen fest. »Wir sind ja mit der Technik hier im Landkreis auch nicht von gestern.« Etwas wie Befriedigung schien in seinen Worten mitzuschwingen, als er die Daten durchgab.

Auf der Karte waren die Sendemasten eingezeichnet, und es machte keine Mühe, den entsprechenden zu finden. Er lag einige Kilometer östlich des Fahndungsraumes.

»Er wird in der Gegend von Deutschendorf sein«, bemerkte Mehrtens. »Schwiplinghausen scheidet aus, es liegt zu weit westlich; da wäre ein anderer Sendemast zuständig gewesen. Ganz wie wir es uns gedacht haben. Wir haben ihn fast.«

»Ein kaltblütiger Kerl«, stellte Obermüller noch einmal fest. »Bei der Geldübergabe gibt Beckmann ein

Identifikationssignal. Hut ab. Jetzt müssen wir nur noch warten, dass er wieder auftaucht. Dann haben wir die Bande.«

»Ich möchte mir das Gespräch noch einmal anhören«, meinte Susanne.

Selbstverständlich hatten sie das Telefonat mitgeschnitten, aber die Tonqualität war miserabel.

»Versteht ihr das?«, wollte sie stirnrunzelnd wissen.

»Lässt sich das auswerten?«, fragte Krüger den Kollegen von der Technik.

Der zuckte die Schultern.

»Anhand des Originalbandes vielleicht. Aber nicht von jetzt auf gleich. Das dauert.«

Noch einmal lief das Band ab. Ein großer Teil des Gespräches war schlichtweg unverständlich, verstümmelt. Nur Klaus Beckmanns Eingangsworte waren gut zu verstehen. Sie schienen besonders laut und deutlich gesprochen worden zu sein.

Warum hast du unseren Sohn entführt? ... Ich, Klaus Beckmann, frage dich, warum hast du unseren Sohn entführt? ... Warum bist du nach Hannover gekommen und hast ihn einfach entführt? ... Warum hast du dich nicht gemeldet?

»So redet doch keiner«, sagte Susanne. »Das ist schlechtes Theater. Nicht einmal im Kino reden die so.«

»Er wollte laut sprechen, und er wollte uns Informationen geben. Verdeckt, damit die Entführer keinen Verdacht schöpfen, aber so deutlich, dass die Kollegen in Uelzen richtig reagieren. Was sie ja auch getan haben.«

»Das meine ich nicht«, erwiderte Susanne. »*Warum hast du dich nicht gemeldet?* So spricht man nicht zu Fremden. Beckmann kennt den Mann. Er scheint ihn sogar gut zu kennen. Und offensichtlich hat er ihn lange nicht gesehen. Er ist verblüfft ...«

»Das hat etwas für sich«, meinte Mehrtens nachdenklich. »Können wir weitere Passagen identifizieren?«

Der größte Teil des Gespräch war völlig unverständlich. Gedämpfte Stimmen, als würde durch Watte in einer fremden Sprache gesprochen. Nur hin und wieder gab es einige Worte, die mit Mühe genauer zu identifizieren waren.

Du Idiot ... du verdammter Idiot ... meinst ... Benz ... lebend ... sechzig ... Diamanten bei mir ... nicht ... vorne ... dann verbrennen ... Fünfundzwanzig Millionen ... Pet ... Das kannst du doch nicht machen!

»Den letzten Satz hat er geschrien«, erklärte Susanne. »Den letzten Satz hat er in panischer Angst geschrien.«

»Das hörte sich nicht nach einer normalen Lösegeldübergabe an«, stimmte Obermüller zu.

»Der Text ist verstümmelt, aber Beckmann hat Angst, das ist eindeutig«, stellte Harry Krüger fest. »Doch ich werde nicht ganz schlau daraus. Offensichtlich kennt er den Entführer. Er kennt ihn gut.«

»Vielleicht ist unsere Vermutung ja doch richtig, dass Beckmann mit dem Entführer unter einer Decke steckt«, warf Obermüller ein. Er verabschiedete sich eben sehr ungern von seinen eigenen Theorien. »Und jetzt haben sich die Komplizen in der Wolle.«

»Er sagte etwas von ›verbrennen‹«, meinte Mehrtens nachdenklich. »Und ›Benz‹ – kann das nicht Benzin heißen? Hat er Angst zu verbrennen? Oder will einer die Diamanten verbrennen?«

»Sollen wir einschreiten?«, fragte Susanne alarmiert. »Wenn dies nun ein Hilferuf ist? Die Panik war nicht gespielt. Egal, was wir sonst noch über Beckmann denken. Der Mann hat Angst. Sollen wir einschreiten?«

»Und das Kind?«, wandte Mehrtens ein. »Wollen wir das Kind gefährden?«

»Wir sollten mit Frau Beckmann Kontakt aufnehmen«, schlug Susanne vor. »Sie schien vorhin mehr zu wissen, als sie zugeben wollte. *Beide* wussten mehr, als sie sagten. Erst das Codewort *Seefalke* – ein seltsames Wort. Beide waren verstört. Vielleicht mag Frau Beckmann uns ja noch einen Hinweis geben. Wir sollten sie über Handy anrufen. Ich habe die Nummer.«

»Ist sie denn nicht zu Hause?«, fragte Obermüller erstaunt.

»Sie wollte einkaufen.«

»Einkaufen?«, wunderte sich Mehrtens. »Ihr Sohn wird gerade ausgelöst, und sie geht einkaufen? Das ist doch wohl nicht dein Ernst?«

»Doch«, versetzte Susanne. »Das ist mein Ernst. Mir kam es auch merkwürdig vor. Ganz merkwürdig, um genau zu sein. Aber sie verstößt damit gegen kein Gesetz. Und irgendwo konnte ich den Wunsch abzuhauen, einfach wegzufahren, sogar verstehen.«

»Ruf sie an«, versetzte Harry Krüger. »Ruf sie sofort an. Und spiel ihr das Band vor. Sie soll herkommen. Egal, wo sie gerade ist. Ob beim Friseur oder bei Aldi.«

Susanne nahm den Zettel mit Ulrike Beckmanns Handynummer zur Hand und wählte. Augenblicklich wurde abgenommen. So, als hätte Frau Beckmann auf den Anruf gewartet.

»Beckmann.«

Die Stimme klang angestrengt, ängstlich und hoffnungsvoll zugleich. Aber war das ein Wunder?

»Frau Beckmann«, meldete sich Susanne. »hier ist Breugel von der Kripo.«

»Haben Sie Jonas?«, fragte sie hastig.

»Nein«, antwortete Susanne. »Jonas haben wir nicht. Aber wir haben den Mitschnitt eines merkwürdigen Gesprächs, das Ihr Mann geführt hat. Er scheint Angst zu haben. Große Angst. Und möglicherweise ist er in Gefahr. Können Sie uns irgendetwas sagen?«

Frau Beckmann schwieg.

»Ihr Mann hat Angst«, wiederholte Susanne eindringlich. »Das Codewort lautet *Seefalke*. Welche Bedeutung hat es? Das hat Sie doch auch verunsichert.«

»Das schon«, gab sie gedehnt zu. »Aber ansonsten ...«

»Sie wissen doch mehr, als Sie uns gesagt haben«, drängte Susanne. »Jeder kleine Hinweis, wie unbedeutend er Ihnen auch erscheint, kann uns helfen. Vertrauen Sie uns einfach.«

»Ich habe Ihnen alles gesagt, was ich weiß«, erwiderte Ulrike Beckmann gequält. »Ich kann Ihnen wirklich nicht weiterhelfen. Ehrlich.«

»Bitte kommen Sie sofort nach Hause oder ins Präsidium«, meinte Susanne. Ihre Stimme klang auf einmal entschieden und hart. »Frau Beckmann. Das Leben Ihres Mannes und vielleicht das Ihres Kindes stehen auf dem Spiel. Unterbrechen Sie Ihren Einkauf oder Friseurbesuch und kommen Sie sofort nach Hause. Wir holen Sie dort ab.«

»Ich stehe hier in der Innenstadt im Stau«, erwiderte Ulrike Beckmann zögernd.

»Aber ich werde sehen, dass ich so schnell wie möglich komme.«

Dann legte sie auf.

»Sie kommt gleich«, teilte Susanne den Kollegen mit.

»Stau in der Innenstadt. Aber der dauert auch nicht ewig. In spätestens zehn Minuten ist sie da.«

»Wo soll sie gesteckt haben?«, fragte der Kollege vor dem großen Terminal.

»In der Innenstadt?«

Susanne drehte sich um.

»Ja«, entgegnete sie. »Das hat sie gesagt.«

»Dann müsste die Innenstadt verdammt groß sein«, meinte der Beamte. »Der Sendemast, der das Gespräch aufgezeichnet hat, steht weit draußen. Im Norden. Und wenn ich seine Koordinaten richtig deute, irgendwo nördlich von Celle, Richtung Lüneburg. Was auch immer sie über ihren Standort erzählt hat, sie hat gelogen.«

Sie war ziellos in der Stadt herumgefahren, doch endlich hatte der Anruf sie erreicht.

»Fahren Sie nach Norden. Folgen Sie der Bundesstraße nach Celle und fahren Sie weiter in Richtung Lüneburg.«

Die Stimme war eine mechanische, verzerrte Stimme.

Der Berufsverkehr hatte eingesetzt, Celle war ein einziger Stau, Ulrike schob sich voran, einem ungewissen Ziel entgegen. Merkwürdigerweise dachte sie an nichts. Sie konzentrierte sich aufs Fahren. Der Golf schnurrte die lang gestreckten, von Eichen umstandenen Alleen entlang, immer tiefer in die Heide hinein. Erinnerungen tauchten auf. Früher waren sie oft hier gewesen.

Klaus' und Peters Eltern hatten einen alten Resthof besessen, ein Feriendomizil, das mit den Jahren immer weniger genutzt worden war. Schließlich hatten sie es verkauft. Konnte man sich von Erinnerungen auch loskaufen?

Sie kannte die Straßen, aber vieles hatte sich verändert. Die Zeit war auch hier nicht stehen geblieben, neue Häuser waren gebaut worden, Orte, Umgehungsstraßen. Wie viel sich in fünf, sechs Jahren veränderte.

Das Telefonat mit Susanne Breugel riss sie in die Wirklichkeit zurück. Ohne zu zögern, ja ohne nachzudenken, hatte sie die Kommissarin angelogen.

Stau in der Innenstadt. In spätestens zehn Minuten würden sie erneut anrufen und sich erkundigen, wo sie bliebe. Ob etwas passiert sei. Und sie wusste nicht einmal, ob sie das Richtige tat.

Sie haben keine Garantie, dass Jonas freikommt, auch wenn Sie das Lösegeld bezahlen.

Doch wo gab es im Leben Garantien?

Bitte fassen Sie es nicht als Drohung auf, wenn ich Ihnen mitteile, dass es einen zweiten Übergabeversuch nicht geben wird.

Der Mann bluffte nicht. Was auch immer er wollte – er drückte sich sehr klar aus. Sie zwang sich, sich einzureden, dass es richtig gewesen war, der Kommissarin nichts zu erzählen.

Erneut klingelte das Handy. Als Klingelzeichen hatte sie *Freude, schöner Götterfunken* eingestellt. Es erschien ihr nun besonders unangebracht.

»Regenbogen«, sagte der andere. »Sie müssten gleich einen Ort mit Namen Dargendorf erreichen. Sie kennen ihn. Hinter Dargendorf gibt es einen Parkplatz. Parken Sie dort neben den LKWs. Lassen Sie das Handy eingeschaltet.«

Woher um alles in der Welt wussten sie, wo sie sich

befand? Hatten sie Posten aufgestellt? Hatten sie keine Angst, dass ihr Handy abgehört werden konnte?

Natürlich nicht, sagte sie sich. Keiner hatte dieses Handy je während der Entführung benutzt. Keiner würde es abhören können. Und keiner würde wissen, dass sie eine private Vereinbarung getroffen hatte. Der Mann, mit dem sie sich traf, kannte sie genau. Ulrike fühlte sich durchschaut, berechenbar. Wie eine steuerbare Versuchsperson, eine Ratte im Labyrinth eines Versuchslabors.

Nur dass sie das Labyrinth kannte. Konnte man von einem Heimvorteil sprechen? Aber sie war nicht sicher, ob das ein Vorteil war. Oder griff nur die Vergangenheit nach ihr?

In Dargendorf war sie oft gewesen. Den Parkplatz mit der Fernfahrerkneipe hatte sie zwar nie aufgesucht, aber er war wie immer gut besucht. Große Lastwagen standen da, Sattelschlepper, Schwertransporter.

»Ich bin angekommen«, sagte sie, als sie auf den geschotterten Hof fuhr.

»Gehen Sie in das Restaurant. Und nehmen Sie Ihr Handy und die Steine mit.«

Es war wie im Fernsehen. Ein schlecht zu überblickender Ort, das Lösegeld. Wahrscheinlich würde man sie gleich auffordern, die Tüte in irgendeinen Papierkorb zu stecken oder auf einer Toilette zu verstauen.

»Fragen Sie an der Theke nach einem Brief für Barbara, bestellen Sie ein Bier und lesen Sie den Brief sofort.«

Die Kneipe wirkte steril und war kaum größer als ein größerer Kiosk, eine Fernfahrerkneipe wie viele andere und erstaunlich wenig verräuchert. Die Bedienung an der Theke war eine etwa vierzigjährige Frau mit stämmigen Armen und einem verdrossenen Gesicht. Sie blickte Ulrike fragend an.

»Sie haben einen Brief für Barbara?«, fragte sie.

»Richtig«, antwortete sie gleichgültig. »Sind Sie Barbara?«

Ulrike Beckmann nickte nur.

Es war ein normaler Brief. *Für Barbara* stand in handgeschriebenen, unbeholfenen Buchstaben auf dem Kuvert.

»Danke«, meinte sie.

»Sonst noch was?«, wollte die Bedienung desinteressiert wissen und schaute dabei zu einigen Fernfahrern hinüber, die sie durch Gesten aufforderten, zu ihnen zu kommen.

»Bringen Sie mir ein Bier«, bat Ulrike.

»Ein Bier«, wiederholte sie und stellte ein Glas unter den Zapfhahn.

Ulrike Beckmann setzte sich und riss den Briefumschlag auf.

Eine Anrede fehlte. Es war eine kurze, knappe Information.

Legen Sie den Beutel in den Papierkorb neben der Toilette. Gehen Sie dann direkt an Ihren Tisch und trinken Sie gemächlich Ihr Bier aus. Auf dem Hof steht ein roter VW-Passat. Steigen Sie ein und fahren Sie los. Wir werden Sie zu dem Treffpunkt mit Ihrem Kind führen. Sie stehen unter Beobachtung, also versuchen Sie nicht, Kontakt mit der Polizei aufzunehmen.

Legen Sie diesen Brief einschließlich Umschlag zu den Diamanten.

Das war eindeutig. Nicht einmal Spuren würden bleiben

Das Bier wurde serviert.

»Ich müsste mal auf die Toilette«, behauptete Ulrike, und die Kellnerin deutete unbeteiligt auf eine Tür.

Ulrike stand auf.

»Ich würde gern gleich kassieren«, erklärte die Kellnerin.

»Ja, natürlich«, murmelte Ulrike und fischte einen Zehnmarkschein aus ihrer Tasche. »Stimmt so«, fügte sie hinzu und stand auf.

Durch die Tür gelangte man auf einen kleinen Flur, von dem die Toiletten abzweigten. Wider Erwarten machte er einen sauberen Eindruck. Ein Papierkorb stand in der Nähe eines Tisches. Reste einer zerfledderten Zeitung, zusammengeknüllte Papierhandtücher und eine schwarz angelaufene Bananenschale lagen darin. Ulrike schaute sich um. Der Raum hatte nur drei Ausgänge, zwei für die Toiletten, eine dritte Tür war eine Stahltür und schien nach draußen zu führen. Sollte das der Fluchtweg sein?

Sie drückte behutsam die Klinke hinunter, aber die Tür war verschlossen.

Für einen Moment kam ihr die Sinnlosigkeit ihres Tuns zu Bewusstsein.

Wenn sie schon bereit war, das Lösegeld zu zahlen, dann konnte es ihr gleichgültig sein, wie die Täter verschwanden.

Sie legte die Tüte in den Papierkorb, schob die Zeitung darüber und ging rasch hinaus.

Der Schaum des Bieres hatte sich gesetzt. Bier hatte ihr noch nie geschmeckt, aber sie trank es langsam, fühlte, wie sich der verbliebene Schaum um ihren

Mund legte und spürte mit einer sinnlosen Intensität den bitteren Geschmack, das leichte Prickeln der Kohlensäure, den Alkoholdunst. Sie musterte die Umgebung. Welcher der Männer beobachtete sie?

Da war eine Gruppe von vier Fernfahrern, die sie ungeniert anstarrten. Oder kam es ihr nur so vor?

Einige Männer saßen einsam an Einzeltischen. Sie machten wohl eine kurze Rast auf einer langen Fahrt.

Ein jüngerer Mann, erstaunlich dick für sein Alter – er mochte nicht älter als fünfundzwanzig sein –, stand auf und ging zur Toilette. War das einer der Entführer?

Ulrike hatte das Bier bezahlt, sie trank es langsam und achtete dabei auf den Parkplatz. Ein Lkw kam, zwei fuhren ab. Ohne einen Anhaltspunkt fiel ihr nichts Ungewöhnliches auf.

Was war *gemächlich?* Gemächlich sollte sie ihr Bier trinken. Wer konnte gemächlich trinken, wenn er auf sein Kind wartete? Und welche Zeitspanne umfasste das Wort ›gemächlich‹? Eine Minute? Zehn?

Schließlich stand sie auf und trat erneut auf den Toilettengang. Gespannt schaute sie in den Papierkorb. Die Zeitung lag noch da, aber die Tüte mit den Steinen war verschwunden.

Ulrike wandte sich um und verließ die Kneipe.

Sie fand den Passat nach einigem Suchen auf dem Parkplatz. Der Schlüssel steckte, und der Wagen sprang sofort an.

»Ich fahre los«, sagte sie ins Handy.

»Fahren Sie in Richtung Lüneburg«, befahl die Stimme, »und biegen Sie bei der ersten Ampel rechts ab.«

Es würde nicht mehr lange dauern.

At the end of a Rainbow ...

Sie würde am Ende ihres Regenbogens keinen Topf mit Gold finden. Vielleicht ein Kind – wenn sie Glück hatte.

»Wie bitte?«, fragte Susanne Breugel. »Sag das noch mal!«

Der Beamte bekam einen roten Kopf, als sich alle Augen auf ihn richteten.

»Also gut: Ulrike Beckmann hat über einen Sendemast telefoniert, der nördlich von Celle steht. Die Koordinaten lauten ...«

Mehrtens warf einen Blick auf die Anzeige und trat an die große Übersichtskarte. Die Lage des Mastes markierte er mit einem Fähnchen.

»Der Sendemast befindet sich weit südöstlich unseres Fahndungsraumes«, meinte er. »Was hat Frau Beckmann dort zu suchen?«

»Sie hat eine Privatverabredung«, rief Susanne spontan. »Klaus und Ulrike Beckmann wissen etwas, sie wissen mehr als wir. Und jetzt hat sie eine Privatverabredung.«

»Sie hat die Steine doch gar nicht«, warf Harry Krüger ein. »Was soll diese Verabredung, wenn ihr Mann die Steine bei sich hat?«

»Hat er sie wirklich?«, fragte Susanne plötzlich.

»So blöd kann sie doch gar nicht sein«, sagte Obermüller brüsk. »Sie kann doch nicht ohne unsere Kenntnis einen privaten Deal machen? Ist ihr überhaupt klar, welches Risiko sie dabei eingeht?«

»Ich glaube nicht«, murmelte Susanne.

»Wir haben gerade einen Anruf aus Deutschendorf bekommen«, teilte Woltersdorf mit.

»Die Kollegen beobachten eine große Rauchentwicklung ganz in der Nähe.

Die Freiwillige Feuerwehr ist unterwegs. Wollen Sie sich ranhängen?«

Susanne warf Mehrtens einen Blick zu und nickte dann zustimmend. Im Augenblick schienen sich die Ereignisse zu überschlagen.

»Haben wir den Halter des Omega identifiziert?«, wollte sie wissen.

»Die Nummer ist nicht registriert«, meinte der Beamte, der die Zulassungsnummer überprüft hatte. »Sie ist noch nie vergeben worden. Vermutlich ist der Wagen gestohlen. Sackgasse.«

Sie folgten dem Feuerwehrwagen der Freiwilligen Feuerwehr Deutschendorf, dessen Fahrer sich in dieser Gegend besser auskannte, denn er zögerte nicht, den Feldweg zu nehmen, der scheinbar nur ins Leere führte. Das Löschfahrzeug fuhr zwar nicht schnell, doch sie hatten Mühe, ihm zu folgen, da ihr BMW wenig Bodenfreiheit besaß und der Weg nicht asphaltiert, dafür aber mit Schlaglöchern gespickt war.

Die kleine Wiese war übersät von jungen Menschen in orangefarbenen und blauen Uniformen, die in professioneller Eile mit ihrem Gerät hantierten. Wasserpfützen breiteten sich aus. Vor der Scheune fanden sie das gesuchte Fahrzeug. Der Omega stand in der Nähe des Tores. Ein herausgeschleuderter Balken hatte ihn getroffen und das Blech an einer Seite eingedrückt. Die dem Feuer zugewandte Seite war von der Hitze geschwärzt. Der Wagen war leer.

Die Flammen schlugen schwarzrot gegen die Dachbalken, das Tor war durch einen gewaltigen Stoß nach außen geschleudert worden, und obwohl das Feuer noch nicht lange gewütet haben konnte, war der Dachstuhl bereits eingebrochen. Ein beißender Qualm lag in der Luft. Die Rauchwolke musste man kilometerweit sehen können. Ein Teil der Helfer fing bereits an, sich zurückzuziehen. Bei der Luftfeuchtigkeit bestand keine Gefahr, dass das Feuer übergriff. Und dass in der Scheune nichts mehr zu retten war, sah auch ein Laie.

»Wir haben den Omega gefunden«, gaben sie nach Hannover durch. »Aber von Klaus Beckmann fehlt jede Spur.«

Teile des Fachwerks knickten prasselnd im hinteren Teil der Scheune ein.

Ein Funkenregen ergoss sich über die Helfer, die vor der Flammenwand zurückwichen.

»Hoffentlich war er nicht drin«, murmelte einer im Wagen.

»Sie telefoniert immer noch«, meinte Susanne und legte den Hörer auf. »Sie telefoniert seit einer Viertelstunde.«

»Sie wird Kontakt mit dem Entführer haben«, vermutete Harry Krüger. Keiner bezweifelte das.

»Gibt es keine Möglichkeit zu überprüfen, wo sie ist und mit wem sie telefoniert?«, erkundigte sich Susanne. Sie glaubte die Antwort zu kennen, aber sie fragte trotzdem.

Hohenstein schüttelte den Kopf.

»Solange sie uns nicht anruft oder wir sie, können wir sie nicht orten, und solange wir ihr Handy nicht anzapfen können, haben wir keine Möglichkeit festzustellen, wo sie ist und mit wem sie spricht.«

Es würde mindestens einen Tag dauern, eine Genehmigung zum Abhören zu bekommen. Wenn es ganz schnell ging. Erst musste ein Staatsanwalt einen solchen Antrag stellen, dann ein Richter diesen genehmigen, und schließlich musste die Telefongesellschaft die technischen Maßnahmen durchführen.

»Können wir das Prozedere nicht beschleunigen?«

Obermüller zuckte hilflos die Schultern. »Ich kann es versuchen«, antwortete er. »Immerhin geht es um Leben und Tod.«

»Geben wir eine Fahndung heraus«, schlug Mehrtens vor. »Sie fährt einen Golf, wenn sie das Fahrzeug nicht gewechselt hat. Ihr Kennzeichen ist bekannt, ihr Aufenthaltsort ungefähr. Wir werden sie finden.«

Ja, werden wir, dachte Susanne. Das werden wir mit Sicherheit. Aber wann? »Versuche, sie telefonisch zu erreichen«, wies sie Woltersdorf an. »Versuch es immer wieder.«

Wie weit würden Nicolaj und Markov mit den Steinen kommen?, fragte er sich. Konnten sie sich in ihrer Beschränktheit vorstellen, wie engmaschig ein Fahndungsnetz war? Dass die Ausfallstraßen gesperrt sein würden? Dass Nicolajs Bild jedem, aber auch jedem Polizisten bekannt war? War ihnen bewusst, dass die Grenzen dicht waren?

»Wir teilen in Polen«, hatten sie einander versprochen. Würden die beiden ihr Versprechen halten? Vermutlich ja. Sie hatten nicht das Format, eine solche Menge von Steinen zu Geld zu machen. Wahrscheinlich würden sie teilen wollen.

Ulrike war auf dem Weg zu ihm. Er hatte den Lautsprecher des Telefons auf Mithören gestellt, und so vernahm er das eintönige Motorengeräusch ihres Wagens.

Ob die den Wagen orten konnte? Er nahm es nicht an. Genauso wenig, wie er annahm, heil zu entkommen. Wozu auch?

Er griff an die Radlaufleiste seines Rollstuhls und fuhr zum Monitor. Jonas war aufgewacht und suchte nach seinem Teddy. Normalerweise war jetzt Zeit für eine Beruhigungstablette. Aber darauf kam es jetzt nicht mehr an.

Der andere Monitor war schwarz. Als er das Benzin gezündet hatte, hatte er noch einen letzten Blick auf Klaus werfen können, der in den Strohgang geflohen war. Wie lange mochte das Feuer brennen? Eine Stunde? Eine halbe? Vermutlich war es längst gelöscht. Die Feuerwehr war meist schnell. Und übrig blieben geschwärzte Mauern, zerbrochene Ziegel und verkohlte Knochen.

Das Haus stand zu weit entfernt, als dass er den Brandgeruch hätte riechen können. Er war sich nicht einmal sicher, ob er es gewollt hätte.

Nun stand nur noch eine Rechnung aus.

Die Beobachtung durch Markov oder Nicolaj fiel weg, und er war darauf angewiesen zu raten, wo sie sich befand. Ob sie das Ziel bereits kannte?

»Fahren Sie nach Klein-Everse, und folgen Sie der Straße bis zum Ende«, sagte er. Der Stimmverzerrer war noch angeschaltet. Ob sie dennoch etwas ahnte?

Die Straße nach Klein-Everse war kaum mehr als ein Feldweg. Tief in ihrem Innern hatte sie immer gewusst, dass sie dort abbiegen sollte. Es was eine Reise in die Vergangenheit. Das Lied kam ihr in den Sinn.

At the End of a Rainbow ...

Was stand am Ende ihres Weges?

Automatisch fand sie den Weg. Das Fachwerkhaus an der Ecke, das hatte einem Arzt gehört, mit dem ihre Schwiegereltern befreundet gewesen waren. Sie war einmal zu einem Gartenfest eingeladen worden und konnte sich an die Einrichtung erinnern: schwere Möbel, die Jagdhaus-Flair vermitteln sollten. Nicht ganz ihr Geschmack.

Der Dorfteich, wie immer zugedeckt mit Entenflott. Die Kinder wurden im Winter immer gewarnt, nicht auf das Eis zu gehen, bevor es trug.

Sie wusste, wo sie abbiegen musste, noch bevor er ihr die Anweisung gab. Die Hecken, die die Auffahrt säumten, waren größer geworden. Rosenhecken, die eigentlich nicht in die Gegend passten. Sie wucherten stark, wenn man sie nicht beschnitt. Streckenweise war der Weg bereits zugewachsen. Trotzdem hätte sie ihn im Schlaf gefunden. Kennwort *Seefalke, Regenbogen* und jetzt dieses Haus. Das Geheimnis lüftete sich, doch egal, was es sein würde, eine Überraschung war es kaum.

Als das Haus in ihr Blickfeld geriet, hielt sie an. Die Tür der Umfriedung stand offen. Für einen Moment ahnte sie die Antwort. Er war zurückgekehrt und wartete. Was wollte er? Ihr das Kind aushändigen? Rache? Für einen kurzen Moment kam ihr in den Sinn umzukehren. Den Wagen zu wenden und zu fliehen. Die Polizei zu alarmieren. Allem ein Ende zu machen.

Können Sie uns irgendetwas sagen?

Warum hatte sie der Kommissarin nichts gesagt? Ob

Klaus auch etwas geahnt hatte? Für einen Moment wurde der Drang geradezu übermächtig, einfach wegzufahren.

Ihr Mann scheint Angst zu haben. Große Angst. Und möglicherweise ist er in Gefahr.

Auf einmal spürte auch sie Angst. Nicht um ihr Kind, nicht um Klaus und schon gar nicht um ihr Geld.

Durch das offen stehende Tor erblickte sie schemenhaft die Umrisse der Nebengebäude. Die Garage schien ebenfalls offen zu sein, und sie glaubte einen dunklen Wagen darin zu erkennen. Ein schwarzer Saab, das war immer Peters Lieblingsmarke gewesen.

Es wäre so einfach. Das Handy ausschalten und dann die Polizei anrufen ... Sie hatten bestimmt Einsatzfahrzeuge in der Nähe postiert. Es würde nicht lange dauern. Aber ob er Jonas dann töten würde?

Doch irgendetwas zog sie zu diesem Haus. Und sie wollte glauben, dass es die Liebe zu ihrem Kind war.

Als sie auf den Hof fuhr, erkannte sie, dass der Wagen, der in der Garage stand, tatsächlich ein schwarzer Saab war.

Vorplatz und Garten waren verwildert. Die Haustür war nicht verschlossen.

Sie trat ein. Im Haus war es still.

Wo würde er auf sie warten? Unten im Wohnzimmer? Oder oben, dort, wo sie beide immer geschlafen hatten?

Die Einrichtung war eine andere, die Empfangshalle breiter, steriler. Die Firma, die das Haus gekauft hatte, hatte eine Tagungsstätte daraus machen wollen. Aber ihr war wohl das Geld ausgegangen. Rohe Mauern, daneben noch die Überreste des alten Putzes. Das Wohnzimmer war gänzlich leer. Ein paar Kartons, technisches

Verpackungsmaterial, Kabel, ein, zwei Regale, die früher im Keller gestanden hatten.

Plötzlich hörte sie Musik. Aus einem der Seitenzimmer klangen die Takte eines Liedes zu ihr herüber. Es war das frühere Arbeitszimmer ihres Schwiegervaters gewesen. Merkwürdig. Ulrike hatte eigentlich angenommen, dass er sie oben in ihrem Schlafzimmer erwarten würde.

Sie trat ein.

Er saß hinter einem Schreibtisch. Vor ihm die ganze Batterie von Monitoren, Kabeln, Kameras. Sie hatte immer gewusst, dass er ein Faible für Technik hatte, natürlich, das war ja auch klar gewesen, aber als sie ihn nun so dasitzen sah, erschien er ihr seltsam verwundbar.

Eine Zeit lang sahen sie sich nur schweigend an.

»Guten Tag, Peter«, sagte sie schließlich.

»Guten Tag, Ulrike«, antwortete er.

Er sah viel älter aus als Klaus, obwohl er jünger war. Über den Kopf zog sich eine hässliche Narbe, er trug das Haar kurz geschnitten, und sie konnte sehen, dass sie sich weit in den Schädel zog. Er hatte früher ein glattes, noch unbeschriebenes Gesicht gehabt. Jetzt liefen von der Nase zwei scharfe Falten in Richtung Mund.

Dass er im Rollstuhl saß, bemerkte sie erst auf den zweiten Blick.

Er schaute sie ernst an. »Warum?«, fragte er nur.

»Warum bist du nicht zurückgekommen?«, fragte sie zurück. »Du hättest doch deine Firma wiederhaben können. Deinen Anteil.«

»Das schon«, sagte er. »Aber ich sah keinen Sinn mehr darin.«

»Deswegen?«, wollte sie wissen und deutete auf den Rollstuhl.

»Auch«, meinte er. »Ich habe lange bewusstlos dagelegen, danach Amnesie, Gedächtnisverlust, und als ich wieder zu mir kam, so richtig, meine ich, da hockte ich in irgendeinem Kellerloch in Reval. Zwei estländische Fischer hatten mich aus dem Wasser gefischt. Warum sie mich nicht liegen gelassen haben, ist mir nie ganz klar geworden. Vielleicht weil ich etwas Geld in der Tasche hatte und sie auf mehr hofften, wer weiß? Der reiche Yachti aus dem Westen? Ich habe es nie ganz verstanden. Aber ich glaube, das war der Grund. Sie hatten den Eindruck, einen großen Fisch an Land gezogen zu haben. Sie dachten, ich sei die Chance ihres beschissenen Lebens. Sie wollten die goldene Mitte treffen zwischen barmherzigem Samariter und Kidnapper, wollten raus aus der Fischmehlfabrik, weg von den Wirtshausschlägereien, weg vom Autoknacken und vom Straßenraub. Und als ich begriff, was mit mir los war, dass mein Leben zu Ende war, bevor es richtig begonnen hatte ... Na ja, es war nicht besonders schwierig, Geld aufzutreiben, sich einen Computer und einen Internetzugang zu beschaffen, alles kein Problem. Ich hätte Millionen abzweigen können. Und ich glaube, ich habe es auch getan. Und als ich Markov und Nicolaj schließlich ein wenig von dem Geldsegen geben konnte, den sie sich so sehnlich wünschten, taten sie alles für mich. Bis hin zu dieser Entführung. Das war ihre große Chance. Geldgier zieht immer, weißt du?«

»Wie kam das da?«, fragte Ulrike und deutete wieder auf den Rollstuhl.

Peter hob unschlüssig die Hand. »Vielleicht der Mastbaum, mit dem Klaus mich über Bord schleuderte, vielleicht der Bug des Fischerbootes, der mich traf, als sie mich aufnahmen. Ich weiß es nicht. Es ist auch nicht wichtig. Wichtig ist das Resultat, für das ihr verantwortlich seid. Und das siehst du. Deswegen bin ich auch nicht zurückgekommen. Ist das für dich einleuchtend?«

»Ich glaube ja«, antwortete Ulrike.

»Du siehst noch genauso schön aus wie früher«, sagte er unvermittelt. Er lächelte, wie er immer gelächelt hatte – nein, nicht ganz: Seine Augen lächelten nicht.

»Warum bist du dann jetzt zurückgekommen?«, fragte sie nach einer Weile.

»Kannst du dir das nicht denken?«

»Sag es mir lieber.«

»Warum?«, wiederholte er. »In der ersten Zeit, nachdem man mich aus dem Wasser gezogen hatte, habe ich mich immer nur gefragt: Warum? Warum betrügt mich meine Frau, warum beschließen sie, mich zu töten? Ich habe es anfangs nicht wahrhaben wollen, weißt du? Deine Abwesenheit von zu Hause, die Geschäftsreisen mit Klaus, und ich glaube, ich hatte nicht einmal einen Verdacht – bis ich euch beide in Bornholm zusammen gesehen habe – nein, streite es nicht ab! Aber Mord, Ulrike? Warum Mord? Ich habe es erst nicht glauben können, ging von einem tragischen Unfall aus. Aber dann, als ich die Funksprüche der Seenotrettung recherchierte, das Seegebiet, den Zeitpunkt überprüfte – eure Angaben stimmten doch alle nicht. Und dann die Leiche, die ihr beide so eilfertig identifiziert habt! Vielleicht bin ich nur zurückgekehrt, um eine Antwort zu bekommen.«

Das bist du nicht, ging es Ulrike durch den Kopf. Wenn es nur um diese Frage gegangen wäre, hättest du kein Kind entführen und keine Firma zerstören müssen. Du wolltest etwas anderes.

»Was ist mit Klaus?«, wollte sie wissen.

»Klaus ist tot«, antwortete er. »Verbrannt. Gefangen in einer Scheune mit Stroh und Benzin, ist er verbrannt. Sein letzter Gedanke galt dem Geld.«

Sie sah ihn nicht an, sondern schaute hinaus in den verwilderten Garten.

Das gemähte Gras war nicht zusammengerecht worden, sondern lag in gelben, zotteligen Büscheln auf dem Boden. In dem Blumenbeet hatte sich eine kleine Birke selbst gesät.

»Und Jonas?«, fragte sie, ohne ihn anzuschauen.

»Schau«, bat er.

Sie drehte sich um und blickte auf den Monitor. Jonas spielte friedlich mit Bauklötzen.

»Wirst du ihn freilassen? Du hast doch alles, was du wolltest.«

Nein, das hast du noch nicht, sagte sie sich.

»Du kannst Jonas nichts tun«, begehrte sie auf. »Jonas hat damit nichts zu tun. Wenn du alles zerstören wolltest, hast du ja dein Ziel fast erreicht. Aber Jonas?«

»Wäre es nicht am besten, wenn wir alle gemeinsam untergingen?«, erwiderte er ruhig.

Du bist verrückt, dachte sie. Du bist todessüchtig und verrückt.

»Ich habe mich an die Abmachung gehalten«, erinnerte sie. »Du hast die Steine.«

»Was soll ich noch mit fünfundzwanzig Millionen?«, entgegnete er.

»Jonas ist dein Kind«, erklärte sie, einem spontanen Impuls folgend. »Ich habe eine Blutgruppenbestimmung machen lassen. Jonas ist dein Kind, nicht das von Klaus. Du musst ihn freilassen, Peter. Dein Kind«, wiederholte sie eindringlich.

Ein melancholisches Lächeln glitt über Peters Gesicht.

In diesem Moment unterbrach sie ein leiser, aber durchdringender Piepton.

Fragend blickte sie ihn an.

»Eine Rückkoppelung«, erklärte er. »Dein Handy ist noch eingeschaltet und meins auch. Stell es aus.«

Nur eine Sekunde später ertönte das Klingelzeichen *Freude, schöner Götterfunke.*

»Deine Freunde von der Polizei rufen an«, meinte Peter. »Wenn du dich meldest, werden sie wahrscheinlich deinen Standort feststellen können, und die Einsatzwagen werden bald da sein.«

Und was werden sie finden?, dachte Ulrike.

»Willst du nicht abheben?«

»Nein«, entschied sie und stellte das Handy aus.

Peter schwieg. »Beantworte mir meine Frage«, bat er schließlich. »Beantworte mir meine Frage, und Jonas ist frei. Warum wird aus Liebe Mord?«

Ulrike drehte sich um und schaute ihn an. Wie im Zeitraffer glitten die Bilder an ihr vorbei. »Aus Banalität«, erwiderte sie nach einer Weile. »Da ist eine junge Frau, ein attraktiver, verführerischer Mann, die Leidenschaft des Augenblicks. Und vielleicht spielt auch der Zufall ein bisschen mit. Es war nicht geplant. Jedenfalls von mir nicht. Und dann war da Angst. Die Angst vor Entdeckung. Klaus hatte sicher auch Angst vor dem Verlust des Reichtums. Aber das habe ich erst viel später erkannt. Wir haben nie darüber gesprochen, musst du wissen. Es war die Verführung des Augenblicks, mehr nicht.«

»Und die war stark genug, um ein Leben zu zerstören?«

»Ja«, sagte sie. »Ich glaube, sie ist immer stark genug.

Die Antwort ist meistens banal. Und wahre Schätze erkennt man erst dann, wenn man sie verloren hat.«

Sie streckte sich und sah ihm fest in die Augen.

»Ich gehe jetzt. Jonas ist wahrscheinlich im Keller. Ich hole ihn heraus und gehe. Wenn du uns umbringen willst, egal wie, dann tue es. Aber du machst eine schlechte Geschichte mit einem schlechten Ende nicht besser.

Und falls es dir hilft, dann würde ich auch sagen, dass es mir Leid tut.«

Damit verließ sie den Raum.

Sie lief die Treppe hinunter, schloss die Tür auf und nahm Jonas auf den Arm. Dann ging sie wieder nach oben und durchquerte das Wohnzimmer. Die geöffnete Tür beachtete sie nicht, sondern trat nach draußen. Zwischen den Platten des Vorgartens wucherte Unkraut, aber die Märzenbecher unter der Birke bildeten einen hellen Teppich, einen Frühlingsteppich. Sie setzte Jonas auf den Rücksitz, dann fuhr sie ab.

Als sie das Grundstück verließ, glaubte sie einen trockenen Knall zu vernehmen, der von einem Schuss oder einer Fehlzündung herrührte. Aber vielleicht hatte sie sich auch getäuscht.

Danksagung

Bei der Abfassung dieses Buches haben mir eine Reihe von Personen geholfen, ohne die es in dieser Form nicht entstanden wäre.

Ich möchte mich an dieser Stelle ganz besonders bei Werner Burkert bedanken, der mir das meiste, was ich von Computern weiß, geduldig beigebracht hat. Mein Dank geht auch an die Kolleginnen und Kollegen der hannoverschen Kriminalpolizei, bei denen ich im Rahmen eines Praktikums den Einsatz vor Ort hautnah miterleben konnte. Hier gilt mein Dank insbesondere dem Leiter des Kommissariats 2.3 (Drogenfahndung), Hauptkommissar Thomas Schmidt, der nicht müde wurde, meine Fragen zu beantworten, und der mir viele Türen öffnete, die mir sonst verschlossen geblieben wären. Die Verantwortung für Vereinfachungen, die aus dramaturgischen Gründen notwendig waren, und für mögliche sachliche Fehler liegt allerdings zur Gänze bei mir.

Wie auch bei den anderen Romanen gilt mein ganz herzlicher Dank meiner lieben Frau für ihre wichtigen Anregungen, ihre einfühlsame Kritik – und nicht zuletzt für ihre Geduld, mit der sie dieses Vorhaben begleitete.

Egbert Osterwald

Kriminalhauptkommissar Gehoff ist wegen eines tätlichen Übergriffs von der Drogenfahndung strafversetzt worden. Seine drogenabhängige Tochter hat vor einem Jahr ihrem Leben ein Ende gesetzt, seine Ehe droht zu scheitern, er selbst trinkt zu viel. Enttäuscht über die Unfähigkeit der Behörden schließt er sich einer geheimen Gruppe an, die – nach dem Vorbild südamerikanischer Todesschwadronen – nachts mutmaßliche Drogendealer festnimmt, verhört und gegebenenfalls hinrichtet.
Als Gehoff während des Dienstes den Tod eines Obdachlosen aufklären soll, stößt er auf Hinweise, dass es sich bei dem Toten um ein hochrangiges Mitglied eines Drogenkartells handelt. Wollte der Mann aussteigen, oder hat ihn die Konkurrenz beseitigt? Zu spät erkennt Gehoff, daß der Fall sehr viel komplizierter ist – und die Ermittlungen in eine Richtung führen, die für ihn selbst lebensgefährlich werden kann …

ISBN 3-404-14575-5

BASTEI LÜBBE

Studienrat Felix Reimann ist glücklich in seinem Beruf und seiner Ehe, nur eines fehlt ihm ständig: Geld. Denn mit seinem Lehrergehalt sind der Jaguar, von dem er träumt, und die Luxuskreuzfahrt in die Karibik kaum zu bezahlen. Ein Zweitjob muss her! Doch die wenigsten Tätigkeiten sind lukrativ genug. Da hat Felix eine gewagte Idee: Er wird eine Anzeige aufgeben und seine Dienste als ›Walker‹ anbieten – als Mann, der Damen bei allen Gelegenheiten begleitet und Gesellschaft leistet. Die Sache läuft gut an, und Felix übersteht glücklich seine ersten Aufträge. Aber dann geschieht etwas, das nicht nur seinen Ruf und seine Ehe gefährdet: Eine seiner ›Klientinnen‹ wird ermordet, und für die Kriminalpolizei ist der Fall sonnenklar …

ISBN 3-404-19614-7

BASTEI
LÜBBE

»Ein unglaublicher Knüller« Die Welt

Die Geschichte eines Mannes, der ein schreckliches Verbrechen begangen und dafür gesühnt hat. Als er fünfundzwanzig Jahre später erkennt, dass er unschuldig ist, wendet er sich ans Oberste Gericht. Er glaubt nicht mehr an Gerechtigkeit, er will nur, dass die Wahrheit ans Licht kommt.
Doch nichts ist gefährlicher als die Wahrheit …

»Augenringe am Morgen sind Ihnen sicher.« Amica

ISBN 3-404-14626-3

BASTEI
LÜBBE